KB194691

인생 진짜 리그에서 홈런을 쳐라

인생 진짜 리그에서 홈런을 쳐라

발행일 2025년 3월 10일

지은이 조지종
펴낸이 손형국
펴낸곳 (주)북랩
편집인 선일영 편집 김현아, 배진용, 김다빈, 김부경
디자인 이현수, 김민하, 임진형, 안유경 제작 박기성, 구성우, 이창영, 배상진
마케팅 김회란, 박진관
출판등록 2004. 12. 1(제2012-000051호)
주소 서울특별시 금천구 가산디지털 1로 168, 우림라이온스밸리 B동 B111호, B113~115호
홈페이지 www.book.co.kr
전화번호 (02)2026-5777 팩스 (02)3159-9637

ISBN 979-11-7224-537-5 03810 (종이책) 979-11-7224-538-2 05810 (전자책)

61세부터 펼쳐지는 인생 명승부

인생 진짜 리그에서 홈런을 쳐라

조지종 에세이

인생은 세 번의 리그로 이루어진다.
그리고 61세 이후가 진짜 승부처다!

은퇴 후에도 멈추지 않고 새로운 목표에 도전한
조지종의 진짜 인생 이야기

북랩

이 글을 쓰는 이유

/

지난날들을 뒤돌아보면 후회가 막심하고, 아쉬움투성이다. 그럼에도 그런 삶의 조각들을 정리해서 공개하려는 이유가 있다. 아쉬운 것들은 이제라도 회복하려는 나의 의지를 구속하려 함이고, 가까운 사람들에게는 꼭 알려야 할 것도 있고, 이 사회에 강하게 호소할 것도 있어서다. 원만하지 못했던 성격적 결함이나 부끄러운 과거가 들춰지는 것을 원하지는 않지만, 그래도 기록으로 남겨야 할 이유가 더 컸기에 용기를 냈다.

이 글을 쓰면서 나에 대한 새로운 것들을 알게도 되었고, 희미해진 기억들을 되살리면서 반성과 함께 자랑스러움도 엿볼 수 있었다.

누구에게나 이 세상을 헤쳐나가는 자기만의 무기가 있을 것이다. 소위 자신만의 경쟁력이라고 할 수 있는 것 말이다. 애써 찾자면, 나에게는 '정도(正道)'와 '끈기'가 그것일지도…. 지금 생각해봐도 이 두 가지는 물질적으로는 손해를 더 많이 끼쳤지만 정신적으로는 나를 편안하고 당당하게 했고, 나의 인생 과제들을 성공적으로 이끈 동력으로 작용했던 것 같다.

또 이 글을 쓰면서 60여 년 전 시골집에서 키우던 우리 집 백구에게 너무 미안해졌다. 제대로 먹이지도 재우지도 못했는데, 그 당시 백구는 제 역할과 도리를 다하려고 무진 애를 썼던 것 같다. 나를 볼 때마다 달려와서 내 가슴팍까지 앞다리를 올리고 꼬리를 흔들면서 반가워했었다. 그런 백구를 나는 귀찮다고 손으로 밀쳐내고 발로 차기까지 했으니. 그 백구로 인해 나는 많은 것을 깨우치게 되었다. 생명 존중 사상을. 모든 생명체는 시공을 떠나 똑같이 존귀하고 대우받아야 한다는 것을. 요즘 내가 우리 집 어항 속 구피에게 최선을 다하는 것도, 좁은 베란다에서 무더위와 추위를 이겨내며 예쁜 꽃을 피워내는 화초들에게 정성을 다하는 것도, 심지어 가정주부들의 철천지원수가 된 바퀴벌레의 존재 이유까지도 인정하게 된 것도 모두 그 백구의 영향이 크다.

나는 이 사회가 정도(正道)가 중시되고, 순리대로 흘러가야 된다고 본다. 새치기나 편법을 쓰려는 사람들이 설 자리가 없어지기를 바라는 마음으로 이 책을 통해 그런 사람들에게 공개적으로 경고를 했다. 뿐만 아니라 나의 체험을 통해 확인된 신비로운 자연도, 나에게 잊지 못할 울림을 준 사람들도, 걷기라는 명약도 이 책에서 중요한 페이지를 차지하고 있음을 꼭 밝히고 싶다.

다소 의외로 들릴지 모르겠지만, 나는 이 책에서 지금까지 어디에서도 들어보지 못했을 '인생의 시기별 역할과 특성'을 설파하고 있다. 이 책 주제의 핵심이기도 하다. '인생 진짜 리그(61세 이후의 삶)'가 인생에서 최고·최선의 기회라는 것을 기억하자는 것이다. 나도 한때 좌절의 시기가 있었고, 그때 인생 과제들마저 갈팡질팡하게 되었지만 인생 진짜 리그에 들어서서 안정을 찾았고, 성공적으로 이뤄낼 수가 있었다.

나는 평생을 시간과 싸우며 쫓기듯이 살아왔다. 깨어 있는 한 모든 시간을 나를 위해서만 쓰려고 했던 것 같다. 심지어 가족들에게 할애하는 것조차도 인색했으니. 그런 만큼 아내 박정애 씨와 두 자녀에게 이 자리를 빌려 그동안 너무 미안했음을 꼭 전하고 싶다. 또 이 책을 포함해서 여섯 권의 책이 나올 수 있도록 무던하게 인내하고 기다려준 가족들에게 감사를 드리고, 언젠가 이 글들을 앞에 놓고 함께 깊은 이야기를 나누고 싶다.

2025년 봄

조지종

차 례

2장 미안하다

3장 나에게 울림을 준 사람들

제 2 편
세상에 대한 고찰

1장 모든 생명은 존귀하다

2장 자연 사랑, 남산 자랑

3장 너를 고발한다

4장 사람 사는 모습들

제 3 편
내 생애의 과업

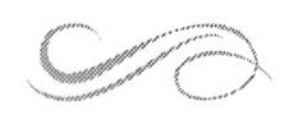

1장 '나'답게

2장 걷기라는 명약

3장 인생 진짜 리그에서 홈런을 쳐라

제 1 편

지난 삶에 대한 회고

1장 | 평범을 거부한 생애

2장 | 미안하다

3장 | 나에게 울림을 준 사람들

1장

평범을 거부한 생애

평범을 거부한 생애

한 점 티 없이 보냈던 국민학교 시절

내 생애 봄날이 언제였냐고 묻는다면 단연코 국민학교 시절이었다고 말할 것이다. 먹는 것 입는 것 무엇 하나 부족한 것이 없었고, 하고 싶은 것은 다 했고, 하고 싶은 대로 할 수 있었다. 모든 것은 홀어머님의 헌신과 사랑 덕분이었다. 아버님이 안 계시다는 것을 그 당시는 조금도 느끼지 못할 정도였다. 그 시절에 학교생활은 물론 방과 후에도 나는 늘 대장 노릇을 했다. 학교에서는 최고의 까불이였고, 골목에서는 언제나 또래들을 이끌고 다녔다. 한번은 이런 일도 있었다. 방과 후 학교에서 친구들과 편을 갈라서 전쟁놀이를 하다가 목재로 된 재래식 화장실 똥통에 빠진 일이 있었다. 화장실 안에서 위로 올라가 2m가 넘는 높이에서 아래에 설치된 널빤지로 뛰어내렸는데 몸무게의 하중을 견디지 못한 널빤지가 그대로 주저앉으면서 나도 함께 똥통 속으로 묻혔던 것이다. 이 사건으로 한동안 학교와 우리 동네에서 웃음거리가 되기도 했다.

이렇듯이 나는 어린 시절을 한 점 구김살 없이 순수하게 성장할 수 있었고, 그 시절에 할 것은 다 하며 살았었다. 이것이 원래의 내 모습이 아닐까? 이때 나의 가장 큰 관심사는 공부도 효도도 일도 아닌 오로지 재미였다. 잠자고 밥 먹는 시간 말고는 항시 밖에서 또래들과 재미를 좇아 뛰어다녔다. 그러면서도 이것만큼은 절대 잊지 않으려고 애썼다. 어머님의 당부였다. 아버지 있는 애들보다 버릇없다는 소리, 공부 못한다는 소리는 듣지 않는 것. 못된 짓만 골라서 한다는 소리는 절대 들어서는 안 된다는 것이었다. 이것은 어린 마음에도 가슴 속 깊이 새겨야만 했던, 반드시 지켜야 할 신조였다. 그래서였을까? 지금까지도 뚜렷하게 기억하고 있는 의외의 답변 하나가 있다. 수업 시간에 선생님이 학생들에게 장래 희망을 물었을 때 나는 대법원장이라고 서슴없이 대답했었다. 판사, 검사도 아닌 대법원장. 그때 대법원장이 뭔지나 알고 그랬을까? 참 희한한 일이다. 이렇듯이 사람의 성향은 은연중에 드러나는 것일까? 살아오면서 가끔 그때의 기억이 떠오르고, 그럴 때마다 그 대답과 함께 현재 삶을 대하는 나의 자세를 연상하게 된다.

자식들을 향한 어머님의 사랑을 잊을 수가 없다. 더할 수 없이 헌신적이었다. 그런 어머님의 사랑이 있었기에 웬만히 사소한 것들은 아픔으로 느끼지 못한 채 넘어갈 수 있었다. 그렇다고 마냥 좋을 수만은 없었다. 나도 아버님의 부재를 절실하게 느낀 때가 있었다. 국민학교 1, 2학년쯤이었을 것이다. 그때만 해도 시골은 봄이면 문중에서 시제를 성대하게 모셨는데, 시제가 끝나면 어른들은 야외 양지바른 곳에서 빙 둘러앉아 돼지고기랑 떡이랑 과일 등 시제 음식을 차려놓고 다 함께 식사를 하게 된다. 이때 내 또래들은 각자 자기 아버지 앞에 앉아 맛있는 음식을 맘껏 먹게 되는데 나처럼 아버지가 안 계시는 친구들은 그 모습을 멀리서 지켜봐야만 했다. 하지만 이런 서글픈 감정도 그때뿐, 집에 돌아오면 모든 것이 말끔하게 치유된다. 모든 것을 알고 계시는 어머님께서 사랑이라는 묘약으로 깨끗하게 치료해주시기 때문이다. 그래서 다음 날부터는 또 언제나처럼 히죽거리며 골목대장의 자리로 돌아갈 수가 있었다. 살아오면서 자주 그때 그 시절을 추억하게 된다. 그때가 나에게는 최고의 호시절이었던 것 같다. 이후의 삶도 그때처럼 살았어야 했는데 하는 진한 아쉬움이 남는다. 그렇게만 살았더라면 지금의 나는 훨씬 달라졌을 것이다. 최소한 행복지수만큼은.

연속되는 입시 실패와 날아든 입영통지서

나에게 있어서 취업하기 전까지는 고난의 시기였다. 중학교에 입학하면서부터 집안이 경제적으로 어렵다는 것을 알게 되었고, 아버지의 부재를 인식하게 되었다. 이때부터 나에게는 뚜렷한 목표가 생겼던 것 같다. 학교 공부였다. 오로지 학업 성적에만 집중했고, 자연스럽게 놀이나 친구들과는 서서히 멀어지게 되었다. 그런 갑작스런 변화를 초래한 환경적 요인은 이후에도 계속 나의 정신세계를 지배하게 되었다. 고등학교 진학 문제로 어린 가슴 속에 또 한 번 회오리가 일었고, 진학을 위해 혈혈단신 서울살이를 감행해야만 했다. 예상은 했지만 세상 물정 모르는 어린 나이에 혼자

서울에서 살아간다는 것은 보통 힘든 일이 아니었다. 이 시기에 평소 나의 성향대로라면 상상할 수도 없는 역경들을 일상처럼 겪어야만 했다. 인생에서 가장 중요한 시기랄 수 있는 청소년기에 모든 것을 혼자서 결정하고 혼자서 해결해야만 했다. 촌놈 홀로 상경해서 스스로 먹을 것과 입을 것 그리고 잠자리까지 해결하면서 입시 준비를 해야만 했으니, 그런 고통쯤은 어쩌면 당연했을 것이다. 한마디로 무모했다.

무엇보다도 나를 힘들게 했던 것은 경제적인 궁핍이었다. 그 당시 1970년대에는 아르바이트 자리도 많지 않았다. 고학생들이 할 수 있는 것은 고작 신문 배달이나 가정교사가 전부였다. 나는 이런 것들 외에도 종로2가 도로변에서 핫도그 장사, 보습학원 강사 등 할 수 있는 것은 다 해야만 했다. 그때 내 나이가 겨우 10대 후반이었다. 숙식은 사설 독서실에서 해결했고 교육비 일부는 입시학원에서 학원 강사 뒷바라지를 해주는 것으로 보충했다.

당시 독서실은 고학생들의 보금자리 역할을 톡톡히 했다. 만약 그때 그런 독서실이 없었더라면 난 그 시기를 어떻게 헤쳐나갔을까? 생각만 해도 아찔하다. 그때를 생각하면 아직까지도 그때의 아픈 추억들이 되살아나 마음이 먹먹해지곤 한다. 독서실에서 국수를 삶아 끼니를 때우던 시절, 애간장만 넣고 비벼 먹던 국수였지만 맛은 어떤 명품 요리 부럽지 않았다. 그때 독서실 옆 시장에서 30원짜리 국수 한 타래를 사면 두 끼를 해결할 수 있었고, 거의 주식처럼 매일 먹었다. 그나마 내 보금자리 역할을 했던 동대문독서실 덕분에 미완의 성공이었지만 청소년기를 지켜낼 수 있었던 것 같다. 지금은 흔적도 없이 사라졌겠지만 그 당시 동대문독서실은 내 청춘의 보금자리였을 뿐만 아니라 내가 가장 힘들고 어려울 때 나를 안전하게 지켜준 굳건한 성이었다. 그때 특히 지방에서 올라온 고학생들을 세심하게 돌봐주시던 독서실 실장님과 실장님 곁에서 어린 나이답잖게 의젓한 자세로 독서실 관리 업무를 돕던 중학생 아들의 모습은 두고두고 잊을 수가 없다.

그때는 경제적으로 어려웠을 뿐만 아니라 항시 시간에 쫓기는 생활이었고, 엎친 데 덮친 격으로 병마에 시달리기까지 했다. 당시는 중한 병이라 할 수 있는 늑막염이었다. 이런 나 자신만의 문제는 얼마든지 감내하고 견뎌낼 수 있었지만, 고향에서 홀로 고군분투하시는 어머님을 생각할 때면 가슴이 미어지곤 했다. 아무것도 해드릴 수 없는 자신의 무능함과 나약함에 눈앞이 캄캄했다. 대학 입시로 재수 삼수를 하는 동안 나에게 닥친 군 입대 문제 또한 피할 수 없는 난관이었다. 하지만 어떤 경우에도 학업을 이어가야겠다는 희망의 끈만은 놓지 않았고, 어떤 유혹에도 빠지지 않았다. 할 수 있는 한 최선을 다해 버텨나갔다. 지금 그때를 뒤돌아보면 크게 아쉬운 것이 두 가지가 있다. 당시 단 1년만이라도 급여를 받는 일을 할 수 있었더라면, 그래서 정기적으로 얼마간의 돈을 손에 쥘 수만 있었더라면, 그렇게 간절하던 신간 교재들을 제때에 구입해서 훨씬 더 빠르고 효과적으로 학습 능률을 높였을 것이고, 또래들과 날마다 부딪치며 울고불고하면서 원만하게 사회성도 기를 수 있었을 텐데….

또 하나는 내 주변에 미래를 의논하고 조언이나 충고를 해줄 지인이나 선배가 한 사람만이라도 있었더라면 얼마나 좋았을까 하는 아쉬움이다. 그래서 그분들의 충고나 조언을 받을 수 있었더라면 시행착오를 줄여 금쪽같은 시간을 낭비하지도, 방황하지도 않았을 것이다. 두고두고 아쉬운 부분이다. 무엇보다도 이때 최대의 난제는 혼자서는 해결이 거의 불가능했던 경제적인 여건이었고, 최대 관심사였던 대학 입시의 연이은 실패였다. 엎친 데 덮친 격으로 날아든 현역병 입영통지서는 말 그대로 청천벽력이었다. 그때까지 쌓아온 나의 모든 것들을 무로 돌려버리는 사형선고나 다름없었다. 그때의 심정으로는.

이런 고난의 시기가 내게 어떤 의미로 남겨졌을까? 성공? 아니면 실패? 실패라고 봐야 할 것이다. 인생의 아주 중요한 시기에 수많은 시간과 정열을 투자하면서 온몸을 바쳤지만 가시적인 성과 없이 세월만 보내버렸기에 그렇다. 하지만 얻은 것도 있다. 같은 조건에서 출발한다면 누구에게도 뒤지지 않을 자신감과, 목표를 향해서는 어떤 희생이나 노력도 감행할 수 있겠다는 확신이다. 아쉽고 고통스러웠지만 못다 피운 꿈을 잠시 접고 스물다섯 살이라는 적지 않은 나이에 현역으로 입대를 해야만 했다. 3년 후 자신의 모습을 상상하기조차 두려운 절망적인 상태에서. 지금도 당시의 심정이 조목조목 기록되어 있는 일기장을 보게 되면 가슴이 뭉클해진다.

대학 입학, 취업 그리고 결혼

또래들보다 삼사 년 늦은 스물여덟 살에 군대를 제대했지만 취업은 비교적 순조로웠다. 차별 없이 시험 성적만으로 선발하는 공무원 공개채용 시험 제도 덕분이다. 그 당시는 일자리도 많지 않았을 뿐만 아니라 학벌이나 배경에 의해 많은 것들이 좌우되던 시절이었기에 만약 공무원 공채 같은 제도가 없었더라면 나 같은 사람은 취업하기가 어려웠을 것이다. 아니, 거의 불가능했을 것이다. 군대를 제대한 바로 그해(1981년)에 지방직 공무원 시험에 합격하여 출근하게 되었는데, 아마 이때가 8남매를 홀로 키우신 어머님께서 가장 기뻐하셨던 때이고, 가장 행복해하셨던 때가 아닌가 생각한다. 하지만 어머님과의 그런 행복한 시간도 그리 오래가지 못했다. 2년을 못 채우고 내가 사직해버린 탓이다. 사직은 원래부터 계획된 것이었다. 얼마간의 자금이 확보되면 사직하여 본격적으로 국가직 공무원 시험 준비에 돌입할 계획이었다. 나에게는 한으로 남아 있는 학업을 이어가기 위한 절박한 조치였지만, 내 욕심 때문에 모처럼 얻게 된 어머니의 행복과 평화를 잠시 중단시켜야만 했다. 그때 어머님의 심정이 어땠을까? 생각할수록 가슴이 아리고, 어머님께 죄송한 마음뿐이다. 1983년 12월 31일자로 사직을 하고 바로 시험 준비에 돌입했고, 1984년 7월에 총무처가 주관한 국가직 7급 공채에 합격하였다. 일단 서울에서 생활할 수 있는 터전을 마련한 것이다. 이어서 그해 연말에는 원하는 대학 입학시험까지 합격하여 다음 해부터는 서울에서 대학 생활과 직장 생활을 병행하게 되었고, 결혼까지 하는 겹경사를 맞았다. 하지만 직장과 학교생활의 병행은 만만치 않았다. 더구나 나는 그때 또 다른 시험을 준비 중이기도 했다. 1980년대 후반은 직장 생활도, 대학 생활의 낭만도, 신혼의 단꿈도 잊고 오로지 새로운 시험 준비에만 매달렸었다.

직장 생활은 순탄하지가 않았다. 남 보기에는 무난하게 보였을지 모르지만 심적으론 번민과 갈등이 상존했다. 초창기에는 직장 생활 외에 학업과 또 다른 시험 준비까지 병행해야 했기에 물리적 과부하에서 허덕여야만 했다. 중과부적이었다. 졸업으로 직장 생활에만 전념하게 된 이후에도 소위 조직의 주류에 합류할 수는 없었다. 조직 운영의 비민주적 행태에 대한 회의와 그리 원만하지 못한 내 성격적 결함이 큰 원인이었을 것이다. 타협할 줄도, 누구의 조언을 구할 줄도 몰랐고 혼자서 마음 아파하는 날이 계속되었다. 그렇다고 출중한 업무 능력이 있는 것도 아니어서 치열한 경쟁의 파고를 시원스럽게 치고 나아가지도 못했다. 그래도 희망의 끈만은 놓을 수 없었기에 더욱 고통스러웠다. 직장 생활의 불만과 고통은 그대로 가정생활에까지 이어졌다. 직장에서 잃은 웃음이 가정에서 되살아날 리 없었다. 가장으로서 가족들의 기대에도 부응하지 못한 것만 같아서 두고두고 미안해야만 했다.

직장에 대한 기대가 적지 않았기에 어긋난 현실에서는 그만큼 고통이 심했고 스스로 실망도 컸다. 다행인 것은 고통을 고통으로만 끝내지 않았다는 점이다. 원인을 알았고, 나 자신이 처한 상황을 정확히 진단할 수 있었다. 순리대로 살기로 했다. 직장 생활은 시대의 흐름대로 이어가면서, 따로 새로운 목표를 세웠다. 인생의 탑은 결코 하나만이 아니고, 한 길에서만 쌓으라는 법도 없을 것이기에 나만의 새로운 탑을 쌓기로 했다. 그렇게 해서 내세운 목표가 우리나라 중심 산줄기를 탐방하는 것, 즉 마루금 걷기였다. 당시 백두대간 종주가 일부 산악인들을 중심으로 붐을 이뤘고 세인들의 관심사였다. 나도 뛰어들기로 했다. 그냥 취미로 하려는 것이 아니었다. 또 백두대간만이 아니고 우리나라 중심 산줄기 전부를 종주하기로 했다. 조선시대 지리서인 산경표에 기록된 한반도의 중심 산줄기(1대간 1정간 13정맥) 중에서 남한에 있는 백두대간과 아홉 정맥 모두를. 그냥 걷는 것이 아니라 한 뼘도 빠트리지 않고 걸으면서 마루금의 이어짐과 주변 실태를 모두 기록하고 촬영하기로 했다. 그래서 아직 신비에 싸인 우리나라 중심 산줄기의 실체를 기록으로 남겨서, 해가 갈수록 변질되어가고 있는 마루금의 원형 보전에 대비하고, 중심 산줄기를 탐방하고자 하는 일반 대중들이 보다 쉽게 마루금 종주에 나설 수 있도록 작은 역할이라도 하고 싶었다. 이런 나의 계획은 2006년부터 시작되어 12년간에 걸친 사투 끝에 마침내 결실을 맺었다.

이것이 끝이 아니었다. 이후에도 우리 산하 걷기 운동은 계속되어, 해남 땅끝에서부터 강원도 고성 통일전망대까지 걷는 국토종단을 단행하였고, 내 고향 진도 섬을 한 바퀴 도는 진도 일주를 두 번이나 했다. 그리고 이 모든 결과물들을 여섯 권의 책으로 출간하였고, 나는 그 책들의 저자가 되었다. 이로써 인생의 새로운 탑을 쌓기로 한 나 자신과의 약속을 모두 지키게 되었고, 1차적으로 계획했던 내 인생의 새로운 탑이 완성되었다. 산다는 것이 이런 것일까? 지난날의 갈등과 고통이 떠오르면서 입가에 저절로 미소가 떠올랐다. 인생의 목표를 수정하여 새로운 탑을 쌓는 동안에도 체력단련을 위한 별도의 운동은 게을리하지 않았다. 머지않아 현실이 될 퇴직에 대비해서였고, 길게 남은 미래를 생각해서였다.

지금까지 70여 년을 살아오는 동안 가장 어려웠던 것은 돈도 시간도 아닌 나 자신의 컨트롤 문제였던 것 같다. 누구나처럼 직장을 통해서 만족을 얻고, 뜻을 펼치고 싶었지만 생각대로 되지 않았다. 주어진 여건에서 최선을 다했지만, 그것은 직장에서의 성공 방식이 아니었다. 나는 사람과 조직의 속성을 너무 몰랐었다. 좀 더 영리하게 살지를 못했고, 꾀를 부릴 때는 꾀를 부려야 했고, 좀 더 과감했어야 했다. 스스로 친 장벽에 갇혀 울어야 할 때에 울지를 못했었다. 또 하나 아쉬운 것은, 가정생활에 좀 더 충실했어야 했고, 가족들에게 더 세심하고 따뜻한 관심을 기울였어야 했다. 세상만사가 다 때가 있는 법인데 그걸 간과하고 실기했다. 나 자신의 개인적인 욕심에 눈이 멀었던 것이다. 두고두고 후회할 한으로 남을 것 같아서 두렵다. 지난날을 돌이켜보면 자의든 타의든 평범을 거부한 생애였던 것 같다. 안전한 고교생활을 스스로 내친 것부터 시작해서, 대학 입시를 삼수까지 하는 고집 탓에 스물여덟에 병역을 마치게 되었고, 어렵게 얻은 공직을 채 2년도 종사하지 못하고 사직을 하고, 다시 취득한 공직에서도 새로운 곳에 기웃거리기를 반복하다가 결국에는 새로운 탑 쌓기에 도전하여 한반도 중심 산줄기 탐방에 뿌리를 내렸고, 퇴직 후에는 적성이나 능력과는 전혀 동떨어진 새로운 분야에 뛰어들어 인생 진짜 리그를 안정적으로 뛰고 있으니 말이다.

항상 잘 산다는 것을 염두에 두고 행동하고 있지만 얼마나 근접하게 살았는지는 아직 평가하기 이르다. 앞으로도 많은 시간이 남아 있고, 나의 새로운 탑 쌓기는 계속될 것이기에 그렇다. 나에게는 아직도 시간이 부족해서 시도조차 못 하고 있는 과제들이 순서를 기다리고 있다. 몸을 움직일 수 있는 한 현역으로 활동할 것이기에 아직도 기회는 있다. 그때까지 뛸 것이다. 쉬지 않고 뛸 것이다.

나를 버티게 한 또 다른 나

나의 국민학교 시절 6년간은 정말 화려하고 거침이 없었다. 모든 것이 가능했고, 이에 걸맞은 칭찬도, 인정도 받았다. 내 인생을 통틀어서 최고의 전성기였다고 생각될 정도였다. 그러던 어느 날, 나에게는 아버지가 없다는 것을 알게 되었고 순간순간 내 가슴 속에는 또 다른 내가 꿈틀거리게 되었다. 그래서 다른 친구들보다 더 잘해야겠다는 생각을, 그래서 어머님을 기쁘게 해드려야겠다는 생각을 하게 된 것도 이때부터였던 것 같다. 나도 모르는 사이에.

아마도 국민학교 저학년 시절이었을 것이다. 따스한 봄철 어느 날, 문중 시제를 모실 때다. 그 당시 시제는 어른과 아이들이 모두 참석하는 큰 행사였고, 보통 제각이 있는 산속의 양지바른 곳에서 모셨다. 정해진 의식이 끝나면 널찍한 잔디밭에서 음식을 나누어 먹는 순서가 이어진다. 이때가 아이들이 가장 기다리던 시간임은 물론이다. 어른들은 잔디밭에 빙 둘러앉아 막걸리와 돼지고기 등 푸짐한 음식을 앞에 놓고 드시고, 아이들은 아래쪽 다른 장소에 따로 모여 일종의 배급 형태로 약간의 음식을 받아먹게 된다. 그 옛

날 시골에서는 이때가 연중 특별한 음식을 먹어볼 수 있는 몇 번 안 되는 기회였다. 그때 받아먹은 마른 오징어 토막(가로 1㎝, 세로 5㎝ 정도의 작은 토막)과 콩나물국 맛은 지금도 잊을 수가 없다. 그런데 같이 간 친구들 중 일부는 친구들 무리에서 빠져나가 어른들 좌석으로 가서 각자 자기 아버지 앞에 앉아 맛있는 음식을 맘껏 먹는 것이었다. 나에게는 충격이었다. 언제나 또래 중에서는 앞장을 섰던 리더였고 부러울 게 없던 나였는데, 그때만큼은 아니었다. 내가 데리고 갔던 친구들을 자기 아버지에게 뺏기고 혼자 쓸쓸히 귀가해야만 했다. 이때 생각했었다. 친구들 뒤에는 큰 그늘이 있다는 것을. 이젠 내가 달라져야 하고, 나는 스스로가 그런 그늘 역할까지 해야만 한다는 것을. 하지만 이런 우울도 잠시, 곧바로 예전의 나로 되돌아가 친구들을 데리고 골목으로 들판으로 학교로 종횡무진 뛰어다닐 수가 있었다. 다 어머님 덕분이었다. 아버님의 빈 공간을 메꿔 남부럽지 않게 자식들을 키우시려는 어머님의 희생과 세심한 배려 덕분이었다.

그러나 그런 어머님의 헌신에도 불구하고 중학교에 진학하면서 알게 된 기성회비라는 괴물은 나를 현실에 눈뜨게 했고, 중학교 졸업 후 단행한 유학인지 유배인지 모를 혈혈단신 서울살이는 지금의 나를 만들 수밖에 없었다. 모든 걸 혼자 고민하고, 혼자 결정하고, 혼자 해결하고, 혼자 책임져야만 했으니. 누구의 조언도 자문도 받지 못했고, 매일 독서실과 학원만 오가는 지극히 단순한 생활 속에서 어떤 동적인 사회적 교류도 없이 황금 같은 청년 시절을 대학 입시 재수생이라는 입시 낭인으로 허망하게 보낸 것도 이때였다. 내 인생 전체를 통틀어서 두고두고 후회하고 있는 시기이다.

이런 사회성의 결핍이 초래한 대가는 혹독했다. 한없는 사랑을 베풀어야 할 나의 두 자식들에게 아빠 역할이 서툴렀던 것도, 부모나 다름없는 장인, 장모님이 돌아가실 때까지도 살갑게 다가서지 못한 것도 모두 이런 나의 평범하지 못하고 반 폐쇄적이었던 성장기 때의 환경적 요인에 기인할 것이다. 그러나 실패였지만 홀로 서는 법을 터득했고, 목표를 향해서는 절대 좌절하지 않는 강인함을 습득한 것도 이때였다. 어쩌면 지금의 내 사고 80~90%는 그때 형성되지 않았나 싶다.

평생을 살다 보면 수많은 우여곡절을 겪게 될 것이다. 그때마다 좌절도 하고 극복도 하고, 성공도 하고 실패할 수도 있을 것이다. 중요한 것은 '반드시 해내야 한다'와 같은 당위가 결합된 확신을 갖는 것이다. 또 환경은 우리를 강하게도, 약하게도 할 수 있지만 더 중요한 것은 우리의 의지에 따라 결과가 달라질 수도 있다는 것이다. 이때 발현되는 의지의 원천은 오랜 시간 자신의 가슴속 깊은 곳에서 형성된 '나를 버티게 한 또 다른 나'의 결정체임은 틀림이 없을 것이다.

부모님에 대한 기억

요즘 어머님이 몹시 그립다. 그럴 때마다 어머님과의 추억을 떠올려보지만 얼른 떠오르는 것은 그리 많지 않다. 어머님이 살아 계실 때 함께한 날들이 많지 않아서일 것이다. 아니면 같이 사는 동안 내가 허투루 살아서 그럴지도. 70여 년을 넘게 사신 어머님과 함께한 기억이 많지 않다는 것은 무엇을 의미하겠는가? 이것만으로도 나는 불효자였다고 고백하지 않을 수 없다.

어머님은 아버님이 병환으로 일찍 돌아가셨기에 젊은 나이(39세)에 혼자되셔서 5남 3녀의 자식들을 혼자 힘으로 거두셔야만 했다. 그 시절 농촌 생활은 논과 밭을 일궈서 겨우 생계를 유지하는 자급자족형 농사일이 대부분이었고, 어머님도 평생을 농사일로 자식들을 먹이고 입히고, 충분하지는 못했지만 교육까지 시키셨다. 남편을 일찍 여읜 여성 혼자의 몸으로 부모의 역할을 조금도 부족함이 없이 충실하게 해내셨다.

어머님은 많은 자식을 혼자서 거두셔야 했기에 오래도록 홀로 고군분투하셔야만 했다. 평생을 본업인 농사를 지어 자식들을 거두셨지만, 모든 농사일을 자식들 누구의 도움도 받지 않고 혼자서 다 하셨다. 학교 수업이 끝나면 바로 일터로 끌려가야만 하는 다른 집 아이들과는 대조적으로 우리 어머님은 단 한 번도 자식들을 논밭으로 내몰지 않으셨다. 이 점에 대해서는 어떤 변명도 있을 수가 없다. 자식들 모두가 철부지였다고 할 수밖에. 아들로서 넷째인 나도 마찬가지였다. '어머님께서 시키지 않아서'라는 변명은 있을 수가 없다. 대신 우리는 학업 성적으로 어머님을 기쁘게 해드렸고, 어머님은 그것으로 고통을 감내하시며 흐뭇해하셨던 것 같다. 어머님은 고집이 있으시고 자존심이 강하신 편이셨다. 분위기에 따라서는 홍도 많으셨다. 그렇지만 그 많은 홍도 자제하고 억제하셔야만 했을 것이다. 여성 혼자의 몸으로 지켜내야 할 가장이라는 육중한 무게에 짓눌렸을 것이고, 풍족하지 못한 가정 형편으로 주렁주렁 매달린 많은 자식들을 남들 못지않게 건사하려는 부담 때문이었을 것이다.

그 당시 농촌에서 여성이 가장 역할을 수행하기 위해서는 거의 남자가 되지 않으면 안 되었다. 유일한 생계 수단인 농사일에는 남자의 역할이 절대적이었기 때문이다. 웬만한 일은 어머님이 직접 품앗이로 해결할 수 있었지만 꼭 남자의 손길이 필요한 일들, 예를 들면 논밭을 쟁기로 간다거나 수확한 작물을 집까지 운반하는 일은 일꾼 중에서도 상일꾼인 남자의 손길이 아니면 안 되는데, 이런 때 남자 일꾼을 섭외하기 위해서는 애걸복걸하고 굽신굽신하며 사정을 해야만 한다. 그런데 자존심이 강하신 어머님에게 그런 일은 무척 힘들고 어려웠을 것이다. 그러나 어쩌겠는가. 시기를 놓치지 않고 농사일을 해내야만 했으니. 그런 입장에 처했을 어머님을 생각하면 지금도 가슴이 떨린다. 어머님께 그런 어려운 역할을 하도록 내몬 우리 자식들 모두는 그때부터 이미 용서받을 수 없는 죄인이었다.

그런 힘들고 어려운 환경에서도 자식들에 대한 사랑만큼은 주변 어떤 가정의 부모보다도 깊고 강하셨다. 한마디로 어느 부모들보다도 자식들을 잘 먹이고, 좋은 옷 입히고, 조금도 위축되지 않고 성장할 수 있도록 최선을 다하셨다. 아무리 힘이 들더라도 농사일은 당신 혼자서 해결하시고, 자식들에겐 공부만 하도록 하셨다. 이런 어머님의 자식 교육 방식에 대해서 동네 사람들은 뒷소리들을 했을 것이다. 그러나 어머님의 신념은 확고하셨다. 자식들에게 아버님의 몫까지 사랑을 주시고자 했던 것이다. 그런데 지금까지도 가슴 아픈 것은, 바로 아래 여동생이 상급학교 진학을 포기하게 된 사실이다. 오빠들과 남동생의 학업을 위해 여동생이 희생된 것이다. 그때 그런 결정을 내린 여동생과 어머님의 심정이 어땠을까? 생각만으로도 면목이 없고 너무나 가슴이 아프다. 이것은 전적으로 어머님의 잘못이나 책임이 아니고, 바로 모든 자식들의 책임이고 잘못이다. 어머님 혼자서 5남 3녀라는 많은 자식들을 다 만족스럽게 거둘 수는 없었기에 불가피한 결정이었을 것이다. 나는 지금도 그 여동생을 생각하면 가슴이 너무 아프고 부끄럽다. 이후에라도 여동생의 앞길에 대해서 조언이나 어떤 도움도 주지 못했다는 자괴감 때문이다. 그나마 다행스러운 것은, 원래 성실하고 착한 심성을 타고나서인지 현재까지 여동생이 제 몫을 충분히 잘하고 있어 조금이나마 마음이 놓인다.

또 어려운 환경에서도 어머님은 자식들 건강에도 특별히 신경을 쓰셨다. 바쁜 농사일을 하시면서도 틈틈이 바닷가에 나가 갯것을 해 오셔서 자식들에게 별식을 맛보게 하셨고, 또 학교 운동회나 명절 같은 때는 항상 남부럽지 않게 음식이나 새 옷을 준비해주셔서 우리 형제들은 언제나 친구들 앞에서 우쭐댈 수가 있었다. 아버지가 있는 어느 가정에 견주어도 결코 뒤처지지 않도록 어머님께서는 자식들의 외부 활동에도 세심하게 신경을 쓰셨다.

어머님과의 추억이 많지는 않지만, 몇 가지는 아직도 뚜렷하게 기억하고 있다. 어머님과 추억이 많지 않은 이유를 굳이 변명하자면, 중학교 졸업 후 어머님과 떨어져 홀로 나의 서울 생활이 시작되었고, 군 제대 후 3년 정도 어머님과 함께 생활한 후 그 이후부터는 학업과 직장 생활을 서울에서 계속했기 때문이다. 내가 국민학교에 다닐 때다. 방과 후 어느 날, 홀로 밭일을 하고 계실 어머님 생각에 밭으로 찾아가서 일손을 돕다가 내 손가락에서 피가 날 정도의 상처를 입었는데, 어머님은 신속하게 주변에 있는 들풀을 짓이겨서 바로 지혈시켜주시면서, 하찮은 들풀이라도 경우에 따라서는 쓸모가 있다는 것을 말씀해주셨다. 어린 나로서는 신기하면서도 다양한 재능을 가진 어머님이 그렇게 자랑스러울 수가 없었다. 또 내가 중학생일 때였다. 어머님은 해가 질 때까지 일을 하셨기에 항상 자식들 저녁 식사 준비로 걱정이 많으셨다. 특히 반찬 때문에. 이것을 안 나는 그런 어머님을 기쁘게 해드리겠다는 생각으로 하루는 반찬용으로 어렵게 두부를 구해서 어머님께 드렸는데, 이것을 보신 어머님의 놀라시면서도 기뻐하시던 모습이 지금까지도 잊히질 않는다. 그 당시 시골에서 두부를 넣고 끓인 국은 아주 귀했고, 별식이었다. 또 전기 사용료 때문에 어머님과 날마다 언쟁을 해야만 했던 기억도 있다. 공부한답시고 밤늦게까지 전등을 켜야만 하는 나와 전기료가 많이 나온다며 그만 불을 끄고 자라는 어머님과의 갈등이 그칠 새가 없었다. 이해는 간다. 일 년 내내 별도의 현금 수입이 없는 시골 생활에서 전기료와 같은 현금 지출은 큰 부담이 되었을 것이다. 그런데 그때 어머님의 속마음은 진정 전기료 부담 때문만은 아니었을 것이다. 그땐 몰랐지만 사랑하는 자식의 건강도 염려해서 그러셨을 것이다.

또 어머님은 내가 국민학교 6학년 때 학교에서 수여하는 장한 어머니상 수상자로 선정되는 영예를 안으시기도 했다. 시상식 날에는 일 년에 한 번 정도 입을 둥 말 둥 하는 고운 한복에 머리도 예쁘게 빗으시고 전교생이 모인 자리에서 교장 선생님으로부터 영광스런 상장을 받으셨다. 그때 어머님과 내가 무슨 말씀을 주고받았는지는 기억나지 않지만, 서로가 마음속으로는 최고의 찬사를 주고받았을 것이다. 설령 소리 내어 주고받지는 못했다 하더라도 마음속으로는 그렇게 했을 것이다. 지금이라도 말씀드리고 싶다. '어머님, 그동안 저희들 키우시느라고 정말 수고 많으셨습니다. 감사드립니다. 그리고 오늘 수상하신 장한 어머니상 진심으로 축하드립니다'라고. 어머님께서는 그런 상을 받을 만한 자격이 충분하셨다. 그때 학교가 얼마나 고맙던지! 우리 자식들이 하지 못하는 어머님의 헌신과 노고에 대한 보상을 학교가 알아서 해주는 것만 같아서 말이다. 또 어머님은 평소에 자식들에게 좋은 음식을 자주 해주지 못한다는 생각에 가끔 멀리 바닷가에까지 나가셔서 고둥이나 바지락 같은 갯것을 해 오셔서 우리들 건강식으로 보충해주셨다. 그런데 이런 갯것을 취하기 위해서는 아주 먼 곳까지 걸어가야 하는 것은 물론이고, 물때에 따라서는 해가 지고 캄캄할 때까지 바닷일을 해야만 하기에 위험도 감수해야만 한다. 어머님이 이런 작업을 마치고 돌아오신 날 저녁은 잔칫날이나 마찬가지다. 모처럼 특식으로 풍족하게 배를 채우는 가족 파티가 끝나면 어머님의 입가에는 잔잔한 미소가 번지신다. 자식들이 잘 먹는 모습만으로도 배가 부르시다는 어머님. 그때는 몰랐었다. 그게 다 위험을 감수하고, 허기를 참아가며 어머님이 흘리신 땀의 대가였다는 것을. 그렇게 우리 자식들은 오로지 피와 같은 어머님의 땀으로 성장한 것이다. 어머님 죄송합니다. 또 내가 서울 생활 중 잠시 고향에 내려와 머물 때는 나를 위해 특별한 먹거리를 준비해주시곤 했다. 당시 시골에서 사과 같은 과일이 무척 귀했는데, 내가 사과를 좋아한다는 것을 아시고는 오일장이 열리는 날이면 언제나 오일장에 가셔서 사과를 사 오셨다. 심지어 오일장에 가실 필요가 없는 날에도 오로지 사과 한 봉지를 구하기 위해 그 먼 거리를 걸어서 다녀오시곤 하셨다. 이런 어머님을 위해 내가 해드릴 수 있는 것이 별로 없었다. 그래서 생각해낸 것이, 육자배기와 같은 전통 소리를 좋아하고 흥이 있으신 어머님께 그런 소리를 들려드리기로 하였다. 당시 시골에선 라디오가 귀했지만 우리 집엔 라디오가 있었고, KBS 라디오에서는 우리 전통 소리를 방송하는 프로그램이 있었다. 어머님이 힘겹게 들일을 마치고 집에 들어오시는 때에 맞춰 그 프로그램을 들을 수 있도록 해드렸다. 어머님은 무척 좋아하셨고, 이것은 한동안 나의 중요한 일과가 되기도 했다. 그런데 다시 서울에 올라갈 때가 다가오면 그때부터 어머님 얼굴에는 어두운 그림자가 지기 시작하였고, 하루는 말씀하셨다. "지종아, 밥은 어떻게 먹고 사냐? 서울에서 고생 그만하고 여기서 살자" 하시는 것이었다. 그때는 나 자신만 생각하는 욕심에 괜찮다면서 조금도 걱정하지 마시라고 했지만, 혼자서 객지 생활을 하고 있는 자식을 둔 어머님 입장에서는 얼마나 가슴이 아팠을까를 생각하면 50년이 지난 지금도 가슴이 멘다.

어머님이 크게 기뻐하셨던 기억도 있다. 내가 공무원 시험에 합격하여 어머님 곁에서 공직을 수행할 때다. 이웃들과 어울리기를 좋아하셨던 어머님이 그때처럼 밝고, 자신감이 넘치는 모습을 내보이시던 때를 내가 본 적이 없다. 나 역시도 모처럼 어머님께 효도한 것 같아 다행스럽고 얼마나 기뻤는지. 반대로 죽어도 잊지 못할 가슴 아픈 기억도 있다. 내가 결혼할 때다. 당시에도 자식 결혼은 집안의 큰 경사이자 부모에겐 무거운 짐이었다. 어머님께는 나의 결혼 역시 그랬을 것이다. 집안 사정을 훤히 알고 있는 나는 어머님의 지원을 조금도 기대하지 않았는데, 어머님은 아무것도 해주지 못하신 것을 크게 마음 아파 하셨다. 경사에도 불구하고 웃음을 보이지 못하시고, 매사를 자신 없어 하셨다. 보는 내가 오히려 죄송할 정도였다. 특히 지금까지도 가슴 아픈 것은 그런 어머님의 입장을 이해하고, 어머님께 따뜻한 위로의 말씀을 드리면서 안심시켜드렸어야 했는데 그러지 못한 것이 아직도 기억에 남아 가슴이 아프다.

어머님의 은혜에 대한 찬사와 감사의 표현은 어떤 말로도 다 표현할 수 없음을 잘 알고 있다. 이런 때는 정말이지 나의 글재주 없음이 너무나 한스러울 뿐이다. 어머님의 노후 생활을 떠올리면 아쉬움이 많고 너무 죄송스럽다. 어머님은 조금은 이르다고 생각되는 74세에 별세하셨다. 돌아가시기 전까지 계속 바깥 활동을 하셨고, 큰 병환은 없었지만 손목과 팔 관절 등에 심한 신경통으로 고생을 하시다가 결국엔 뇌졸중으로 별세하셨다. 살아생전에 어머님의 가장 큰 걱정거리는 자식들의 안정된 생활이었다. 자나 깨나 자식들 걱정으로 세월 보내시다가 별세하셨다고 해도 과언이 아니다. 그런 상황에서 나의 역할이 막중했으나 기대에 부응하지 못했던 것 같다. 평소에 어머님께서 자식들에게 가장 바라셨던 것은, 자식들의 잘 있다는 안부 전화를 받는 것이었을 것이다. 그것마저도 어머님의 기대를 다 채워드리지 못했다고 생각하니 너무 가슴이 아프다. 가장 기본적이고 쉬운 일인데도. 여덟 자식들이 어머님 한 분을 제대로 모시지 못했다는 죄책감은 평생을 두고도 씻을 수 없는 자식들의 불효임에 틀림이 없다. 알면서도 다음으로 미루고, 다른 이가 하겠지 하면서 또 미루고, 더 여건이 호전될 때를 핑계로 미루기만 했었다. 세월이 마냥 기다려주지 않는다는 것을 왜 몰랐었을까? 어머님께선 얼마나 답답하셨을까?

아버님은 내가 여섯 살 때 돌아가셨다. 아버님은 8남매라는 많은 자식들을 남겨놓고 중병으로 병상에 눕게 되었고, 완치 불가라는 판정을 받고 집으로 돌아오셔서 별세하셨다고 한다. 병명은 간장염. 지금의 의료 수준이라면 충분히 치료가 가능했을 것이다. 그때 내 나이 겨우 여섯 살. 나에게는 아버님에 대한 기억이 전혀 없다. 요즘 도시인들처럼 핵가족으로 살면서 부모와 자식 간의 정서적 교류가 활발한 때의 아이들 같으면 어느 정도 기억이 있을 나이였지만, 그때는 보통 7~8명의 많은 자식들이 한 집에서 북적대며 살았기에 부모의 사랑과 관심이 극히 제한적일 수밖에 없었을 것이다.

아버님은 키가 크고, 성격이 올곧으셨다고 한다. 생전에는 동네 이장을 맡으시는 등 마을에서 신망이 두터웠고, 지역사회에서 저수지 축조 같은 토목 사업이 시행되면 인력 관리 책임 자격인 십장 역할을 하셨다고 한다. 아버님이 살아 계실 때 우리 집은 많은 전답에 머슴까지 두고서 농사를 지으며 풍족하게 살았다고 한다.

아버님이 돌아가시자 가세는 급격히 기울었고, 어머님 혼자서 모든 것을 떠맡아야만 했다. 가족들은 중심을 잃고 방황했을 것이다. 무엇보다도 어머님의 상심이 크셨을 것이고, 모든 것을 홀로 짊어진 고통의 무게는 감당하기 어려웠을 것이다. 철부지였던 나는 중학교에 입학하기 전까지는 아버님의 부재를 거의 느끼지 못했다. 그만큼 어머님의 자식 사랑이 철저하셨다. 먹는 것, 입는 것에 조금도 부족함이 없었고, 오히려 아버지가 있는 집 아이들보다 더 맛있는 음식을 먹고, 철 따라 깨끗한 옷을 입을 수가 있었다. 나는 아버지의 부재라는, 소위 말하는 결손가정에서 자란 셈이다. 그땐 몰랐지만 지금에 와서 생각하니 나에게도 그 영향이 있는 것 같다. 아버지의 역할을 보고 들으면서 몸으로 체득할 수 있는 기회를 갖지 못한 것이다. 변명일 수 있지만, 아버님과의 추억이 전혀 없고, 밥상머리 교육 또한 전무해서인지 나는 나의 두 자식들에게 아버지로서의 역할을 제대로 못 하고 있는 것만 같다. 그렇다고 아버님을 원망할 생각은 추호도 없다. 다만 한 가지, 어머님을 너무 일찍 혼자되게 하셔서 감당하기 어려운 짐을 어머님께 모두 떠넘기고 가신 것은 너무나 가혹한 처사였다.

아버님께 이런 바람은 갖고 있다. 남겨진 자식들을 조금이라도 생각하신다면 꿈에라도 자주 나타나셔서 생전에 하시지 못한 말씀들, 아버지로서의 역할 같은 것들을 일러주셨더라면 얼마나 좋았을까 하는 생각이다. 지금까지 아버님은 꿈속에서라도 한 번도 얼굴을 보여주시지 않으셨다. 생전이건 사후이건 지금까지 아버님의 말씀을 들은 기억이 전혀 없다. 꿈속에서라도 꼭 한 번쯤 아버님을 뵙고 싶습니다.

한 번도 불러보지 못한 이름, 아버지

그렇게 크고 높고 위엄스럽게 느껴지던 아버지라는 이름, 주변에서 흔히 볼 수도 있는 아버지들이지만 나에게는 왠지 생소하다. 아직까지 아버지라고 불러본 기억이 없는 것 같다. 장인어른이 살아 계실 때도 아버님이라고 부르지 못했고, 내내 어색했던 기억만 남아 있다. 내가 여섯 살 때 아버님이 돌아가셨고, 이후 우리 가족은 어머님을 중심으로 여느 가정처럼 평범하게 생활하였다. 어렸을 때도 나는 왜 아버님이 없는지를 물은 적이 없다. 어머님과 형제자매가 전부인 것이 당연한 것으로 알고, 그렇게 살아왔다. 국민학교 시절에도 아버님 부재를 못 느꼈고, 아주 활발하고 행복하게 유년 시절을 보냈다.

중학교에 입학해서는 가난을 느꼈지만 아버님 부재 때문이라고는 생각하지 않았다. 어렸을 때부터 쌓인 정이 없어서인지 아버님이 궁금하거나 그립지도 않았다. 중학교를 졸업하고 혈혈단신 서울에 올라가서 엄청 어렵게 대학 입시 재수생 생활을 할 때도, 입학금이 없어 대학 입학이 문제 될 때조차도 아버님 때문이라고는 생각하지 않았다. 결혼을 할 때도 아버님 부재를 못 느꼈다. 나에게는 언제나 어머님과 형제자매들이 전부였다. 두 누님과 여동생 그리고 형제들은 그 당시 어떤 생각이었을까? 특히 나보다 더 아버지라는 이름이 낯설 여동생과 남동생을 생각하면 지금도 가슴이 미어진다. 이후에 경제적으로 어려울 때도 아버님 부재 때문이라고는 생각 안 했고, 한 번도 아버님을 원망한 적은 없다. 지금 생각해보면, 내가 아버님의 부재를 전혀 못 느꼈던 것은 그 당시 자식들에 대한 어머님의 무한한 헌신과 희생 덕분이었을 것이다. 어머님 혼자서 아버지 역할까지 아주 훌륭하게 해내셨다. 아버지가 있는 집을 단 한 번도 부러워하지 않았다. 그럴수록 어머님 혼자서 고생하셨을 것을 생각하면 할수록 죄송할 뿐이고, 어머님께 무한한 감사를 드린다.

사실은 지금도 아버지가 그립다거나 원망하지를 않는다. 부모님 두 분 모두 돌아가신 지금, 제사 때나 명절 때도 어머님만 생각날 뿐이다. 아버님 묘소 벌초도 의무적으로 하고, 절을 올리게 된다. 오랜 세월을 그렇게 보낸 탓일 것이다. 국민학교 시절 때였다. 학교와 가까운 동네에 살았었기에 점심은 집에 뛰어가서 밥을 먹고, 다시 학교로 되돌아가는 아이들이 대부분이었다. 나도 그랬다. 그때 동네 골목에 들어서면 담장 밖으로 삐져나온, 탐스럽게 익어가는 살구나 감들의 유혹이 우리들을 그냥 두지 않았다. 살구를 향해 돌멩이를 던지면 최소한 한두 개는 떨어지곤 했고, 그 소리를 들은 살구나무 주인 어른은 부리나케 달려 나와서 소리치며 우리를 잡으려고 쫓고 쫓기는 추격전이 벌어지곤 했었다. 잡히기라도 하면 일장 훈시와 함께 심지어는 어린아이들이 들어서는 안 될 소리까지도 했었다. 어렸었지만 그런 때는 마음을 다잡게 되고, 그때부터 나의 경쟁 상대는 또래가 아닌 어른으로 바뀌었던 것 같다.

이젠 내가 아버지가 되었다. 나의 두 아이들은 어린 시절을 어떻게 보냈을까? 성장한 지금은 아버지를 어떻게 생각할까? 나에게는 아버지를 통한 밥상머리 교육이 전혀 없었다. 그럴 기회조차 없었다. 뿐만 아니라 한참 성장기에 거의 폐쇄적인 생활을 한 탓으로 주변의 어른들로부터도 조언이나 충고를 들어보지를 못했다. 아버지로서의 내 역할은 많이 서툴 것이다. 나의 두 자녀는 그런 아버지에 대해 실망하고 있을지도 모른다. 아이들을 생각하면 미안하고 후회스럽다. 나도 아버지의 가르침과 보호 아래 성장했더라면 달라졌을까? 그건 알 수 없고, 함부로 말할 수도 없다. 그럼에도 여전히 아버님에 대한 원망은 전혀 없다. 나도 머잖아 두 아이들로부터 아버지로서의 평가를 받게 될 것이다. 아버지 역할이 서툰 아빠였기에 내가 가끔은 아이들 마음을 편치 않게 했을지도 모른다. 가르쳐야 할 것을 못 가르친 것도 있을 것이다. 하지만 열심히 살아왔고, 아이들을 사랑했기에 이해해주리라 믿지만 어떨지 모르겠다. 조만간 시간을 내서 아이들과 함께 고향에 모셔진 부모님 산소에라도 찾아뵈어야겠다.

이승 생활이 한 번 더 주어질 수 있다면

살다 보면 자식으로서 반드시 해야 할 도리를, 또는 마음먹고 하기로 했던 일들을 이런저런 이유로 하지 못하고 영원히 기회를 놓쳐버리는 경우가 있다. 그래서 평생을 두고 후회를 하고, 온갖 것을 다 이뤘음에도 그것 하나 때문에 일생을 실패로 규정해야 하는 경우도 있을 것이다. 그래서 그런 사람에게 한 번 더 기회를 주기 위해 저승에 가신 분이 다시 한번 이승에 돌아와서 생활할 수 있는 기회가 주어진다면 좋겠다. 나에게 그런 기회가 주어진다면 어떤 희생이나 대가를 치르더라도 그 기회를 잡을 것이다. 별세하신 어머님을 모시고 다시 한번 살고 싶어서다. 어머님에게 너무 큰 빚을 지고 갚지 못했기 때문이다.

어머님은 말년에 고향에서 혼자 생활하셨고, 자식들은 모두 서울, 광주 등에서 터전을 잡고 살고 있었다. 그러던 어느 날 이웃 주민들로부터 어머님이 이상해서 병원으로 모셨다는 연락을 받았다. 어머님은 그로부터 몇 개월간 병원에서 치료하시다가 회복할 가망이 없다는 병원의 판정을 받고 고향집으로 내려오셔서 허망하게 운명하셨다. 그때 어머님 연세가 74세셨다. 병명은 뇌졸중. 어머님께서 병원에 입원하시기 전까지 우리 자식들은 어머님의 건강 상태나 병세에 대하여 그렇게 심각한 줄을 몰랐고, 언젠가 때가 되면 그동안 하지 못한 어머님의 은혜에 보답하겠다는 계획을 갖고 있었다. 모든 형제들이 마찬가지였을 것이다. 그런데 그렇게 허무하게 어느 날 갑자기 가실 줄은 정말 몰랐었다. 어머님의 은혜에 보답할 기회가 그렇게 갑자기 사라져버릴 줄은 꿈에도 생각하지 못했다. 어머님이 안 계시는 지금 가장 아쉬운 것은, 내가 잘 살고 있는 모습을 어머님께 보여드리지 못한 것과 꼭 해드리고 싶었던 것을 못 하고 영영 기회를 놓쳐버린 것이다.

그래서 간절하게 바라게 되었다. 우리 인간에게 두 번째 이승 생활이 있다면 좋겠다고. 이 세상에서 가족으로 함께 살다가 생을 마친 후 저세상으로 가신 분과 다시 만나 두 번째 이승 생활을 할 수 있는 그런 삶 말이다. 가족 모두가 함께라면 좋겠지만, 그럴 수가 없다면 선택받은 사람만이라도 이승 생활을 함께할 수 있다면 좋겠다. 그렇게만 할 수 있다면 나는 별세하신 어머님을 선택할 것이고, 어머님도 흔쾌히 동의하실 것으로 믿는다. 그러면 나는 어머님께 꼭 해드리고 싶은 것이 있다. 먼저 격식을 갖춰 큰절을 올릴 것이다. 어머님께 큰절을 올린 것은 어렸을 때 세뱃돈을 받기 위해 설날 아침에 세배드린 기억밖에 없는 것 같다. 나를 낳아주시고 어려운 환경에서도 포기하지 않고 끝까지 최선을 다해 키워주셔서 감사하다는, 그동안 하지 못한 감사의 말씀을 드리면서 정중하게 큰절을 올리고 싶다. 그리고 병원에 모시고 가서 종합건강검진을 받게 해드리고, 어머님과 함께 근사한 음식점에서 아주 편안하게 저녁 식사를 할 것이다. 또 국립극장에 모시고 가서 평소 어머님이 좋아하시던 판소리 국악 공연을 감상하고 싶다. 그리고 다음 날엔 백화점에 모시고 가서 특별한 선물을 해드릴 것이다. 어머님은 평생 여성임을 잊으시고 한 가정을 꾸려나가는 일꾼으로만 사셨다. 그런 어머님께 여성이 깃들 여지라곤 없었을 것이다. 여성을 아예 잊으셨을지도 모르겠다. 그 잊어버리신 여성을 다시 찾아드리고 싶다. 너무 늦었지만 이제라도 다시 여성임을 느끼게 해드리고 싶다. 그래서 레이스가 달린 고운 잠옷과 목걸이와 예쁜 스카프를 선물해드릴 것이다. 또 어머님의 편안하고 즐거운 노후 생활을 위하여 어머님이 좋아하시는 우리 전통 소리를 언제든지 들으실 수 있도록 최고급 오디오 기기와 전통 소리가 담긴 테이프 세트를 선물해드릴 것이다. 그래서 어머님의 두 번째 이승 생활은 아무 걱정이 없는 편안한 삶이 되도록 해드리고 싶다. 첫 번째 이승 생활에서 어머님을 고통스럽게 했던 손목 신경통증 같은 것도 없고, 좋아하시는 전통 소리를 맘껏 들으시면서 아주 편안하고 즐겁게 노후를 보내실 수 있도록 모든 것을 다 해드리고 싶다. 어머님의 이승 생활이 한 번 더 이루어질 수만 있다면 어떤 대가라도 감사한 마음으로 치를 것이다. 제발, 어머님 은혜에 보답할 수 있는 기회가 꼭 이루어졌으면 좋겠다.

어머님이 늙고 병들어 외로울 때 그 많은 자식들은 어디에서 무엇을 했기에 한 사람도 보이지 않았을까? 마음속으로만 효자였고, 혼자 생각으로만 효자였던 불효자인 나. 그 흔한 생신 한번을 직접 제대로 챙겨드리지 못했고, 고운 옷 한 벌을 못 사드렸다. 어머님을 모시고 그럴듯한 외식 한 번을 못 했고, 함께하는 여행은 생각조차도 못 했으니…. 티브이에서나 주변에서 자기 어머니를 중심으로 함께 어울리는 단란한 가족의 모습을 볼 때는 차마 얼굴을 들 수가 없었다. 고운 옷 입고 파안대소하는 어머님의 모습을 잠깐만이라도 봤으면 원이 없겠다. 자식을 향한 어머니의 사랑이 얼마나 깊고 무한한지를 나는 내 아내가 자식들에게 하는 것을 보고서야 알게 되었다. 돌아가신 나의 어머님도 나에게 그렇게 하셨을 것이다. 나를 위해 모든 것을 다 바치셨을 것이다. 그땐 난 몰랐었다. 너무 어리석었다. 이젠 꿈속에서조차도 뵐 수 없는 어머님, 너무 그립습니다. 어머님 사랑합니다.

반성, 그리고 새로운 결심

사회생활을 남보다 늦게 시작했다. 대학 입시에서부터 꼬이기 시작해서 순차적으로 군 입대가 늦었고, 취업은 그나마 정부에서 주관하는 공무원 공개채용 시험 제도가 있었기에 그런대로 지체되지 않고 자리를 잡을 수 있었지만 여전히 동기들보다 나이가 많은 것은 어쩔 수 없었다. 여기에서부터 비롯된 것인지는 몰라도 '나'라는 사람이 조급해졌다. 그렇다고 경쟁자들을 앞지를 수 있는 것도 아닌데도. 그래서 압축된 생활을 할 수밖에 없었다. 시간을 아끼고 쪼개어 조각내서 쓰고, 기회마저도 최소한으로 취사선택해야만 했다. 목표를 지향하지 않은 행위들은 가급적 배제해야만 했다. 그러다 보니 인성마저도 그렇게 되어버린 것 같다. 나 개인은 그렇다쳐도 가정에서는 따뜻해야 하고, 사회를 바라보는 시각은 열려 있어야 하고, 다양성을 인정하고 그 속에 흡수될 수 있어야 했는데 그렇지를 못했다. 원칙에 얽매여 쉬운 일도 어렵게 질질 끌어야만 했던 것 같다. 그런 사람의 결과가 어떠했을지는 보지 않아도 훤할 것이다. 이제 와서 뒤돌아보니 아쉬움이 너무 크다. 이런 나, 남들이 보기에 얼마나 한심했을까?

그래서일까? 취미도 별로 없고, 터놓고 이야기할 수 있는 친구도 많지 않았다. 고민과 고통이 가중되고, 이룬 것 없이 세월은 세월대로 흘러서 나라는 사람을 갈수록 조급하게 만들었다. 고민 끝에 산을 찾게 되었고, 산은 나에게 많은 것을 가르쳐주었다. 산 정상에서 바라본 세상은 온통 점일 뿐이었다. 그 잘난 1등들은 어디에도 보이지 않았고, 부자도, 잘난 놈도 못난 놈도 찾아볼 수 없었다. 오로지 만사는 공(空)으로만 떠오르고, 만물은 점으로만 보였다. 점뿐이었다. 그 속에서 치고받고 아웅다웅했던 지난날들을 되돌아볼 수 있었다. 새로운 결심을 했다. 이젠 나 자신을 풀어주기로 했다. 한없이 늘어지기로 했다. 주변도 둘러보고, 좀 더 따뜻한 마음과 얼굴엔 미소를 장착하기로 다짐했다.

1차적인 실패를 통해 인생의 탑은 한 가지만 있는 것이 아니란 것도 알게 되었다. 새롭게 나만의 탑, 내가 잘할 수 있는 탑을 쌓기로 했다. 다시 세상 속으로 들어가 부딪히기로 했다. 새로운 의욕이 생겼고 마음이 편안해졌다. 지난 시절에 앞만 보고 내달렸던 목표 지향적인 삶의 방식을 통해서도 값진 교훈을 얻었다. 비록 그것이 내 인생의 1차적인 실패를 초래한 근본적인 원인이었을 수도 있겠지만, 주어진 여건에서 최선을 다했다는 위로와 만족을 스스로에게 건넬 수 있었고, 혼자만의 능력에는 한계가 있다는 것과 세상살이의 대원칙으로 공존의 절대성을 깨우치기도 했다. 결코 헛된 삶만은 아니었다.

다행인 것은, 아직 많은 시간이 남아 있고 그 시간을 온전히 활용하겠다는 나의 굳센 의지와 각오가 여전히 살아 있다는 것이다. 더구나 남아 있는 시간들은 인생의 마디 중에서도 가장 중요하다고 생각되는 소위 '인생 진짜 리그'이지 않은가. 나이 60이 넘었으니 대부분의 사람들이 다니던 직장에서는 퇴직을 했을 테고, 자식들 교육도 다 마쳤을 테니 경제적·시간적으로도 가장 여유가 있을 시기, 즉 나 스스로가 규정한 인생 진짜 리그에 들어선 것이다. 무엇을 하든 가장 자유롭고 의지대로 질주할 수 있는 인생 진짜 리그에 들어섰다는 것은 절호의 기회가 왔다는 것과 다름이 없다. 인생의 최종적인 성공과 실패는 이제부터 결정된다. 모든 것은 내가 하기에 달려 있다. 다시, 새롭게 뛸 것이다.

2장

미안하다

되돌릴 수 없는 미안함

60년을 넘게 살다 보니 가끔 지난날들을 돌아보게 된다. 더러는 잘한 일도 떠오르지만, 나의 실수나 짧은 생각으로 상대에게 해를 끼치거나 기회를 잃게 한 것만 같은 일들은 아직까지도 떨칠 수 없는 아쉬움으로 남아 있다. 상대는 대부분 아주 가까운 사이여서 더욱 미안하고, 이제는 되돌릴 수도 없는 일들이어서 마음이 아프기까지 하다.

어린 시절 우리 집에서 키우던 백구의 진심을 몰라줘서 너무나 미안하다. 내가 어렸을 때 시골에서는 거의 집집마다 개를 길렀고, 우리 집에도 영리한 백구가 있었다. 백구는 식구들이 밖에 나갔다가 들어오면 연신 꼬리를 흔들며 가슴팍까지 앞발을 들이대면서 반갑게 맞이하곤 했다. 그럴 때마다 나는 귀찮다는 투로 백구를 발로 차고 손으로 밀쳐내면서 혼내곤 했었다. 그래도 백구는 뒤로 물러나면서도 나에게 쉼 없이 꼬리를 흔들곤 했다. 그때는 그것이 반가움의 표시란 것을 몰랐었다. 요즘은 우리 주변에서 강아지를 안고 다니거나 목줄을 잡고 함께 산책하는 다정한 모습들을 흔하게 볼 수 있다. 그럴 때마다 백구에게 매정하게 굴었던 예전의 기억이 떠올라서 얼마나 미안하던지. 그때 백구가 나를 얼마나 원망했을까?

또 가깝게 지내던 친구와 소원하게 된 것은 나의 의도적인 회피 때문이었고, 지금까지도 서먹서먹하게 지내고 있다. 재주가 많은 친구였고, 어느 시점 이전까지는 절친이었다. 만나면 반갑고 다음이 기다려지던 친구였다. 그런데 어느 때부터 친구들 사이에서 그 친구의 좋지 않은 소문이 돌기 시작했고, 나의 귀에까지 들려왔다. 일부는 사실로 확인되기도 했고, 내가 직접 확인한 사례도 있다. 누구에게나 허물은 있을 수 있지만 그 허물이 이해될 수 있는 것이 있고 그렇지 않은 것이 있는데, 그 친구의 허물은 후자였다. 더구나 그것은 내가 가장 중요시하는 덕목 중의 하나였기에, 나는 그냥 넘어갈 수가 없었다. 친구의 그런 행위로 인해 내가 피해를 본 것은 아니지만, 그때부터 거리를 두게 되었고 회피하기에 이르렀다. 그 친구의 입장에서는 억울할 수도 있을 것이다. 하지만 나에게는 쉽게 용납이 되지 않았다. 내 신념에 반하는 것이어서. 그렇다고 내 신념이 일반 대중에게 쉽게 수용될 수 있는 것이라고 주장하지는 않는다. 그래서 그 친구를 공개적으로 비난하지도 않는다. 내 신념이나 세상살이에 대처하는 원칙은 어디까지나 나의 주관적인 판단일 것이기에. 세월이 또 많이 흘렀다. 세월과 함께 그 친구도 변했을지도 모른다. 나도 내 원칙을 고수한다고는 했지만, 만에 하나 내 판단이 틀렸을지도 모르겠다. 조만간 그 친구를 만나봐야겠다. 단호했던 예전의 내 생각이 틀렸기를 바라면서.

친척인 동생의 부탁을 거절했던 기억이 여태껏 잊히질 않는다.

1980년대 중반으로 기억된다. 평소 연락도 없이 지내던 동생이 집으로 찾아와서 정수기 방문 판매를 한다면서 구매를 부탁했었다. 정수기를 거친 물과 그렇지 않은 물의 질적인 차이가 크다는 것을 즉석에서 시연까지 해 보이면서다. 그 당시 가정에서는 정수기가 일반화되지 않았고, 나도 경제적으로 여유가 없다는 이유를 들어서 부탁을 들어주지 못했다. 그런 일이 있은 후 아무 일도 없었다는 듯이 잊고 지냈는데, 최근 들어서 다시 생각이 나곤 한다. 그때 정수기를 사줬더라면 그 동생에게는 큰 힘이 되었을지도 모르는데 너무 내 입장만 내세웠던 것 같아서다. 동생도 고민을 거듭한 끝에 어렵게 나를 찾아왔을 텐데 말이다.

이런 것들이 다가 아니다. 살아오면서 내가 취한 행위 중 반은 나를 위한 이기적인 행동으로 상대의 마음을 아프게 했을지도 모른다. 사회생활 초년에는 '우선 내가 살아야 나중에 다른 이도 구제할 수 있다'라는 생각이 컸었다. 사람에게는 나름의 때가 있고, 주어진 기회가 따로 있을 텐데…. 이제라도 속죄의 심정으로 해결할 수 있다거나 보상할 수 있다면 만사를 제치고서라도 나서겠지만, 그럴 수도 없는 것들이어서 영원히 마음속 고통으로 남을 것만 같다. 마음이 너무 아프다. 그분들을 위해 기도하고 참회하는 수밖에.

아내에게 미안하다

아내를 떠올리면 미안하다는 생각부터 앞서기에 말문이 막히곤 한다. 미안하고 고마운 것이 한두 가지가 아니어서다. 아내는 넉넉하지 못했던 결혼 초기의 어려움과 불편함에도 조금도 내색하지 않고 두 아이를 건강하게 잘 키웠고, 육아의 분주함에서 어느 정도 벗어난 뒤에는 가정 경제에 기여하고 자신의 꿈도 실현하고 싶은 마음에 보육 사업을 시작해서 오늘날까지 장장 27년간 이어오고 있다. 그사이 성취한 것도 적지 않다. 바쁜 와중에서도 자기 계발을 위해 대학 교육을 마쳤고, 불확실한 미래에 대비하여 각종 자격증까지 취득하는 등 열정적이었다. 두 아이가 대학을 졸업하고 취업할 때까지 모든 뒷바라지를 해낸 것도 아내의 몫이었다. 이제는 정년퇴직한 나를 이어 자신의 퇴직을 앞두고 가정과 보육 사업에 마지막 열정을 쏟고 있다.

이런 아내의 노력과 헌신에 비해 남편인 내가 가정을 위해서 한 일은 너무나 초라하다. 월급 받아서 아내에게 주면 그것으로 내 역할은 다 끝나는 양 착각하고 살아온 것만 같다. 특히, 중요한 아이들 교육을 아내에게만 맡겨놓고 나 몰라라 한 것만 같아서 너무나 미안하고 후회스럽다. 그럴 때마다 나는 직장에 충실한다는 명분을 내세웠겠지만, 오직 나 자신의 영달만을 위해서 살아온 것만 같아서 더더욱 미안하고 부끄럽기까지 하다.

아내에게 미안한 일을 꺼내자면 끝이 없을 것이다. 그동안 아내에게 해준 것 없이 걱정과 불안만 안긴 것 같아서 너무 미안하다. 그중에서도 꺼내기조차 싫은 것이 있는데, 결혼을 하면 어느 부부나 당연한 수순처럼 떠나는 신혼여행조차 우리는 가지 않았다. 당시에는 그럴듯한 말로 서로가 이해되었는지는 모르겠지만, 지금에 와서 보니 나에게는 생각조차 하기 싫은 멍에가 되어 있다. 나중에라도 특별한 이벤트라도 해서 가지 못한 신혼여행의 아쉬움을 달랠 수도 있었을 텐데 그것마저도 놓치고 말았으니. 가지 못한 신혼여행 때문에 가슴앓이했을 젊은 신부의 상실감을 생각하면 지금도 그때의 무지함에 나 자신에게 너무 화가 나고 창피해서 쥐구멍에라도 들어가고 싶은 심정이다. 또 있다. 언젠가 아내의 혼잣말을 내가 들은 적이 있다. '이젠 큰 집에서 사는 것은 포기했다'라던…. 아내여, 미안하다. 또 장인, 장모님이 살아 계실 때 처가에 좀 더 잘해주지 못한 것도 내내 마음에 걸린다. 아내가 소리 내서 말은 안 했지만 나는 알고 있다. 애지중지 키운 맏딸을 나에게 맡긴 부모의 심정을 조금이라도 헤아렸더라면 그에 따른 책임까지도 나에게 함께 넘어왔다는 것을 알았어야 했는데, 그렇지를 못했다. 또 나의 차갑고 거친 말투는 자주 아내의 마음을 아프게도 했을 것이다. 이것을 내가 진정으로 미안해하는 이유는 젊은 시절 한때가 아니라 지금까지도 바뀌지 않았기 때문이다. 몰라서도 아니고, 마음이 없어서도 아니었다. 오로지 내 성격적 결함 때문이다. 성격 때문이라고 이해될 수 있는 것이 아니라는 것도 잘 안다. 알면서도 안 되는 것에는 나도 답답하고, 너무 속이 상한다.

이제는 내가 잘해야 할 일만 남았다. 아내를 위한 일이라면 어떤 일이라도 할 것이다. 그 첫 번째가 아내의 꿈이 이뤄지도록 내가 충실한 조력자가 되는 일이다. 아내도 한 사람의 여성으로서, 또한 가정의 안주인으로서 꼭 이루고 싶은 꿈이 있을 것이다. 그 꿈 실현을 위해 내가 할 수 있는 모든 것을 다할 것이다. 아내가 나를 위해 헌신했듯이 말이다. 꿈이 아니더라도 아내에게는 100세 시대에 어울리는 취미 생활도 필요하고 중요하다. 그동안 가정사에 묻혀 지내느라 취미다운 활동을 거의 못 했을 것이다. 아내의 취미를 계발하고 함께 참여하는 것도 내가 할 수 있는 일이 될 것이다. 건강 관리도 마찬가지다. 아내의 노후 건강을 위해 내 몸 이상으로 돌볼 것이다. 또 지금까지 잡다한 집안일은 거의 아내 몫이었는데 오늘부터라도 일정 부분은 내 몫으로 돌려야겠다. 그래서 이젠 간단한 요리 정도는 배워둬야겠다. 또 있다. 이제는 처가의 대소사에서 나의 역할을 제대로 할 것이다. 그동안 못다 한 몫까지 하겠다는 각오로 나설 것이다.

나는 지금까지 자신의 입신만을 위해서 살았던 것 같다. 결혼 초에는 더 나은 직장을 위해 열공한답시고 그랬었고, 그것이 불발되었을 때는 또 다른 탈출구를 찾는다고 그랬을 것이다. 세월이 흐를 대로 흐른 지금에 와서는 한 인간으로서 삶의 의의를 찾는답시고 그 세월 속에 묻혀 허우적대는 것만 같다.

반면, 나 하나만을 믿고 시집온 아내는 남편에 대한 기대가 컸을 것이다. 이제라도 그것을 채워줘야 한다. 아내도 남편들처럼 개인적인 욕망을 가진 한 인간이다. 그동안 얼마나 희생하고 인내하고 분노했을까. 이제부터라도 아내가 원하는 모든 것을 할 수 있도록 도와줘야 할 것이다. 거기에 엄마로서의 특권까지도 인정해서 날개를 달아줘야 할 것이다. 그래서 이제는 그동안 헌신한 대가가 온전히 아내에게 돌아갈 수 있도록 해야 할 것이다. 이제 그것을 해내는 주인공은 바로 나, 남편이어야 한다.

나도 이젠 천천히 걷고 싶다

평소 걷는 속도가 조금 빠른 편이었다. 걷기뿐만 아니라 일상적인 일 처리도 꾸물거리지 않고 정시에 또는 가급적 즉석에서 바로 해치우는 스타일에 가깝다. 능력이 특출해서가 아니고 성격 탓인 것 같다. 그런 습성이 반복되다 보니 이젠 아주 몸에 배어버렸다. 걷는 습관처럼 평상시 행동도 느긋하지 못하고 약간 서두르는 경향이 있다. 그런 탓에 당황스러웠던 때가 한두 번이 아니다. 동료들과 여럿이서 걸을 때도 그렇고, 모처럼 가족과 함께 여유롭게 걸어야 할 때도 한참을 걷다 보면 그들은 저만치 뒤에 있게 된다. 여럿이서 등산할 때도 그렇고, 아내와 함께하는 유일한 운동인 동네 한 바퀴 돌 때도 마찬가지였다. 그때마다 자꾸 뒤처지는 아내를 타박하곤 했는데, 지금에 와서 생각해보니 그 이유가 참으로 가관이었다. 천천히 걸으면 운동이 되지 않는다는 것이었다. 한 치 앞을 내다보지 못한 단견이었고, 아주 이기적인 생각이었다. 세월이 흘렀고, 이젠 그런 모습들은 역전되었다. 걷다 보면 아내는 저만치 앞서가고 있다. 천천히 가잔 말도 못 하고, 있는 힘을 다해 쫓아갈 수밖에. 아내는 그동안 나를 얼마나 원망했을까. 미안하고 또 미안하다.

횡단보도를 건널 때도 마찬가지였다. 신호등 파란색이 빨간색으로 바뀌려고 깜빡거리는 것이 멀리서라도 발견되면 죽을힘을 다해 뛰어가서 기어코 건너고야 말았고, 또 정류장에 들어서려는 버스를 발견했을 때도 어떻게 해서라도 뛰어가서 반드시 잡아타고야 마는 도전적인 습성들이 있었다. 예전에는 으레 그랬었다. 그것이 마치 시간을 낭비하지도 않고, 삶을 대하는 자세가 적극적이어서 나오는 행태인 양 스스로 만족했던 것 같다. 내가 일상적인 일 처리에 꾸물거리지 않는다는 것도 시원스럽게 일을 제대로 처리한다거나 그럴 능력이 있어서가 아니고, 임기응변식으로라도 어찌하든지 마무리를 해버린다는 뜻이다. 다른 일 처리도 그렇다. 여유를 갖고 차분하게 다루기보다는 잘하든 못하든 일단 제시간에 마무리를 해버리는 편이다. 마음의 여유가 없다거나, 나에게 직면한 1차적인 관심 사항이 아니라거나, 습관성일 것이다.

그동안 해온 일 대부분을 시간에 쫓기듯이 처리해왔던 것 같다. 심지어 12년간 지속했던 백두대간과 9정맥 마루금을 종주할 때도 마찬가지였다. 마루금 종주는 구간 구간마다 시간과의 싸움일 때가 비일비재해서 오르막이건 내리막이건 내달려야 하는 경우가 많다. 정해진 시간 내에 목적지에 이르러야 다음 구간 일정이 계획대로 진행될 수 있어서다. 이것 또한 많은 부분이 나의 평상시 습성대로 이루어졌음을 부인할 수 없을 것이다. 이런 습성들은 차질 없이 목표를 달성하는 데에는 도움이 되었겠지만, 결국에는 항시 아쉬움이 남았다. 좀 더 여유를 갖고 세련되게 처리할걸, 조금 더 세심하게 주변을 살피고 다방면으로 검토해서 후회가 남지 않도록 할걸, 하는.

이젠 나도 천천히 걷고 싶다. 예전처럼 할 수도 없을 뿐더러, 나이 듦에 따른 생체리듬에 맞게 움직여야 할 것 같다. 걷다 보면 주변에서 참 부러운 모습들을 자주 목격하게 된다. 강아지의 보폭에 맞춰 강아지의 일거수일투족을 보살피면서 강아지와 함께 걷는 50대 남자의 여유로운 모습, 벤치에 앉아 한강을 바라보면서 온갖 손짓 발짓을 다 하며 뭔가를 설명하면서 화통하게 웃어젖히는 남녀, 게이트볼장에서 승리를 자축하는 듯 연신 하이파이브를 날리는 70대 후반으로 보이는 남녀 노인들의 모습들. 참으로 보기에 좋다. 나에게도 저런 시간이 있었던가? 나도 언젠가는 저런 모습들의 주인공이 되어 남들의 부러움을 받아보고 싶다. 흉내라도 내봐야겠다. 생활 속에서도 여유를 갖고 싶고, 과업이든 경쟁이든 언제 어떤 상황에서도 이젠 하는 일을 즐기고 싶다. 모든 것에서 좀 헐렁해지고 싶다. 때로는 준비 없이 대중 앞에 나서기도 하고, 상대방의 기대에 미치지 못하는 실수도 해보고 싶다. 오늘 당장 퇴근길에 그동안 소원했던 친구를 불러 지하철역 근처 노상 카페에서 시원한 맥주라도 한잔해야겠다.

장모님 가시던 날

코로나19 상황이 자식들을 불효자로 만들었다. 86세라는 고령에 위중하신 장모님이 요양병원에 계시지만 자식들은 발만 동동 구를 뿐 어찌해볼 도리가 없었다. 코로나19 때문에 면회조차도 할 수 없어 전화통만 붙들고 애를 써보지만, 이건 자식 된 도리가 아니다. 더욱 난감한 것은 치매를 앓고 계신 장모님은 자식들의 이런 심정을 전혀 모르신다는 것이다. 1남 4녀의 자식들을 훌륭하게 거두신 장모님. 올곧으면서도 언제나 당당하시던 예전의 모습과 달리 병원 침대에 홀로 쓸쓸하게 누워 계시는 장모님의 모습을 떠올릴 때면 자식들은 찢어지는 아픔을 감내해야만 했다.

별세하시기 5일 전 어느 날. 갑자기 면회를 허락한 병원의 결정이 왠지 불안하지만, 그리워하던 어머님을 뵐 수 있다는 기쁨에 각지에 흩어져 있는 자식들은 한걸음에 광주로 집결하여 면회를 했다. 면회라고 해봐야 가로막고 있는 창문을 사이에 두고 잠깐 뵌 것이 전부지만 말이다. 병원 입구 유리 창문 앞에 대기하고 있던 자식들은 장모님이 누워 계신 이동 침대가 간호사와 함께 등장하자 일제히 '엄마'를 외치지만 장모님은 눈을 감으신 채 미동조차 않으셨다. 그렇게 얼마간의 시간이 흐르고 장모님은 간호사의 부축으로 눈을 뜨시더니 창문 너머의 자식들을 둘러보신다. 여전히 말씀은 없으시다. 힘이 드신 듯 잠시 눈을 감으시다 다시 눈을 뜨시고 뭔가 말씀을 하시려다가 잠시 미소를 띠시더니 다시 눈을 감으신다. 자식들의 힘내시라는 외침에도 아랑곳하지 않으신다. 순간적으로 자식들의 모든 바람도 다 들으셨고, 눈으로 자식들에게 하고 싶은 말씀도 다 하셨을 것이다. 이 순간이 마지막이란 것을 장모님은 아셨겠지. 벅차오르는 아쉬운 감정과 미련을 억누르고 자식들을 향해 마지막 사랑을 보내며 당부를 하셨을 것이다.

그렇게 짧은 순간이었지만 장모님과 자식들 간의 애타는 심사의 주고받음이 오고 갔다. 듣지 못했지만 나는 다 알아들었다. 5년 전 장인어른 임종 즈음에 이런 상황을 겪었기 때문이다. 화목하고 협조해서 우애 있게 잘 살라는 마지막 말씀을 하셨을 것이다. 십여 명의 자식과 손주들은 그런 장모님의 마지막 말씀을 아는지 모르는지, 아직은 살아 계신다는 사실에 안도하는 듯했지만, 가슴속에서 끓어오르는 안타까움은 어쩔 수가 없다. 이 시각이 어떤 순간인가! 인간이 얼마나 미약하고 죽음 앞에서 무기력한 것인지!

자식들의 울부짖음에도 아랑곳없이 간호사는 장모님이 누워 계신 침대를 밀고 올라가버린다. 매정한 코로나19. 부모 자식 간의 관계를 이렇게 삽시간에 천 길 낭떠러지로 밀어 넣을 수가 있는가? 이건 아닌데….

그로부터 5일 후 장모님은 운명하셨다. 그동안 자식들에게 준비할 시간을 주셨던 것일까? 1남 4녀를 올바르게 거두시고 장모님은 대역사를 마감하셨다. 이 하늘과 땅 차이의 어마어마한 격차를 자식들은 눈곱만큼이라도 헤아릴 수 있었을까?

장모님의 시신이 화장장 불 속으로 향할 때 갑자기 둘째 딸의 비명이 울렸다. '엄마 엄마! 가지 마아….' 한참을 울부짖다가 체념한 듯 떨리는 낮은 음성으로 '엄마 잘 가게'를 마지막으로 흘린 후 실신 상태에 빠진 둘째 딸. 슬피 울다 지친 둘째 딸. 누구도 더 이상 눈물을 감출 수 없어, 여기저기서 훌쩍훌쩍 하는 신음 소리가 새어난다. 유독 둘째 딸의 슬픔이 그렇게 컸던 이유가 뭘까? 왜였을까. 늘 가까이에 있었고, 가장 많은 시간을 함께했던 딸이어서 그랬을까? 그동안 일상에서 교감한 가르침과 배움이, 한과 정이, 기쁨과 슬픔이, 병간호 중 상호 간에 스며든 애착들이 가장 깊이 또 오랫동안 가슴속 깊이 새겨져서 그랬을 것이다. 그런 자만이 이승과 저승의 갈림길에서 외칠 수 있는 통곡이자 부르짖음이었을 것이다.

이제 장모님은 아주 먼 곳으로 가셨다. 장모님의 육성은 못 들었지만 장모님이 남기신 숙제는 자식들 모두가 잘 알고 있을 것이다. 화합하고 서로 도와서 잘 살라는 당부인 것을. 맏사위인 나에게 남긴 당부도 막중할 것이란 것을 잘 알고 있다. 장모님, 이곳 걱정은 조금도 하지 마시고, 부디 좋은 곳으로 가셔서 편히 쉬세요. 그렇게 그리워하시던 장인어른을 다시 만나서 그동안 못다 한 정 나누시고, 내내 행복 누리시기 바랍니다.

마지막이 될지도 모를 순간에 대비해서

한 해가 저물어가는 12월을 보내려니 마음은 수십 년이 한꺼번에 무너지는 듯 덜컥 내려앉는다. 아무리 송년이라지만 한 해를 보내는 감정이 이렇게 허전하고 쓸쓸할 수가. 하기야 해가 바뀌려는 끝자락인데 70대의 소회가 여전할 리가 없겠지. 다급해진다. 이젠 더 늦기 전에, 자칫 기회를 놓치기 전에 서둘러야 할 것 같다. 살다 보면 꼭 갚아야 할 은혜를 갚지 못하고, 용서해야 할 사람을 용서하지 못하고, 위로나 격려가 필요한 대상을 알고 있으면서도 마음을 전하지 못하고 기회를 놓쳐버리는 수가 있다. 그래서는 안 되겠다. 언젠가는 내 생전의 마지막이 될 그 사람들을, 그것들을 찾아가서 위로하고, 격려하고, 용서하고, 용서를 구하고, 갚을 것은 갚아야겠다.

제일 먼저 복삼이 친구가 떠오른다. 선하디선하게 생긴 얼굴이며 마음씨가 말하듯 복삼이 친구는 남에게 싫은 소리라곤 할 줄 모르는 고향 친구이다. 주어진 여건에서 최선을 다해 성실하게 살고 있지만, 좀처럼 여유를 갖지 못하는 험난한 서울살이에 조금씩 지쳐가고, 결국엔 친구들 모임마저 스스로 회피하기에 이른 안쓰러운 친구다. 그동안 나도 생각만 하고 전화 통화만 했었지, 만나서 따듯한 위로 한번 제대로 건네지 못했다. 이젠 더 이상 미뤄서는 안 되겠다. 이번 추위만 넘기고 따듯한 봄날이 되면 꼭 한번 찾아가서 구수한 국물 앞에서 얼굴을 맞대고 이야기라도 나눠야겠다.

아직까지 내 마음속에 앙금으로 남아 있는 몇 사람과도 이젠 훌훌 털어내야겠다. 대면하지 않고 마음속으로 이름을 불러주는 것만으로도 족할 것 같다. H, J, O, K, S. 나 혼자만의 생각으로 미워했을 뿐이고, 내 마음 편하고자 하는 일이니까. 한때는 나와 견해차이 때문에 갈등을 빚었고, 행실이 바르지 못하다는 이유로 마음속으로 미워하기도 했었지만, 이젠 아니다. 그들도 자신들의 입장이 있었을 것이고, 그들만의 살아가는 방식이었을지도 모르니까. 또 내 생각과 판단이 항시 맞는다고 볼 수도 없지 않겠는가. 그리고 이 세상의 수많은 그런 사람들에 비하면 이 사람들의 그런 것들은 그렇게 비난받아야 할 것이 아닐지도 모른다. 또 한때 실수였을지도 모르겠고, 지금은 이미 바뀌었을지도 모를 테니까.

내가 몇 년째 키우고 있는 어항 속 구피에게도 이젠 좀 더 구체적으로 그동안의 고마움을 전해둬야겠다. 평상시 먹이를 줄 때마다 하던 짧은 인사말 '구피야, 밥 먹자' 와는 다른 말이 될 것이다. 너로 인해 새로운 기쁨을 맛봤고, 날마다 너를 만나는 낙이 컸었다고. 그동안 나의 벗이 되어주어서 고마웠다고. 그 말을 들은 구피도 이해할 것이다. 그 증표로 구피는 물속을 상하좌우로 신나게 오르내리며 유영할 것이다. 그런 우리 집 구피의 모습이 벌써부터 어른거린다.

또 아파트 좁은 베란다에서 자라고 있는 우리 집 화초들에게도 고마움을 전해둬야겠다. 넓고 탁 트인 실외에서 여유롭게 살다가 좁은 곳에 갇혀 자라면서도 한마디 불평 없이 한여름 무더위와 한겨울 추위를 잘 견뎌냈고, 때가 되면 어김없이 싱싱한 푸른 잎과 예쁜 꽃들을 피워내느라 수고가 많았을 우리 집 화초들이다. 그중에서도 가늘고 긴 줄기에 과중할 정도로 많은 잎과 빨간 열매를 매달고 자라면서 실내 미세먼지를 잡아먹고 공기정화에도 큰 역할을 하고 있는 만냥금, 아주 먼 곳인 아메리카 열대 지역에서 우리나라에까지 건너와서 플라스틱처럼 보이는 독특하고 화려한 꽃잎을 지닌 채 오랫동안 꽃을 피우는 안스리움, 광택이 나고 아름다운 잎들이 풍성하여 항시 실내를 시원스럽게 꾸며주는 녹보수, 넓고 둥근 타원형의 연둣빛 잎과 노란 무늬가 아름다워 특별히 정이 더 가는 뱅갈고무나무, 꽃보다는 잎 관상에 더 관심이 가고, 잎 면적이 커서 공기정화 역할을 톡톡히 하고 있는 스노우 사파이어 등. 그리 좋지 못한 환경에서도 꿋꿋하게 자라주어서 고맙고, 너무나 감사하다.

그런데 그동안 해마다 한두 번씩은 찾아뵙던 부모님 산소를 언제부터인지 한 해 한 해 거르게 되더니, 이젠 한두 해 거르는 것이 일상사가 되어버렸다. 굳이 이유를 대자면 거리가 멀다는 것이겠지만, 그것은 완전히 핑계다. 이러다간 부모님께 인사도 못 드리고 어느 날 갑자기 내가…. 그동안 얼마나 노하셨을까. 어머님께서는 살아생전에 해마다 혼자서 조상님 벌초를 정성껏 하셨었다. 옆에서 지켜봤던 그 모습이 아직까지도 눈에 선하다. 이젠 더 늦기 전에 찾아뵈어 용서를 구하고 어머님의 뜻을 받들어야겠다.

자식들에게도 이젠 할 말은 해둬야겠다. 지금까지는 대화로 소통하기보다는 방관자적 입장을 취했던 것 같다. 자식들을 믿었고, 평상시 나의 생활 자세를 보고서 자식들이 스스로 터득할 것으로 알았었다. 그런데 아닌 것 같다. 자식들도 나의 직접적인 언급을 기대하고 있을지도 모르겠다. 과거에 지나칠 정도로 자주 했던 말이 있다. 독서, 그리고 평소에 가급적 많은 곳을 들르고, 여러 사람을 만나서 대화하라는 것이었다. 또 무엇이든지 실기한 뒤에 후회해서는 안 된다는 말도 했었다. 아직도 기억하고 있겠지?

이젠 한시름 놓아도 좋을 것 같다. 여차하면 놓칠 수도 있었는데, 마음 놓을 수 있게 되었으니. 모든 분들이, 구피랑 화초들까지도 나와 인연 있는 모든 것들이 다 잘됐으면 좋겠다. 평안하고, 참다운 행복을 누렸으면 좋겠다.

멈춤을 갖고 성찰할 때

그동안 누구 못지않게 치열하게 살아왔다. 빠듯한 시간을 쪼개가면서 나에게 주어진 과제들을 착실하게 수행해왔다. 어지럽게만 보이던 인생행로도 가닥이 잡혔고, 혼란스럽던 마음도 차분해졌다. 이젠 진행 중인 과제만 마무리 지으면 굵직한 일은 끝나고, 더 이상 시간에 쫓기는 일은 없을 것이다.

그런데 어느 날 문득, 뇌리를 스치는 섬뜩한 그 무엇과 함께 무엇인지 모를 허전함이 밀려들었다. 머잖아 나한테는 더 이상 수행할 과제가 없어진다는 사실. 나에게서 할 일이 없어진다? 그러면 나는 이대로 끝인가? 상상조차 하기 싫은 두려운 현실이 나에게 닥칠 것만 같다. 나는 두 발로 걸을 수 있는 한 현역으로 남겠다고 스스로 약속까지 했었는데….

그동안 지나칠 정도로 목표 지향적으로 살아왔고, 굵직굵직한 실적에만 매달렸던 것 같다. 그래서인지 웬만한 일들은 하찮은 것이 되어버렸고, 그런 것들의 중요성을 간과했을지도. 이젠 생각을 바꿔 삶의 과제도, 지향점도 달라져야 할 것 같다. 그동안은 나 개인의 실적 쌓기에만 바빴고, 나만을 위한 투자였고, 나 자신만을 위한 희생이었을 것이다. 더불어 사는 세상인데 주변을 둘러보지 못하고 앞만 보고 내달렸던 것 같다. 이젠, 이 사회를 향하여 나에게 주어진 나의 몫을, 나의 역할을 해야 할 것이다.

주변부터 둘러보고, 챙길 것은 챙겨야겠다. 내 주변에도 외롭고 격려가 필요한 사람이 많다. 큰 뜻을 품고 멀리 서울까지 올라와서 꿈을 펼치느라 고군분투했을 향우들, 서로가 바쁘다는 핑계로 이미 소원(疏遠)하게 된 동창들과 30년을 동고동락한 직장 동료들, 또 퇴직 후에 재취업 현장에서 만난 또 다른 동료들이 있다. 이들은 나와 크고 작은 인연으로 맺어진 소중한 사람들이다. 이젠 그들의 모습에도 해 질 무렵의 붉은 태양처럼 원숙한 늦가을 분위기가 물씬할 것이다. 이런 때에, 그들과 마주 앉아 차라도 한잔 마시는 시간을 갖게 되면 서로에게 큰 힘이 되지 않을까?

다소 늦은 감이 있지만, 나도 이 사회를 위해서 무엇이라도 해야겠다. 나를, 내 능력을 필요로 하는 곳이 있다면 어디든지 달려가서 무조건적인 봉사를 해야겠다. 그동안은 이 사회로부터 많은 것을 배웠고, 도움을 받았다. 그런 내가 빚쟁이로 남아서는 안 되고, 받은 것 이상으로 돌려줘야 할 것이다.

그동안 시급한 과제에 밀려 신경을 못 썼던 것들에도 이제는 관심을 쏟아야겠다. 나의 취미나 특기인 것들이 되겠다. 이런 것들도 그저 시간만 때우는 활동이 되어서는 안 되고, 성과를 내도록 할 것이다. 경쟁이 아니기에 악착스러울 필요까지는 없겠지만 계획 대비 발전하는 모습은 보여야겠지. 나이 들어서 하는 취미 활동은 젊어서의 인생 과제 못지않게 중요하다. 어쩌면 더 중요할지도 모른다. 특히 노인들의 활동은 인지 기능 저하를 방지하고, 치매와 같은 질병의 위험을 줄일 수 있다기에.

내 나이 이제 70을 넘었다. 앞만 보고 뛰다 보니 어느 날 여기까지 와 있다. 그동안 여유를 갖지 못해 지난날을 뒤돌아보지를 못했다. 이젠 멈춤을 갖고, 성찰이 필요한 때다. 현재가 가장 고귀한 때란 것을 인식하고, 남은 생은 보다 단순하고 유연하게, 더욱 신선하게 살아야겠다.

3장

나에게 울림을 준 사람들

길 위에서 만난 스승들

살다 보면 누구나 한 번쯤은 자기 인생행로에 본보기로 삼아도 좋을 만한 사람을 만나게 될 것이다. 나에게도 그런 사람이 몇 사람 있다. 독서실에서 공부하던 중에, 직장 생활하면서, 도보 여행 중에, 더러는 독서나 매스컴을 통해서도 인연을 맺을 수 있다.

그중에서 한 사람은 내가 서울에서 대학 입시를 준비할 때 만난 채병섭이라는 학생이다. 학생은 당시 고등학교 2학년이었고, 집은 동대문구 창신동에 있었는데 방과 후에는 나와 같은 독서실에서 공부했다. 1974년쯤, 동대문 이스턴호텔 근처에 있던 동대문독서실이 그 현장이다. 당시 그 독서실에는 나처럼 지방에서 올라와 독서실에서 숙식을 해결하며 공부하는 학생과 재수생들이 많았다. 그 학생과는 대화가 거의 없었고, 오다가다 만나면 눈인사 정도를 나누는 사이였다. 학생은 선입견 없이 사실을 있는 그대로 보는 것 같았고, 서울과 지방이라는 출신 지역이나 빈부 차이도 전혀 내색하지 않는 순수한 학생 같았다. 특이한 것은 학생은 어린 나이임에도 주변의 어려운 처지에 있는 사람들을 보고서는 나 몰라라 하지 않았다. 어느 날부터는 독서실에서 국수를 삶아 식사를 대신하는 몇 사람을 눈여겨보고서는 쌀을 담은 봉지와 김치를 가져다주곤 했다. 그것도 '밥해서 드세요'라는 작은 메모 한 줄과 함께 아무도 모르게 책상 위에 놓곤 했다. 상대방을 배려해서였을 것이다.

아직은 학생 신분이기에 특별한 행동에는 제약이 있을 만도 한데 망설임이 없었고, 모든 것을 즐거운 마음으로 하는 것 같았다. 나도 도움을 받았으면서도 한 번도 고맙다는 인사를 하지 못했다. 그러는 것이 그 학생의 순수한 의도에 부응하는 것이라고 생각해서 그랬다. 자신의 일에만 몰두하느라 주변을 둘러볼 여유가 없었던 우리에 비하면 그 학생은 나이는 어리지만 우리보다 앞선 어른처럼 느껴졌다. 그때 이후 우리는 각자 헤어졌지만 한 해를 결산하는 연말이나 명절 같은 때에 매스컴을 통해 약자를 돕는 프로그램이나 뉴스를 듣게 되면 꼭 이 학생이 생각나곤 했다.

또 한 사람은 내가 처음 직장에 들어가서 만난 같은 과 직속 선임이었던 박○○ 씨다. 신입이었던 나는 쟁쟁한 멤버들 속에서 막내 직원으로 일하게 되었는데, 이분은 중고참으로 직장 내에서 신뢰가 두터웠고 과에서도 핵심적인 역할을 하고 있었다. 이분은 나에게 업무는 물론 조직의 생리나 대인관계 등 신참이 버거워할 일들을 형처럼 소상하게 가르쳐주었고, 어떤 경우에도 내 편에 서서 힘을 보태주었다. 경우에 따라서는 방패 역할까지 해주었다. 어느 조직이나 마찬가지겠지만 조직원들 사이에선 경쟁, 시기, 멸시 등이 만연하지만 이분은 어떤 상황에서도 나를 이해하고 배려해주었다. 내가 신참을 벗어난 이후에도 직장 생활 내내 한결같이 날 이해하고 이끌어주었다. 그분 앞에서는 저절로 형님 소리가 나올 정도였다. 이분은 뜻한 바가 있어 조금은 이른 시기에 공직을 명예퇴직하고 공공 골프장에 재취업하셨고, 그곳에서도 능력을 인정받아 사장까지 역임하셨다. 이분과는 퇴직한 지금까지도 서로 연락을 주고받고 있는데, 이분으로부터 배운 넉넉한 마음씨와 겸손함 그리고 무슨 일이든지 맡은 일에는 최선을 다해 성과를 내는 자세는 내가 두고두고 기억하려고 애쓰고 있다.

또 한 분은 임실군 강진면에서 국수가 주 메뉴인 식당을 운영하는 주인 할머니다. 이분은 어려움에 처해 있는 사람들을 동정하고 이해하는 따뜻한 마음씨를 가진 분으로 주변에 널리 알려져 있었다. 2017년 9월, 내가 국토종단을 하던 때였다. 임실군 강진면에 이르러서 저녁 식사를 위해 식당에 들어가서 국수를 주문했는데, 음식이 준비되는 동안에 먹으라면서 돼지고기 머릿고기를 듬뿍 주셨고, 또 내가 마을 정자에 텐트를 치고 잔다는 것을 아시고는 마을 이장님께 얘기해서 따뜻한 경로당에서 잘 수 있도록 도와주셨다. 식당을 나서면서 식사비를 드리니 받지 않겠다면서 그 돈은 올라가면서 맛있는 것 사 먹으라는 말씀과 함께 믹스 커피 다섯 봉지를 주시는 것이 아닌가. 올라갈 때 커피 마시면서 가라고! 땀을 많이 흘리는 사람은 잘 먹어야 한다고 하셨고, 추운 데서 자면 몸 상한다는 말씀도 하셨다. 처음 보는 사람에게 이런 말씀을 하시기는 쉽지 않을 텐데 할머니는 거침이 없으셨다. 순간 나는 어쩔 줄을 몰랐지만 감사한 마음으로 받아들였다. 처음 보는 낯선 사람에게 추운 데서 자면 안 된다는 말씀이나, 땀을 많이 흘리는 사람은 잘 먹어야 된다는 말씀은 아무나 할 수 있는 말이 아닐 것이다. 할머니는 나한테만 그런 것이 아니고 비슷한 처지의 모든 사람을 그렇게 대하셨을 것이다. 인간애가 돋보였고 무엇보다도 사람을 우선시하는 할머니의 모습에서 나는 진정한 내 인생 스승의 모습을 발견했다. 이 식당은 이미 주요 언론 매체들로부터 임실군 맛집으로 인정받았고, 맛집 선정 사유 중의 하나가 주인 할머니의 넉넉한 마음씨와 후덕한 인심이었다. 이런 사실은 식당 문을 나선 후에야 알게 되었다. 다음 날 국토종단 걸음을 이어가면서도 계속해서 그 할머니 말씀이 떠올랐다. 나는 그동안 도움이 필요한 사람에게 어떠했던가? 부끄러울 뿐이다.

사람은 학교 교육뿐만 아니라 평생을 두고 배운다고 한다. 그중에서도 사회생활을 통한 배움이야말로 진정으로 절절한 산교육이 아닐까? 나는 이분들로부터 배운 것을 실천하고, 이분들을 닮으려고 노력하고 있지만 그분들의 근처에도 갈 수 없음이 솔직한 고백이다. 온전하게 기억하고 실천하지는 못했지만 삼사십 년이 지난 지금까지도 그분들의 그때 모습과 가르침은 결코 잊지 않고 있다.

너무나 인간적인 서울 사람

모처럼 인간적인 서울 사람을 만났다는 생각에 마음이 흐뭇하다. 그런 사람을 만났다는 것에 행복할 뿐만 아니라 몹시 다행이라는 생각까지 든다. 그분과 함께 비정규직으로 8개월을 일하면서 관찰해온 나의 직접 경험에서 우러난 판단이니 크게 틀리진 않을 것이다. 유례없이 더웠던 그해 여름날에 함께 땀 흘렸던 우리 팀의 리더에 관해 이야기를 할 참이다.

우리 팀은 리더 1인을 포함해서 4인으로 구성되었는데, 그중 3인이 서울 출신이고 나 혼자만 시골 출신이었다. 우리 팀에게 주어진 임무는 4인의 협업을 통해서 그날그날 주어지는 과제를 수행하는 실개천 현장 관리이다. 다른 현장의 업무 강도에 비하면 아무것도 아니지만, 그래도 손과 발을 움직여서 결과를 내야 하기에 하루 작업이 끝나면 몸에 반응이 올 정도는 된다. 이런 작업 현장에서는 불문율이 있다. 1인의 작업량은 N분의 1이다. 내가 힘이 들면 나머지 3인도 똑같이 힘이 들어야 하고, 쉴 때도 같이 쉬어야 한다. 일을 하다 보면 불협화음이 날 수밖에 없다. 주로 개인별 작업

량과 작업의 질에 대한 불공정 때문이다. 어느 작업장에서나 흔히 있을 수 있는 불평인데, 우리 팀이라고 예외는 아니었다. 이런 불평 속에서도 팀이 주어진 과제를 제대로 마칠 수 있었던 것은 오로지 우리 팀의 리더 덕분이었다.

리더는 서울 토박이로, 나이는 우리 팀 네 명 중 세 번째로 많은 60대 초반이다. 정확하게 알 수는 없지만 이런 현장 경험이 우리 네 명 중 가장 많은 듯했다. 그래서인지 많지 않은 나이에도 불구하고 팀원 간의 조정 능력이 뛰어났다. 리더답게 보통 사람과는 달랐다. 리더로서 지녀야 할 자질과 능력을 충분히 갖춘 것 같았다. 리더에게 가장 중요한 덕목이 경청이라고 했는데 우리 팀의 리더가 바로 그런 사람이었다. 비록 소규모 조직이지만 문제가 발생하면 리더는 제일 먼저 전 팀원의 목소리부터 듣고 판단했다. 또 리더는 팀원 간 소통과 단합을 중시하였고, 항시 상대방을 배려하고 자신을 낮추는 자세를 견지했다. 특히 책임감이 돋보였다. 사업 주체와 과제의 내용을 보면 작업의 분위기가 그렇게 타이트하지 않고 조금은 헐렁해도 될 법도 한데, 리더는 분위기에 자만하지 않고 책임감을 엿볼 수 있게 행동하였다. 어떤 경우에도 당일 주어진 업무량은 반드시 해내는 강단을 보였고, 그러면서도 팀원들이 불만을 토로하지 않고 자발적으로 역량을 발휘하게 하는 수완을 발휘하였다. 핵심은 리더 자신의 솔선수범이었다. 무슨 일이든지 앞장서서 나아가고, 뒤처리까지 본인의 눈으로 확인하고, 자신의 손으로 직접 마무리 짓는 모습을 보였다. 또 동료의 미흡한 일 처리가 발견되어도 즉각적인 대응을 피하는 자제력을 발휘할 줄을 알고, 상관에게는 깍듯하게 예의를 갖출 줄도 알았다. 업무를 떠나서 대인관계도 원만하고 인사성도 아주 밝았다. 타 팀원과도 거리를 두지 않고 가까이 지내려고 노력하고, 만나는 사람에게는 먼저 인사하는 것이 생활화된 사람이었다.

이 정도면 서울 사람치고는 보기 드문 알짜배기 인물이라고 말할 수 있을 것이다. 이런 사람과 같이 일했다는 것이 얼마나 행복하고, 다행인지 모르겠다. 나보다 더 어린 사람으로부터 많은 것을 배웠다. 일을 하면서 리더의 현명한 행동을 볼 때마다 그 자리에 나를 대입시켜보곤 했다. 저런 경우에 나 같으면 어떻게 행동했을까? 저렇게 해낼 수 있었을까? 솔선수범하는 것이나 남보다 좀 더 많은 일을 한다는 것은 내가 흉내라도 낼 수 있겠지만, 팀원의 불합리한 행동에 끝까지 자제력을 보이는 인내심 같은 것은 나에게는 어려웠을 것만 같았다. 서울 사람 같지 않은 서울 출신 리더. 나에게 더불어 살아가는 법을 새롭게 가르쳐준 인생의 본보기 같은 사람. 정말 존경하고 싶은 마음이었다. 계약 기간이 종료되어 팀원들과 헤어지더라도, 언제 날을 잡아 우리 팀 리더와 긴 이야기라도 나눌 수 있는 기회를 만들어야겠다.

어떤 리더십

그날의 지시 사항을 현장에서 직접 행동으로 보여주면서 근로자와 함께 작업에 임하는 리더가 있다. 그렇게 지시 사항을 전달한 뒤에는 일체의 군소리 없이 하루 일과를 마치게 된다. 몇 해 전 내가 일했던 강남 지역 어느 일터의 최고위층인 현장 소장 이야기이다.

이분은 무거운 짐을 운반할 때나, 고난도의 어려운 일을 할 때, 또는 위험한 일을 처리할 때는 언제나 앞장서서 직접 행하거나, 손수 처리하여 시범을 보인 후에 다른 근로자들이 따를 수 있도록 한다. 또 사고 방지 차원에서 초심자나 미숙련자들에게는 교육적 차원에서 열외라는 기회를 주기도 한다.

이런 리더의 솔선하는 모습과 헌신적인 행위가 수반하는 효과는 대단했다. 상사가 앞장서서 힘들고 어려운 일을 하는데 어떤 간 큰 근로자가 그냥 보고만 있겠는가. 또 나에게 닥칠 수 있는 위험을 대신해서 막아주는데 어느 누가 고마워하지 않겠는가. 누구라도 존경하지 않을 수 없을 것이다. 볼 때마다 감탄하였다. 지금까지 몇 곳의 작업 현장을 경험했지만 아직까지 이런 분과 같은 리더는 보지 못했다.

이런 분이 리더로 있는 작업 현장의 성과는 보지 않아도 알 수 있을 것이다. 어떤 작업 현장에서나 흔히 발생할 수 있는 안전사고는 훨씬 줄게 되고, 근로자들의 자발적인 참여 의식과 합심하여 협력하려는 분위기를 쉽게 느낄 수 있을 것이다. 그날 주어진 목표를 차질 없이 달성하는 것은 물론이다.

리더십에서 가장 중요한 것이 정당한 권위라고들 말하지만, 이분이 보여주는 사랑이 깃든 헌신과 솔선 또한 이에 못지않게 중요할 것이다. 물론 조직 유형이나 인적 구성에 따라 다를 수가 있겠지만, 헌신과 솔선만은 가장 핵심적이고 기본적인 덕목이 아닐까 생각한다. 작업 현장에서 이분의 움직임 하나하나를 볼 때마다 다시 생각하게 된다. 이분은 어떤 생각으로 작업에 임할까? 매사를 이렇게 대할 수 있을까? 저절로 나도 닮고 싶어졌다. 근로 현장의 구성원이나 근로 여건을 보면 이러한 리더십이 이해가 갈 것이다. 구성원들의 연령은 60대 중반을 넘어선 은퇴자들이 대부분이고, 이들의 기능도 천차만별이다. 조경 업무와는 거리가 먼 일반 기업체, 금융업, 공기업 등에서 근무했던 퇴직자들이 다수이고 소수의 조경 관련 경력자들이 섞여 있다. 근로 여건 또한 열악해서 근로 의욕을 고취시킬 수 있는 인센티브나 다른 유인책이 전혀 없는, 비정규직으로 구성된 조직이라는 것을 감안하면 이해가 갈 것이다. 아마도 이분은 이러한 특수한 상황을 이해하고 주어진 여건에서 최고의 효과를 낼 수 있는 최적의 리더십을 발휘하는 것이 아닌가 생각된다.

한마디로 이분은 사명감 하나로 조직에 헌신하고, 자신을 인정해주는 조직에 충성하는 참다운 리더라고 부르고 싶었다. 존경하지 않을 수가 없었다. 이분은 오래전부터 홀어머니를 부양하고 있는 효자로 알려져 있고, 과거에 조경 업체에 근무했던 조경 전문가로서 해당 기관에서도 능력을 인정받아 매번 재계약에서도 무난하게 통과되는 실력자로 알려져 있다. 헌신과 충성, 그리고 효자는 어쩐지 부합하는 조합인 것만 같다. 이런 리더십의 사례를 전국의 동종 또는 유사 업종에 널리 전파하여 고용주와 근로자의 만족도를 더욱 높이고, 훈훈하게 상생할 수 있는 일터가 더욱 많아졌으면 하는 마음 간절하다.

우리들의 영웅 송해 형님

한때 '일요일의 남자, 현역 최고령 연예인, KBS 대표 예능 프로그램인 전국노래자랑의 명 MC'로 명성을 날리던 사람. 이 정도면 어느 분인지 벌써 알아챘을 것이다. 송해, 본명은 송복희. 황해도 재령 출신의 실향민으로 1988년부터 6년간 전국노래자랑 진행자를 맡았고, 잠시 하차했다가 1994년에 다시 복귀하여 2022년 사망하실 때까지 진행하셨다. 한마디로 전국노래자랑의 간판이자 산증인이셨다. '송해 형님, 송해 오빠' 열풍을 일으키기도 한 송해 선생님은 대한민국에서 남녀노소 누구에게나 가장 널리 알려진 사람일 것이다. 일요일마다 전 국민이 기다리던 사람. 대한민국에서 가장 적이 없을 것만 같은 사람. 건강의 화신이자 만인의 연인. 전국에 나이 차이가 큰 동생들이 가장 많은 사람. 대한민국에서 가장 여러 지역의 특산품을 맛보신 분. 대한민국 최고령 현역 연예인 등 수많은 타이틀을 갖고 계셨다.

송해 선생님의 이런 인기 비결이 무엇일까? 누구나 쉽게 다가설 수 있는 친근한 이미지, 관련 분야에 대한 해박한 지식, 상대를 편안하게 하는 탈권위적인 진행, 자신을 한없이 낮출 줄 아는 겸손함, 누구와도 호흡을 잘 맞추는 재치, 수많은 스텝들을 조화롭게 이끌어가는 리더십, 사람을 좋아하고 항상 연구하는 자세, 지역에서 녹화할 때는 하루 전에 내려가서 그 마을 구석구석을 살피고 사람들을 만나는 등 방송 준비를 꼼꼼히 하셨다고 한다. 그중에서도 사전에 철저하게 대비하는 숨은 노력과 상대가 편안하게 다가설 수 있게 대하는 진정성은 누구도 따라갈 수 없을 정도로 독보적이셨다.

이런 송해 선생님도 코로나19 팬데믹 현상의 파고는 비켜서지 못했다. 한때 전국노래자랑 프로그램이 중단되고, 기존 회차 녹화를 틀어주던 때가 있었다. 그때 녹화 방송을 통해서 본 송해 선생님의 모습은 너무나 안타까웠다. 통통하시던 얼굴이 많이 수척해졌고 힘이 없어 보였다. 의욕대로 방송을 못 한 탓이리라. 그래서 하루빨리 코로나19가 물러가고 모든 것이 원상태로 회복되어 송해 선생님도 다시 건강한 모습으로 제자리에 서시기를 바랐었다. 그래서 예전처럼 일요일 낮에 특유의 우렁찬 목소리로 전국노래자랑을 맘껏 외쳐주셨으면 했었다. 특히 아쉬운 것은 통일이 되면 고향 황해도 재령에서 전국노래자랑을 여시겠다고 하셨는데 그 마지막 꿈을 이루지 못하시고 가신 것이다.

송해 선생님, 그동안 정말 수고 많으셨습니다. 이 세상에서 남기신 위대한 업적은 오래오래 기억될 것입니다. 혹시 이승에서 못다 한 일이 있으시다면 그곳에서라도 꼭 이루시고요, 새로 가신 그곳에서도 이곳에서 하신 것처럼 좋은 일 많이 하시기 바랍니다. 기회가 된다면 그곳에서 천국(天國)노래자랑을 여시는 것도 좋을 것 같습니다. 그곳에도 선생님의 재치와 따스한 손길을 기다리는 외로우신 분들이 많이 계실 테니까요.

선생님이 가신 지 두 해가 저물어갑니다만 아직도 일요일만 되면 선생님의 우렁찬 목소리가 기다려지고, 진행하시던 모습이 떠오르기도 합니다. 내내 평안함을 누리시기 바랍니다.

우산

젊었을 때는 지하철이나 버스에 우산을 놓고 내리면 뭔가 큰 손해나 본 듯해서 많이 아쉬웠었다. 그런데 요즘은 그렇지가 않다. 무덤덤하거나 오히려 좋은 감정으로 '그럴 수도 있지'라고 생각하게 된다. 누군가에게 도움이 될 수도 있겠다는 생각에서다. 물질의 풍요가 나의 정신을 철들게 한 것 같다.

그동안 봉사나 기부를 전혀 못 하고 살았다. 이젠 하고 싶고, 해야 할 때라고 생각한다. 내가 지하철이나 버스에 놓고 내린 우산이 쓰레기통으로 갈 수도 있겠지만, 운이 좋으면 꼭 필요한 누군가의 손에 쥐어질 수도 있을 것이다. 그럴 경우 그 우산의 가치는 예전처럼 나에게 있을 때보다 두 배 또는 세 배를 넘어서는 가치를 지니게 될 것이다. 얼마나 바람직하고, 효과적인 분실인가. 일 년이 다 지나도록 한 번도 입지 않고 옷장에 그대로 갇혀 있는 내 옷들을 보고서도 같은 생각을 했었다.

어느 날 퇴근길에 지하철에서 내려 고덕역 긴 에스컬레이터를 타고 지상으로 올라갈 때였다. 위에서는 60대로 보이는 여성 한 분이 에스컬레이터를 타고 내려오고 있었다. 중간쯤에서 나와 엇갈리게 되려는 순간, "밖에 비가 오는데 우산이 없으면 이 우산 쓰고 가세요" 하면서 손에 들고 있던 우산을 나에게 건네는 것이었다. 나의 대답을 기다리지도 않고 웃으면서 바로. 마치 영화에서 본 간첩들이 접선하는 모습처럼. 그렇잖아도 지하철에서 내려 우산 없이 집까지 걸어갈 일이 걱정이던 참이었다. 길게 생각할 틈도 없이 나는 간단한 인사와 함께 그 우산을 받았다. 이 모든 것이 순간적으로 이루어졌다. 덕분에 비를 맞지 않고 안전하게 집까지 갈 수 있었고, 이 글을 쓰는 순간 그분의 얼굴이 떠오르면서 그때 그분의 생각까지 읽힌다. 어려운 처지에 놓인 사람에게 작은 도움이라도 주겠다는, 할 수 있는 한 사소한 도움이라도 기꺼이 실천하려는 마음이.

나는 작은 우산을 통해 큰 것을 배웠고, 얼마나 고맙고 감사하던지. 이후부터는 나도 그때 그분의 행동을 따라 하기로 했다. 내가 그분으로부터 받은 그대로 온전히 전염되고 싶었고, 온 세상에 퍼뜨리고 싶었다. 어떤 경우에도 끊이지 않는 바람직한 선순환으로 계속 이어졌으면 좋겠다. 얼마나 아름다운 일인가! 그래서 이참에 제안을 하나 하고 싶다. 지하철 입구나 버스 승강장에 누구나 우산을 갖다놓을 수 있게 간단한 장치라도 해놓으면 어떨까? 우산으로 남을 돕고 싶은 사람은 누구라도 손쉽게 도움의 대열에 참여할 수 있게 말이다. 돕고 싶어도 방법을 몰라서, 루트를 몰라서 못 하는 사람도 있지 않겠는가.

큰 것이 아니더라도 좋다. 진정한 마음에서 우러나오는 도움의 손길들이 사회 전역으로 확산된다면, 미세한 바람으로 시작한 변화가 연중 끊이지 않고 불게 된다면 이 사회는 지금보다 훨씬 더 따듯하고 성숙한 사회로 여물어갈 것이다.

제2편

세상에 대한 고찰

1장

모든 생명은 존귀하다

모든 생명은 존귀하다

인간의 생명이 귀하고 중하듯 모든 살아 있는 생명체도 귀중하게 다뤄져야 할 것이다. 생명 존중 사상은 살아 있는 모든 것을 귀하게 여기고 모든 생명에 가치를 부여하자는 것이다. 이와 같은 생명 존중을 역설한 대표적인 사상가로서 슈바이처와 간디를 들 수 있겠다. 두 사람은 살아 있는 모든 생명체에 대한 사랑과 보살핌을 역설함과 동시에 실천하는 본을 보여주었다. 이들뿐만이 아니라 우리 민족에게도 아주 오래전부터 생명 존중 사상이 있었다. 단군 신화, 화랑도의 세속오계, 그리고 동학 사상 등에 그런 신념이 담겨 있다고 볼 수 있겠다. 이렇듯이 생명 존중 사상은 동서양을 막론하고 아주 오래전부터 인간의 마음속에 담겨져 발전해왔음을 알 수 있다.

생명 존중 사상은 인간이든 동식물이든 살아 있는 생명체라면 차별 없이 존귀함을 인정받아야 한다는 것이다. 그래서 특정 종의 관점에서만 생각하면 안 될 것이다. 우선 인간이 최고라는 생각부터 재고해봐야 한다. 인간이 우월하다고 우쭐대듯이 그 무엇도 우리 인간을 향해서 또는 다른 종을 향해서 자기들이 최고라고 주장할지도 모른다. 동식물도 사고를 하고 나름대로 그들의 언어가 있을 것이다. 위기에 처한 주인을 구했다는 충성스러운 백구의 이야기가 아직까지도 이곳저곳에서 들려오고, 사람 뺨칠 정도로 영리하게 위기에서 벗어나는 대피 행위를 하는 동물들이나 학수고대하던 먹이를 먹게 되었을 때 이를 고마워하고 신이 난다는 것을 행동으로 표현하는 관상어 구피 등을 봐도 알 수 있다.

만물은 공존한다. 우리 인간은 수시로 동식물의 도움을 받으며 살고 있다. 인간의 주변에 동식물이 없다는 것을 상상해보라. 얼마나 불편할 것인지, 또 얼마나 삭막할 것인가를. 인간은 그것들 없이는 살 수 없을지도 모른다. 그래서 모든 생명체들은 상호 보완관계에 있다고 봐야 할 것이다. 나는 퇴근 후에 집에 와서 제일 먼저 하는 일이 어항 속 구피에게 먹이를 주는 일이다. 이 순간만큼은 나는 구피의 하인이 된다. 내가 구피에게 밥을 주기 위해 어항 앞에서 먹이통을 여는 순간, 구피는 그 소리만 듣고도 하인이 온 것을 직감하고 한곳으로 몰려든다. 또 어항 속 구피가 먹이를 먹거나 구피들의 놀이 시간에는 절대로 전등을 끄지 않는다. 그들에게도 어둠 속에서 밥을 먹게 해서는 안 된다는 생각에서다. 설령 구피에게는 어둠 속에서도 먹이를 찾을 수 있는 능력이 있다고 하더라도 말이다. 또 내가 욕실을 사용할 때는 절전을 위해 거실 불을 끌 수도 있지만, 거실에 있는 구피를 생각해야 할 때는 욕실 문을 반쯤 정도는 열어놓기도 한다. 그래야 내 마음이 편해서다. 내가 지켜야 할 도리의 대상에서 구피라고 예외일 수는 없다.

4월쯤이면 서울 남산의 북측순환로에 조성된 실개천에는 수많은 도롱뇽 알들이 자라고 있을 것이다. 이때 이 순환로를 걷는 사람들의 관심사는 온통 하루가 다르게 성장하고 있을 도롱뇽 알에 쏠리게 된다. 보행자들은 실개천을 따라 걷다가도 도롱뇽 알이 성장하고 있을 지점에 이르면 저절로 발걸음을 멈추게 된다. 도롱뇽 알이 얼마나 자랐는지를 확인하기 위해서다. 나는 한때 그곳 실개천 관리자로 근무한 적이 있다. 그즈음에 실개천 바닥을 청소하다 보면 토실토실하고 투명한 도롱뇽 알들이 빗자루에 쓸려 나갈 때가 있는데, 그때마다 얼마나 마음이 아프던지. 얼른 조심스럽게 다시 잡아서 깨끗하게 청소된 원위치에 넣어주곤 했다. 곧 부화하여 날렵하게 물속을 헤엄치고 다닐 도롱뇽 새끼 무리들을 상상하면서다. 사람들은 열대어 구피를 관상용으로 키운다고 생각하겠지만, 구피는 인간들을 자기들의 생활 터전을 지켜내고 식생활을 돌보는 집사쯤으로 생각할지도 모른다. 도롱뇽도 마찬가지일 것이다.

생명은 무엇이든지 다 같이 소중하고, 만물은 공존한다. 인간의 생각은 그저 인간의 생각일 뿐이다. 사람들이나 각국 정부는 강대국과 보다 효율적으로 접촉하고 그들을 제대로 이해해서 잇속을 챙기기 위하여 강대국의 언어를 우선적으로 배우려고 한다. 우리나라를 비롯한 전 세계 국가들이 강대국 미국의 언어인 영어를 그렇게 죽기 살기로 애써 배우듯이 말이다. 그것이 현명한 판단일까? 아니면 그 반대여야 할까? 만물은 공존한다는, 공존해야 한다는 원칙을 잊지 않았다면, 이제는 우리가 구피나 도롱뇽의 언어를 배우고 그들을 좀 더 알아야 할 필요는 없을까? 이제는 우리가 네팔이나 방글라데시 같은 최빈국의 언어나 문화를 배우고 그들을 좀 더 알아야 할 필요는 없을까?

백구야 미안해

내가 중학교 때까지 우리 집에서 개를 키웠던 것으로 기억한다. 털이 흰색이어서 그냥 백구라고 불렀다. 진도에서 낳고 자랐으니 진돗개지만, 천연기념물 53호인 진돗개 순종은 아니었을 것이다. 개를 키웠지만 거의 방치했다고 하는 편이 더 정확할 것 같다. 그 당시 시골에서는 집집마다 개를 키웠고, 개들은 하루 종일 거침없이 온 동네를 돌아다녔다. 누구의 보호나 어떤 제재도 없었다. 그 당시에 동물보호법이 있었는지는 모르겠지만, 있었다 하더라도 개에 목줄을 해야 한다는 그런 규제 조항 같은 것은 없었을 것이다. 그래서 개들은 지금보다 훨씬 더 자유롭게 활동했다. 자유가 넘치는 대신 보호의 손길은 거의 없다시피 했고, 일부 개들은 밥을 굶거나 스스로 해결해야만 하는 경우가 많았다. 개들은 떼를 지어 몰려다니면서 그나마 여유가 있는 집의 개가 밥을 먹을 때 꼽사리 끼어 먹는 경우가 허다했다. 애처롭지만 요즘은 볼 수 없는 아름다운 풍경이 아닐까. 그때는 사람도 끼니 걱정을 해야 하는 시기였기에 매끼 개밥을 챙겨줄 여유가 있는 집이 그리 많지 않았다.

우리 백구도 처지는 비슷했다. 하루 종일 온 동네를 쏘다니다가 저녁이 되어서야 집으로 돌아왔고, 잠만은 집에서 잤다. 개집이 따로 있는 것이 아니어서 바람막이가 되는 마루 아래나 미세한 온기가 남아 있는 부엌에서 잤다. 개밥도 생각나면 몇 번씩 줬던 것으로 기억한다. 아침이 되면 백구는 제일 먼저 일어났고, 마주치는 가족마다 먼저 아침 인사를 했다. 꼬리를 흔들고 앞발을 들어 가슴팍까지 올라오려는 시늉을 했다. 그런데 그때는 그것이 인사인 줄을 몰랐고, 우리는 귀찮아하기만 했다. 매정한 인간들. 시대 상황이 사람들을 그렇게 만들었겠지만, 그 당시 동물들은 인간들을 얼마나 원망했을까? 동물들에겐 불행이었다.

그 당시 사람들은 개를 인간의 시혜로 살아가는 하찮은 존재로 생각했을 것이다. 함께 가야 할 동반자란 생각은 상상도 못 했을 것이다. 그때나 지금이나 개는 같은 개인데 말이다. 개로서의 사고나 행위에는 변함이 없는데 말이다. 이제는 사람들의 인식이 바뀌었다. 개는 동반자라는 것으로. 가족이나 다름없다는 것으로. 개가 아프면 병원에까지 데려가서 치료하고, 같이 슬퍼한다. 아기를 키우듯이 대소변을 도와주고, 목욕까지 시킨다. 개의 건강을 위해 산책도 같이 하고, 걷는 것을 힘들어 하는 개는 유모차에 태우고 다니기까지 한다. 개를 학대하면 처벌받는다는 법까지 있다. 개도 개답게 살 권리가 있다는 것이다. 우리 인간들이 그걸 지켜줘야 한다. 옛날이라면 이런 대우를 상상이나 했겠는가?

나는 어렸을 적에 백구를 함부로 대했던 것으로 기억한다. 때로는 귀찮은 존재로까지 여겼었다. 밖에 나갔다가 집에 들어오면 유일하게 나를 반겨주는 이가 백구였다. 반가워서 어쩔 줄을 모르면서 꼬리를 흔들고 앞발을 들어 가슴팍에까지 올리며 좋아서 어쩔 줄을 몰라 했다. 그런데 난 그걸 몰라주고 발로 차고 손으로 밀치면서 귀찮게만 생각했었다. 그때, 백구가 나를 얼마나 원망했을까? 내가 밖에 나갈 때마다 함께 가려고 꼬리를 흔들며 뒤따르던 백구. 저만치 앞서가다가 다시 뒤돌아서서 나를 보며 꼬리를 흔들던 백구. 밖에서 놀다가도 나만 보면 뛰어와서 꼬리를 흔들며 반가워하던 우리 백구. 왜 나는 그때 백구의 진심을 몰랐을까? 나를 얼마나 원망했을까? 백구는 나를 한 집에서 사는 식구라고 생각했었을 텐데, 나는 백구를 어떻게 생각했던가? 미안하다 백구야. 백구가 굶주려 밥이 필요할 때 백구의 그런 심정을 조금이라도 헤아려 봤을까? 정성을 다해 밥 한 끼라도 제대로 줘봤는지 기억이 없다. 몸에 이상이 생겨 고통스러울 때도 있었겠지만 단 한 번이라도 백구의 그런 아픔을 헤아렸던가? 백구는 그런 고통을 어떻게 다 견뎌냈을까? 허술한 방패막이 하나도 없이 한여름 무더위와 한겨울 추위를 어떻게 견뎌냈을까? 단 한 번도 백구를 위한 이런 걱정을 해 본 기억이 없으니…. 참으로 미안하다 백구야.

구피 사랑

내가 구피를 기르게 된 것은 그야말로 우연이었다. 구피를 기르던 지인이 왕성하게 번식하는 구피들을 감당할 수 없다면서, 나에게 권유 반 억지 반으로 떠넘겼다. 처음에 열 마리 정도로 시작한 것이 지금은 50마리도 넘게 되었다. 이젠 나도 누군가에게 분양을 생각해야 할 처지다. 그런데 지금 내가 겪고 있는 갈등을 생각하면 선뜻 누군가에게 권할 용기가 나지 않는다.

집에서 구피를 기르는 건 오로지 내 몫이다. 시간에 맞춰 밥을 줘야 하고, 주기적으로 어항 청소와 물을 갈아주고, 평상시 구피의 활동 상태를 살펴보는 것이 하는 일의 대부분이다.

구피를 기르기 전까지는 구피에 대하여 전혀 몰랐다. 구피는 남아메리카가 원산지인 열대어로, 관상용으로 사람들에게 인기가 좋다. 특히 튼튼하고 활동적이며 기르기가 쉽다. 수컷은 3㎝, 암컷은 6㎝ 정도까지 자라고 수명은 5년 정도이다. 일 년 내내 임신할 수 있어서 번식력이 좋다. 우리나라에서도 2018년 국립수산과학원이 노란 무늬 구피인 '골든옐로턱시도'라는 품종을 개발하는 데 성공했다고 한다.

구피를 기르면서 얻은 게 많다. 퇴근 후 집에 들어가면 제일 먼저 나를 반기는 이는 우리 집 구피다. 현관문을 열고 들어가면 그 소리를 이미 들었는지, 내가 어항 앞에 설 때면 벌써부터 꼬리를 흔들며 난리다. 상하좌우로 왔다 갔다 하다가 내가 서 있는 한쪽으로 몰려든다. 반갑다는, 종일 나를 기다렸다는 표현일 것이다. 나도 마찬가지다. 그만큼 반갑다. 또 어항 청소를 끝내고 새로운 물로 교체해주면 한동안은 아주 경쾌하게 활동한다. 상하좌우로 자유자재로 헤엄치며 돌아다닌다. 기분 좋아하는 행동임에 틀림이 없다. 살맛 난다는, 행복하다는 표시일 것이다. 구피가 맑은 물에서 자유롭게 유영할 때는 내 마음이 그렇게 흐뭇할 수가 없다. 구피가 행복해하는 것 같고, 나도 내 책임을 다한 것만 같아서다. 그런데 더러는 구피에게 미안해질 때도 있다. 이렇게 좋아하는 구피에게 좀 더 자주 깨끗한 물로 갈아주지 못했다는 생각에.

또 어쩌다가 어항 청소 시기를 놓치고 늦어지기라도 하면 금방 표시가 난다. 흐릿한 물속에서 구피의 움직임은 거의 없다. 그런 구피의 상태를 살피기 위해 어항을 두드려봐도 순간적인 움직임만 보일 뿐 이내 그대로다. 숨이 막혀 죽을 지경이란 신호일 것이다. 얼마나 나를 원망했을까? 얼마나 미안하고, 안타깝던지.

구피의 지능이 어느 정도인지는 잘 모르겠지만 나와의 교감 상태만으로 본다면 절대 낮지 않고, 둔감하지도 않은 것 같다. 반가움을 표시할 줄 알고, 고마워할 줄을 안다. 시름에 빠진 한 사람을 위로할 줄을 알고, 희망을 갖게도 한다. 차이는 있겠지만 모든 동식물이 그럴 것이다. 인간과 소통하는 방식이 달라서 우리가 미처 알아채지를 못했을 뿐일 것이다. 물고기들이 사는 세상도 우리 인간 세계와 큰 차이가 없을 것이다. 기본적으로 의식주가 제대로 해결되어야 하고, 보다 나은 환경에서 살고자 하는 그런 욕구들을 갖고 있을 것이다. 남의 아픔을 헤아릴 줄 알고, 은혜에 보답하려는 그런 마음들이 우리 인간들 세상처럼 물고기들 세상에도 있을 것이다.

내일도, 그리고 그다음 날에도 오늘처럼 구피가 건강했으면 좋겠다. 나와 함께 하는 한 구피가 항상 행복했으면 좋겠다. 구피야 사랑해!

바퀴벌레

아주 오래전부터 가정주부들의 철천지원수로 낙인찍혀 박멸의 대상이 된 곤충이 있다. 바퀴벌레다. 바퀴벌레는 위생에 민감한 주방을 휘젓고 다니면서 우리 인간에게 불안을 안기고 있다. 각종 피부 질환과 천식 등 호흡기 질환을 일으킬 뿐만 아니라 여러 병균을 옮긴다고도 한다. 그런 바퀴벌레는 지금부터 약 3억 2천만 년 이상의 원시적인 형태를 유지하고 있는, 현존하는 날개 달린 곤충들 가운데 가장 원시적인 부류라고 한다. 이것이 아직까지 살아남아서 우리 인간에게 갖가지 해를 끼치고 있다니 악연이지 기연인지 놀랍기만 하다.

이런 바퀴벌레의 유해성 때문에 한 번이라도 당해본 사람은 신경을 곤두세워 그 퇴치에 열을 올리게 될 것이다. 나도 실감했다. 퇴근하고 들어서는 빈집에서 나를 맞는 것은 기분 나쁜 불청객 바퀴벌레였다. 퇴치하기로 했다. 그러나 약을 놔도 소용이 없어서, 보이는 대로 내려쳐서 없애기로 했다. 그런데 바퀴벌레는 변화를 감지하고 반응하는 운동신경과 학습 능력이 인간에 비해 조금도 뒤떨어지지 않는다고 한다. 실제로 바퀴벌레가 이동하는 순간 최고 속도가 시속 150킬로미터라고 하는데, 이걸 무슨 수로 맨손으로 잡겠는가? 하지만 달리 방법이 없어 시도하기로 하고, 퇴근 후 보이는 놈마다 번개처럼 빠른 동작으로 내려쳤다. 바퀴벌레는 날렵했고 눈치가 빨랐다. 내가 어떻게 행동할 것인지를 미리 알고 대처했다. 죽은 체하고서 미동도 않고 있다가, 내가 조금만 방심하면 잽싸게 도망가버린다. 엄청 빠르다. 몇 번의 실패 끝에 나도 철저하게 대비를 했고, 찰나의 틈도 두지 않고 보이는 대로 내려쳤다. 잡는 방법도 고민해야만 했다. 신문지를 두껍게 접어서 내려치는 것이 최상의 방법인 것 같다. 며칠을 그렇게 전쟁을 치르고 나니 이젠 퇴근해도 좀처럼 바퀴벌레가 보이지 않게 되고, 나도 어느 정도 안심이 되었다.

그런데 평온한 며칠이 지나고서부터 뭔가 허전함이 밀려왔다. 퇴근 때마다 보이던 바퀴벌레가 보이지 않아서다. 어느새 정이 들었던 모양이다. 나와 마주칠 때마다 바로 멈춰서 웅크리고 있다가 도망갈 기회만 노리던 바퀴벌레의 괘씸하고 얄밉던 모습이 떠오르기까지 했다.

사실은 바퀴벌레도 인간과 마찬가지로 이 세상의 일원인 한 생명체이다. 인간에게 해를 끼치는 것은 차치하고 이 세상을 구성하는 하나의 생명체인 것이다. 나에게 퇴치당한 바퀴벌레도 누군가의 부모이고 오빠, 언니일 수 있다. 기다려도 오지 않는 부모님, 오빠, 언니를 보고 낙담할 그 자식들과 동생들이 눈에 선하다. 바퀴벌레는 자기가 뭘 잘못해서 살해당했는지를 알기나 할까? 이유 없이 죽었다고 우리를 원망하지나 않을까? 우리 인간도 그런 경우가 있다. 우리도 들판이나 산에서 땅벌의 공격을 받고 혼쭐이 날 때가 있다. 심지어 생명을 잃기도 한다. 그때마다 우리는 이유 없이, 또는 재수가 없어서 공격을 받았다고 땅벌을 원망한다. 땅벌은 자기들의 안전이 위협을 받거나 안식처가 훼손될 우려가 있으니까 방어 차원에서 그랬을 텐데 말이다. 마찬가지로 바퀴벌레가 가정집을 침범하는 것도 자기들 본연의 경제활동 또는 당연히 해야 할 임무 수행일지도 모른다. 그들은 그렇게 강변하면서 우리 인간을 무자비한 적으로 간주하고 분노하고 원망할지도 모르겠다.

그래서 말이다. 그것들을 죽이지 않고 우리 주변에 나타나지 않게 할 수는 없을까? 아니면 해를 끼치지 않는다는 조건하에 서로 공생하는 방법은 없을까? 바퀴벌레도 한 무리의 생계를 위해서, 아니면 자신의 정체성을 지키기 위한 활동으로 우리 인간들 주변을 기웃거릴 것이다. 그것들의 입장에서 우리 인간의 그런 행동은 무엇일까? 우리 인간들을 어떻게 생각할까? 고작 500만 년 전에 나타난 애송이들이 겁도 없이 3억년도 더 전에 등장한 바퀴벌레 자신들의 활동을 방해하고 생명을 위협한다고 여기지나 않을까?

2장

자연 사랑, 남산 자랑

남산의 북측순환로

서울의 중심부에 위치하여 서울의 상징적인 산으로 불리는 남산. 남산에는 저마다 특성을 잘 살린 이름을 가진 둘레길이 여섯 개나 있다. 북측순환로(3,420m), 남측순환로, 산림숲길, 야생화원길, 자연생태길, 역사문화길 등이다.

이 중 시민들에게 인기가 좋아 가장 많은 사람들이 이용하는 곳은 북측순환로일 것이다. 북측순환로는 남산 케이블카 앞 북측순환로 입구 쉼터에서 국립극장 앞 남산 순환버스 정류장까지 이르는 길이다. 남산 둘레길 중 가장 경사가 완만하고 길이가 길면서 폭이 넓어 걷기에 적합한 요소들을 두루 갖추고 있다. 이 길은 보행자들이 안전하고 쾌적하게 걸을 수 있도록 차량과 자전거의 통행을 금지시키고 있다. 그래서인지 사계절 내내 시민들의 발걸음이 끊이지 않는, 서울의 숨어 있는 산책 명소가 되었다. 벚꽃이 흐드러지게 피는 봄과 단풍이 오색으로 물드는 가을에는 발 디딜 틈이 없을 정도로 많은 인파가 몰려들고, 그 어디에서도 쉽게 볼 수 없는 특별한 아름다움을 느낄 수가 있다. 북측순환로를 따라 걷다

보면 곳곳에 다양한 편의 시설과 환경 정화 시설 등이 설치되어 보행자들의 만족을 더해준다. 쉼터, 휴게소, 카페(목멱산호랭이), 유명인사 시비, 와룡묘, 실개천, 황톳길, 석호정, 소나무힐링숲 등이 그것들이다. 이런 시설들이 있어 순환로 한쪽에 조성된 실개천을 따라서 걷다가 지루하면 쉼터에 앉아 쉬기도 하고, 황톳길을 걷고 나서는 발을 씻는 수돗가에 둘러앉아 일행들과 이야기꽃을 피울 수도 있다. 걷다가 지루하면 소나무숲길을 거닐 수도 있고, 전망 좋은 카페에 들러 차를 마실 수도 있다. 보행자들의 걷는 모습도 천차만별인데, 모두 다 그렇게 행복해 보일 수가 없다. 연인과 함께 다정하게 손을 잡고 걷기도 하고, 일행들과 여럿이서 박장대소하며 걷는 이들도 있다. 정기적으로 같은 시각에 나타나 조깅으로 건강을 다지는 조깅족도 있고, 어느 시각장애인 부부는 두 손을 꼭 잡고 유도 블록을 따라 오손도손 대화하면서 걷기도 한다. 항상 점심시간이면 단체로 나타나서 산책을 즐기는 인근 회사원들의 아름다운 모습도 볼 수 있다. 또 대회 출전을 앞둔 훈련인지는 모르겠지만, 두 사람의 손목을 하나의 줄로 연결하여 하루도 빠짐없이 아주 열심히 뛰는 시각장애인 부부도 있다(아내는 비장애인). 이곳은 수도권 시각장애인들이 자주 찾아와서 안전하고 쾌적한 환경에서 건강을 다지는 체력단련장이기도 하다.

이곳 북측순환로는 평범한 산책로이기를 거부한다. 어디에서도 볼 수 없는 아름다운 장면들을 흔하게 볼 수 있어서다. 봄이 오면 꽃창포와 비비추가 무성한 실개천의 촐랑촐랑 봄물 흐르는 소리가 경쾌하고, 그 물속에서는 통통하게 살진 도롱뇽 알이 산책 나온 사람들의 발자국 소리에 맞춰 하루가 다르게 무럭무럭 성장해간다.

또 이곳은 걷다가 유도 블록을 놓친 시각장애인을 발견하면 누구나 할 것 없이 서로 먼저 안내해주려고 나서는 아름다운 장면을 볼 수 있는 곳이기도 하다. 이렇게 장애인과 비장애인이 자연스럽게 어울릴 수 있는 곳이 바로 여기, 서울 남산의 북측순환로이다. 도심 한가운데에 이렇게 걷기 좋은 산책로가 이곳 말고 또 어디에 있겠는가? 이런 산책로라면 서울 시내의 다른 곳에도 한두 군데쯤은 더 있어도 좋지 않을까? 나만의 생각은 아닐 것이다.

남산의 꽃잎 마을

서울 시내에는 일천만 시민이 즐겨 찾는 남산이라는 명산이 있다. 남산이 명산으로 불리는 이유는 여러 가지가 있겠지만, 최근에는 걷기 코스 명소로서의 가치가 추가되었다. 남산에는 북측과 남측에 순환로가 개설되어 있는데, 이 중 북측순환로는 사계절 내내 걷는 사람들의 발길이 끊이지 않는다. 이유가 있다. 봄날에는 만개한 봄꽃들이 순환로 양쪽 가로변에 가득 차고, 여름에는 길게 이어지는 우거진 숲 그늘이 도보 여행자들의 발길을 유혹한다. 또 가을에는 도시인들의 마음을 홀리기에 충분한 형형색색의 단풍이 양쪽 가로를 물들이고, 겨울에는 앙상한 가로수가 은백색의 신세계로 연출되는 설경 등 최적의 자연환경을 갖추고 있어서다.

그중에서도 압권은 북측순환로 한쪽을 따라 철철철 소리 내며 물이 흘러내리는 실개천이다. 봄이 되면 실개천에는 떨어진 작은 꽃잎들이 시도 때도 없이 떠내려간다. 굽이굽이 사잇길을 미끄럼 타듯 유영한다. 어쩔 때는 돌부리에 부딪혀 뒤집히기도 하고, 다른 꽃잎을 만나 잠시 쉬어 가기도 한다. 그간의 안부가 궁금하고 할 말이 많아서일 것이다. 살짝 옴팡진 곳에 이르면 어떤 꽃잎들은 그곳에 자리를 잡기도 하지만 대부분은 잠시 멈추었다가 이내 돌아선다. 제 살 곳이 아닌 것 같아서겠지. 그러다가 제법 가파른 경사지를 만나 쏜살같이 달려가다가 이윽고 소류지에 이르고, 꽃잎들은 소류지의 이곳저곳을 두루두루 살핀 후 그때서야 자리를 잡는다. 뒤따라 내려온 꽃잎들도 끼리끼리 몰려들어 그들과 어우러진다. 소류지 곳곳에 걸린 꽃잎들은 계속 떠내려 오는 꽃잎들을 맞이해서 짝을 이루기도 한다. 어떤 곳은 두세 개의 꽃잎만이, 또 어떤 곳에는 수많은 꽃잎들이 모여 짝을 이룬다. 어떤 곳은 기다랗게, 또 어떤 곳은 원을 그리듯 모양새도 다양하다. 큰 마을 작은 마을도 보이고, 윗동네 아랫동네도 형성된다. 어느새 조성되었는지 위쪽 구석진 곳에 달동네도 보인다. 지나가는 보행자마다 이름 지어 불러준다. 남산 실개천의 '꽃잎 마을'이라고.

밤이 되면 꽃잎 마을은 어둠에 갇히고, 작은 마을마다 시간 가는 줄을 모르고 주저리주저리 이야기꽃을 피운다. 때로는 한숨도, 어떤 때는 환호성도 들린다. 실개천을 떠내려 오면서 못다 한 이야기들이다. 돌부리에 부딪히고 옴팡진 곳에 갇힌 이야기, 경사지를 내려오다가 부상당한 이야기, 이산가족이 되어 앞으로 살아갈 날에 대한 걱정들, 동료를 잃고 구사일생으로 혼자서 탈출에 성공했다는 영웅담도 들린다. 간간이 들려오는 풀벌레 소리가 그칠 줄을 모르는 꽃잎들의 이야기에 반주를 넣으니 모처럼 열린 산속 실개천의 대잔치가 성대하다.

소류지에 새롭게 형성된 작은 꽃잎 마을. 그곳에는 엄마 아빠도 있고 아이들도 있겠지. 마을 이장도 있고 부녀회장님도 있을 것이다. 봄이면 씨앗 뿌리고, 가을이면 추수도 하겠지. 인간 세상이 그러하듯이 그곳에도 변화와 발전이 있고 희로애락이 있을 것이다. 내가 살고 있는 강동구 고덕마을이 그렇듯이.

인간이 지켜내고, 누리고, 보존해야 할 자연. 그 자연환경에 순응하며 살아가야 하는 우리 인간들. 인간과 자연이 궁극적으로 지향하는 바는 상부상조하며 공존·공영의 길로 들어서는 것일 터. 인간과 자연이 함께 가는 아름다운 여정, 상상만으로도 풍요롭고 행복이 넘친다.

남산 북측순환로 한쪽에 조성된 실개천. 그곳 꽃잎 마을에서는 오늘도 내일 밤에도 밤이 새도록 이야기꽃이 피워질 것이다.

나는 가을이 더 좋다

괜한 생각에 빠져본다. 봄이 좋을까, 가을이 더 좋을까? 예전에 많이 재잘거렸던 애들 같은 소리를 또 하게 된다. 바로 오늘 확인한, 너무나도 황홀한 서울 남산의 단풍을 보고 나서다. 요즘 서울 남산에 가면 누구라도 그런 생각을 하게 될 것이다. 공원 전체가 물감을 뿌려놓은 듯 예쁜 색으로 도배되었다. 특히 남측, 북측순환로를 따라 걷다 보면 마치 딴 세상에 온 듯하다. 순환로 좌우측은 물론이고 좀 더 들어간 숲속까지도 온통 빨갛고 노랗다. 이럴 수가! 하는 감탄사가 저절로 나온다. 그동안 설악산이나 내장산의 단풍을 칭송하는 찬사는 수없이 들었지만, 왜 그동안 남산의 단풍 소식은 못 들었을까? 내가 과문해서였을까? 등잔 밑이 어둡다더니….

오늘은 남산에 올라 남측순환로를 걷고 나서, 순환로 아래에 자리 잡은 8도 소나무단지와 유아숲체험원, 이끼정원, 실개천 등을 둘러봤다. 이곳은 얼마 전까지만 해도 외국인아파트가 자리 잡고 있던 곳이다. 주변은 빨갛고 노랗게 물든 단풍으로 난리법석이다.

어제 내린 비 때문인지는 몰라도 단풍이 그렇게 선명할 수가 없다. 형형색색. 자연이 아닌 듯하면서도 자연스럽다. 여러 상상을 하게 된다. 자연은 어쩌면 마술가나 아니면 절세미인이 아닐까? 산책로를 쫘악 덮은 노랗게 물든 은행 나뭇잎은 발로 밟기가 아까울 정도다. 마치 노란 눈이 깔린 겨울 도로를 연상케 한다. 산책로 옆 숲속도 난리가 나긴 마찬가지다. 형형색색 울긋불긋 단풍으로 물든 것들이 아주 고급스럽다. 나무 가짓수만큼이나 여러 색으로 곱게 물든 숲속은 마치 뜨겁게 불타오르는 듯 정열적이다. 그 속 사이사이에서 외롭게 푸른 잎을 간직한 채 중심을 잡고 서 있는 나무가 있다. 검푸른 소나무들이다. 그 모습이 짠하고도 장하다. 지금 남산은 산 전체가 가을이 한창이고, 단풍이 절정이다. 지금쯤이면 국내 어딘들 가을 아닌 곳이 있으랴만, 어디 가서 이만한 단풍을 보기도 쉽지 않을 것이다. 그뿐인가, 실개천을 따라 떠내려가는 단풍잎의 묘기를 보고 있노라면 저절로 미소를 머금게 된다. 실개천 모퉁이를 돌 때마다 곡예를 하듯 넘나드는 단풍잎의 모습이 아슬아슬하면서도 재미있어서다.

가을이어서 참 좋다. 높고 푸른 하늘을 맘껏 올려다볼 수 있어서 좋다. 훈훈한 가을바람이 있어서 좋다. 먹을거리, 볼거리가 풍성해서 더 좋은 것 같다. 황홀한 단풍이 있어서 그 절정을 이룬다. 머잖아 불청객 겨울이 오겠지만 염려할 필요가 전혀 없다. 좋은 계절 실컷 즐기다 보내면 그만이다. 겨울이 턱밑에서 재촉하듯이 조급하게 대기하기에 가을이 이렇게 더 빛나는지도 모르겠다.

봄이 더 좋다는 사람도 있을 것이다. 봄이 되면 우선 따듯해지기 시작하고 새싹이 나와서 온 세상이 푸름으로 변한다. 겨우내 추위에 움츠렸던 걸 생각하면 봄은 신세계일 것이다. 만물의 소생과 함께 사람들이 움츠린 두 어깨를 펴고 박차고 나설 수도 있어서다. 뭐니 뭐니 해도 여름이라는 사람도 있다. 들로 산으로 바다로 맘껏 나설 수 있어서다. 마찬가지로 겨울이 최고라는 사람도 있을 것이다. 쉽게 볼 수 없는 백설의 세계에서 뒹굴 수 있어서일 것이다.

사람마다 이렇게 느낌이 다른 것은 어쩌면 아주 자연스러운 감상일지도 모르겠다. 계절마다 고유한 특색이 있고, 사람마다 성향이 다를 수 있을 테니. 같은 느낌이라면 오히려 그게 더 이상하지 않을까?

남산 위의 저 소나무는 오늘도 안녕하실 수 있을까?

서울 남산은 등산을 목적으로 오르내리는 주변의 산과는 다르다. 역사성과 함께 일천만 서울 시민의 휴식처라는 상징성을 함께 갖고 있다. 목멱산으로도 불렸던 남산은 동쪽의 낙산, 서쪽의 인왕산, 북쪽의 북악산과 함께 서울의 중앙부를 둘러싸고 있고, 조선 태조 때 능선을 따라 도성을 축성했으나 현재는 성곽의 일부만 남아 있다. 높이가 262m이고 총면적이 2,971제곱킬로미터인 남산은 일대가 시립공원으로 지정되어 사시사철 무시로 서울 시민이 찾아드는 안식처이자 전 국민이 올라보기를 염원하는 국가대표급 산이다.

그런 만큼 남산에는 서울 타워, 팔각정을 비롯한 다양한 휴식 공간과 도서관 등 많은 공공시설이 조성되어 있고, 또 숲이 잘 보호되고 있어 도심지임에도 꿩이나 다람쥐 등 산짐승이 많다. 백범 김구의 동상과 백범광장, 안중근 의사 기념관과 동상, 이황과 정약용의 동상 등이 있고, 팔각정과 순환도로를 연결하는 관광 케이블카가 운행되며, 교통난 해소를 위해 남산 1, 2, 3호 터널이 뚫려 있다. 또 남측과 북측에 순환도로가 개설되어 있고, 순환도로 주변에는 실개천, 쉼터, 다양한 운동 시설 등이 설치되어 있다.

남산은 서울 중심부에 있어 시민들의 접근이 용이하고, 순환도로, 운동 시설, 전망대, 화장실, 산책로 등 다양한 편의 시설이 잘 갖춰져 있어 시민의 휴식처로서 부족함이 없다. 성곽, 봉수대, 각종 동상과 비석, 시비 등이 있어 역사의 흔적을 느낄 수도 있다. 그러나 과다한 시설 확충으로 산림 파괴가 지나치고, 다양한 시설이 혼재되어 남산의 역사적 가치 측면에서 볼 때 정체성의 혼돈이 우려되며, 노선버스의 운행 및 케이블카 설치와 세 개의 터널이 뚫려 있는 등 산으로서의 고유 기능이 훼손되지 않을까 염려스럽기도 하다.

이제 더 이상 시설 확충은 하지 말고, 남산의 정체성에 부합하도록 가급적 현재의 시설을 통합 또는 축소 조정했으면 좋겠다. 그리고 석호정 주변에 조성하여 크게 효과를 보고 있다는 소나무힐링숲처럼 산 전체의 수종 갱신을 통해 수종의 최적화가 이루어졌으면 좋겠다. 남산에는 특히 소나무가 많다. 그런데 이해하기 어려운 것은, 국립극장에서 북측순환로로 진입하는 초입 우측에 소나무 군락지가 있는데 그곳 소나무들이 한결같이 마르고 볼품없이 굽었다. 애국가 가사 2절에 나오는 철갑을 두른 듯하다는 소나무의 기상이라곤 전혀 찾아볼 수가 없다. 뿐만 아니라 남산에 있는 수많은 소나무들이 한결같이 굽었다. 그것도 좌우로 지그재그로. 산속 순환도로를 질주하는 노선버스의 소음과 매연에 귀 기울이다가 그리됐을까? 아니면 땅 속을 관통하는 세 개 터널의 굉음이 못마땅해서 그리됐을까? 남산은 하루도, 한시도 조용할 때가 없다. 상상만으로도 끔찍하다. 이럴진대 아무리 강한 소나무라고 할지라도 그것을 어떻게 다 견뎌내겠는가. 돌아버릴 지경일 것이다. 그걸 다 참아내면서 내색 않고 있으려니 복장이 터질 것이다. 인간이라면 아마 벌써 미쳐버렸을지도 모를 일이다.

남산은 어떤 산으로 남아야 하는가? 이젠 산속에 도로가 잘 갖춰지고 도서관, 운동 시설, 음식점 등과 같은 편의 시설이 잘 갖춰졌다는 것들이, 즉 자연 파괴에 의한 개발 업적이 절대 큰 자랑거리가 되어서는 안 되겠다. 남산 위의 저 소나무가 매연과 소음이 없는 맑은 산속에서 죽죽 뻗어 올라 맘껏 웅장한 기상을 뽐낼 수 있는 그런 산, 말없이 서울 시민을 따듯하게 품어주고 서울 시민의 애환을 함께하고 위무해주는 산, 선조의 유지가 제대로 이어지고 세계 어디에도 수도 중심부에 이런 산이 없다는 것을 떳떳하게 자랑할 수 있는 그런 산으로 남았으면 좋겠다.

3장

너를 고발한다

너를 고발한다

이 사회가 한없이 자유로우면서도 질서 있게 유지되고 있는 것은 이면에 촘촘하게 펼쳐진 그물망 덕분일 것이다. 각종 법과 규정, 여러 관습과 제도 등이 그 역할을 하고 있다. 이것들이 사회 구성원들의 이행을 강제하고, 구성원들이 이것에 순응하기에 이 사회는 그나마 순조롭게 굴러가는 것이다. 그중 하나라도 약속대로 이행되지 않는다면 이 사회는 무질서라는 혼돈에 빠져 아수라장이 될지도 모른다.

마찬가지로 공공기관이나 공기업·사기업 그리고 각급 단체들에도 기본적으로는 같은 원리가 적용된다. 그런데 그런 기관·기업체·단체 등을 유지, 발전시키기 위한 각종 규정들이 갖춰져 있음에도 불구하고 일부 구성원들이 불이행하거나 편법을 쓰기도 하고, 아예 무시하기도 해서 조직의 건전한 발전은 물론 이 사회의 발전마저 저해하고 있다. 이런 사례는 어떤 조직체나 우리 생활 주변에서도 어렵지 않게 볼 수가 있다.

조직 구성원들이 재직 중에 바라는 가장 중요한 것 중의 하나는 승진일 것이다. 그런데 이렇게 중요한 승진이 정해진 규정과 공정한 평가에 의해 이루어지지 않고 사적인 인맥이나 학연·지연, 심지어 비도덕적인 거래 등 편법에 의해 자행된다면 억울하게 승진 기회를 놓친 조직원들의 분노는 극에 달할 것이고, 사기 또한 크게 저하될 것이다. 이에 모든 피해자를 대신하여 편법에 의해 인사권을 자행하는 조직이나 담당자들을 이 사회에 엄중하게 고발한다. 예전에 비하면 많이 개선되었다고는 하나 아직도 그런 편법이 자행되고 있으니 이것만큼은 반드시 바로잡아야 할 것이다.

이런 비정상이 횡행하는 곳은 비단 대규모 조직에만 있는 것이 아니다. 소규모 조직이나 우리 생활 주변 어디에서도 쉽게 찾아볼 수 있다. 최근에 일자리 창출 정책과 맞물려 비정규직이 획기적으로 늘었다. 이런 비정규직 중에는 소규모로 팀을 구성하여 협업으로 근로가 이루어지는 곳이 있는데, 이런 일터의 구성원 사이에도 배격해야 할 일탈 행위가 있어 이를 고발한다. 소규모 팀의 구성원들에게도 지켜야 할 불문율이 있는데, 팀원은 최소한 각자가 전체 작업량의 N분의 1은 수행해야 한다. 그런데 팀원 중에는 주어진 역할을 게을리하거나 편법으로 회피하기도 해서 그 부담이 동료들에게 돌아가게 하는 사람이 있다. 이런 팀의 단합은 깨지고, 성과는 곤두박질을 칠 것이다. 그래서는 안 된다. 그래서 자기에게 주어진 임무를 게을리함으로써 그 부담이 동료들에게 돌아가게 하는 등의 몰상식한 행태를 일삼는 자들을 단호하게 고발하니 스스로 성찰하기 바란다.

고발할 대상은 또 있다. 우리 주변에는 사사건건 모든 것을 비상식적·비정상적인 방법으로 해결하려는 사람들이 있다. 자신의 과

오를 무마하기 위해 사사로운 술자리를 이용하거나, 또 문제 해결을 위해 바른길을 통하지 않고 부당하게 옆문이나 뒷문을 이용하는 사람이 있는데, 이런 사람들은 정의롭고 공정해야 할 사회질서를 파괴하는 큰 장애가 되는 존재들로서 반드시 도태되어야 할 것이다. 이들도 이 사회에 엄중하게 고발한다. 스스로 성찰하기 바란다.

이외에도 이 사회에는 아직도 보이지 않는 곳에서 공정과 상식을 파괴하고, 불법적·비합리적·비이성적인 수단과 방법으로 개인의 이익을 취하려는 자들이 당당하게 활보하고 있다. 진정한 선진사회는 경제적인 성장뿐만 아니라 도덕과 질서를 바탕으로 한 정의가 굳건하게 뿌리내릴 때에 정착될 것이다. 주변인들의 끊임없는 관심과 경계, 그리고 정의로운 고발정신이 요구된다.

치명적인 바보

아이들 사이에서는 바보라는 단어를 흔히 사용하곤 한다. 사소한 잘못이나 작은 실수에도 바보라면서 깔깔거린다. 크게 악의적인 것 같지도 않고, 듣는 사람도 그렇게 심각하게 받아들이지 않는다. 이럴 때의 바보는 사전적 의미의 바보가 아닌 것은 물론이다.

바보라는 말의 기본적인 의미는 지능이 부족하고 어리석어서 정상적으로 판단하지 못하는 사람을 말한다. 요즘은 우리 주변에서 이런 사람을 보기가 그렇게 쉽지가 않다. 그런데 이런 바보는 아니지만, 우리 주변에는 꼭 바보라고 불러주고 싶은 사람을 어렵지 않게 볼 수가 있다. 그런 사람들은 상대방을 너무 쉽게 판단해버리는 경향이 있다. 겉모습만 본다거나 심지어는 남의 이야기만 듣고서 그것이 전부인 양 판단해버리고, 하나의 사례만 가지고 지레짐작을 하기도 하고, 또 상대의 선의를 오판해서 대하기 쉬운 사람으로 판단해버리기도 한다. 나는 이렇게 사람을 제대로 알아보지 못하는 자들을 바보라고 생각한다. 바보 중에서도 치명적인 바보라고 부르고 싶다. 이들이 지능이 낮아서도 아니고, 가방끈이 짧아서도 아니다. 자기 자신을 과신하면서 상대방을 존중할 줄 모르고, 또 상대의 내면을 살필 줄을 모르기 때문이다. 그런 사람들은 눈앞의 이익에 눈이 멀어서 성급하게 판단하거나, 평소에 진실과는 거리가 먼 생활로 일관하여 악의나 술수가 정상적인 생활 수단인 것으로 인식하고 있는 사람들이다.

바보라고 불러주고 싶은 사람은 또 있다. 조직 생활 중에 협업이 필요할 때에도 자기 몸 하나 편하려고 요령을 피우며 임무를 회피하거나 게을리하는 사람이다. 이런 사람을 바보라고 불러야 하는 이유는, 자기가 요령 피우는 것을 주위 사람들이 모를 것으로 착각하기 때문이다. 참 안타까운 일이다. 세상이 그렇게 만만한 곳이 아닌데….

세상에는 나보다 더 똑똑한 사람도 그리 많지 않겠지만, 나보다 못난 사람도 별로 없다는 것을 알아야 한다. 특별한 전문 분야를 제외하고는 내가 아는 것은 상대도 어느 정도는 알고 있다는 것을 인식해야 할 것이다.

우는 놈에게 젖 주지 마라

‘우는 아이에게 젖 준다’라는 말이 있다. 아직 말을 배우지 못한 아이가 배가 고파서 울음소리로 신호를 보내면, 아이의 울음소리를 들은 엄마는 당연히 젖을 주게 된다는 의미로 쓰인 것이다. 어린아이의 정당한 요구이기 때문이다. 이 말은, 자신의 정당한 요구나 필요를 적극적으로 표현하는 사람에게 그만큼 더 많은 관심이나 혜택을 준다는 의미로도 이해될 수 있을 것이다.

그런데 요즘은 이 말이 ‘우는 놈한테 젖 준다’라는 말로도 변형되어 쓰이면서 악용되는 경우가 있어 주의가 필요하다. 누구나 한 번쯤은 들어봤을 이 말이, 본래의 의도와는 다르게 쓰이기 때문에 문제이다. 정당한 범위 내에서 하는 적극적인 의사 표현이 아니고, 사사로운 목적을 보다 빠르게 또는 쉽게 달성하기 위해서 타인에 대한 의식이나 배려 없이 로비나 청탁 용도로 소리를 내는 것이다. 당연히 바람직하지도 않고, 해서는 안 될 짓이다. 이 사회가 그렇게 굴러가서는 안 된다. 누구는 빠른 목적 달성을, 손쉬운 해결책을 원하지 않겠는가? 하지만 지켜야 할 규정이나 질서가 있고, 그런 행위는 정도가 아니기에 상식이 있는 사람이라면 자제하고 있는 것이다. 이때 젖 달라고 우는 사람은 대부분 요령꾼이거나 기회주의자인 경우가 많다. 이런 사람들에게 운다고 젖을 주는 행위는 새치기나 질서 파괴 행위에 동조 또는 그것을 조장하거나, 조직의 사기를 저하시키게 되는 행위임을 알아야 할 것이다. 애써 자질과 능력을 갖추고 규정을 지키려는 사람은 어쩌란 말인가.

이런 행위는 건전한 사회질서를 해치는 반사회적 행위일 뿐만 아니라, 경우에 따라서는 범죄 행위가 될 수도 있다. 단호하게 말하고 싶다. 능력이나 자격을 못 갖춘 자가 사사로운 목적 달성을 위해 은밀하게 우는 놈에게는 절대로 젖을 줘서는 안 된다. 젖은 자질과 능력을 갖추고, 규정을 준수하면서 상응하는 실적을 보이거나 정당한 자격을 갖춘 자에게 주어야 할 것이다.

박리다매도 신뢰가 중요하다

최근에 우리 동네에 생필품을 아주 싸게 파는 가게가 들어섰다. 그것도 두 곳이나. 가게 구조부터가 일반적인 가게와는 차이가 있다. 누구나 자유롭게 드나들 수 있도록 앞이 확 터졌고, 노상에 물건을 깔아놓고도 팔 수 있는 구조다. 가게 위치도 이해가 갈 만한 곳이다. 한 군데는 전통시장 안 사거리에서 사람들이 붐비는 모퉁이 한쪽을 차지했고, 다른 한 군데 역시 지하철역 앞에 최근에 신축된 대형 오피스텔 1층에 자리 잡아서 사람들 통행량이 아주 많은 곳이다. 두 군데 모두 앞이 확 터져서 누구나 쉽게 드나들 수 있게 되어 있다. 주로 무, 배추, 당근 등과 같은 식재료와 과일들을 파는데 대부분의 상품 가격이 전통시장 가격보다 싸고, 어떤 상품은 마트의 반값 정도에 팔기도 한다. 전통시장 사거리 모퉁이에 있는 가게는 어찌나 장사가 잘되는지 하루가 다르게 직원 수가 늘고 있다. 처음에는 카운터에 계산 능력이 좋은 베트남 여성으로 추측되는 분이 배치되어 있더니, 며칠 후에는 물건 정리와 호객 담당자까지 동남아인으로 채워졌다.

한때는 나도 자주 이용했었다. 상품의 질은 일반 마트와 비슷해 보이는데 가격은 턱없이 싼 것이 신기하고, 당장 돈이 절약되는 것 같아서였다. 그런데 어느 순간부터 저절로 발길을 끊게 되었다. 무를 엄청 싸게 팔기에 샀는데, 속에 굵은 심지가 생겨 도저히 먹을 수가 없을 정도였다. 얼마나 속이 상하던지….

박리다매가 상품 가격을 저가로 하여 대량 판매해서 이익을 보는 것이지, 저질 상품을 저가로 판매해서 이익을 보는 것이 아닐 것이다. 돈 주고 산 물건을 버리는 것도 고역이었다. 얼마나 화가 나던지 다른 상품까지 불신하게 되었고, 급기야는 주인마저 믿을 수가 없게 되었다. 가게 주인이 소비자를 우습게 아는 것만 같았다. 불량 상품을 판매대에 진열해놓은 것 자체가 잘못이다. 가격이 턱없이 쌀 때는 고객이 알아서 판단하라는 의미였을지는 모르겠지만, 왠지 속았다는 생각에 분통이 터져 발길을 끊어버렸다. 무엇이든지 그렇지만 특히 장사는 신뢰가 아주 중요하다. 가게 주인 입장에서는 억울하다고 항변할지도 모른다. 무 1개에 100원이라면 당연히 고객이 알아서 판단할 거라고 생각했을지도 모르겠다. 그런데 문제는 정도다. 물건의 질은 떨어지더라도 사용할 수는 있어야 하지 않겠는가. 조금 오래된 물건이거나, 약간 질이 떨어지기에 물건 가격을 낮춰 판다면 이해를 할 수가 있지만, 아예 먹을 수가 없거나 사용할 수 없는 물건은 아무리 가격을 낮춰 팔아도 그건 상도가 아니다. 장사가 아니고, 사기라고밖에 볼 수 없다. 백화점이건 대형 마트건 전통시장이건 장사하는 사람들도 지킬 건 지켜야 한다. 그게 바로 최소한의 정직과 신뢰이다. 소비자를 위해서가 아니고 장사하는 사람들 자신을 위해서다.

전해지는 기록에 의하면 이웃 나라 일본에서는 고객의 신뢰를 잃지 않게 한다는 철학을 바탕으로 대를 이어 존속하는 100년 가게가 수없이 많다고 하지 않은가. 창업 당시의 제품 품질을 유지·발전시킴으로써 말이다. 그렇게는 못 할지라도 우리나라도 이제 판매자와 소비자가 신뢰를 바탕으로 서로 믿고 사고팔고 응원하는 그런 가게가 나왔으면 좋겠다. 한순간 또는 한철 반짝 팔다가 사라져버리는 뜨내기장사로는 절대 신뢰를 구축할 수 없고, 우리 모두가 바라는 100년 가게도 요원할 것이다. 우리에게도 신뢰를 바탕으로 판매자는 소비자를 위해 정성을 다하고, 소비자는 이런 가게의 존속을 돕기 위해 가게가 어려울 때도 믿고 찾아주는 그런 사회가 빨리 정착되었으면 좋겠다.

공범자가 되지 말자

살다 보면 나도 모르게 분위기에 휩쓸려서 마음에 없는 짓을 하게 될 때가 더러 있다. 특히 혈기 왕성한 젊은 시절에 친구들과 여럿이서 어울릴 때나, 친목 단체나 동호회 등 크고 작은 모임에서 분위기에 취해 사려 깊게 생각하지 못하고 행동할 때가 그런 때이다. 젊은 시절에 시골에서 장난 비슷하게 친구들과 함께 들녘에서 감행하던 과일 서리가 그랬었고, 친목 단체에서 중요한 사항을 결정할 때도 분위기에 편승해서 생각 없이 거수에 참여할 때가 그런 경우이다.

그런데 나이가 들어가면서부터는 자신의 행동 하나하나에 신중을 기하게 된다. 훗날 인생의 종착지에 이르렀을 때 자신의 삶을 뒤돌아보게 될 것이기에 그럴 것이다. 이곳에서 특별하게 친목 단체를 언급하는 이유가 있다. 친목 단체는 성인이라면 누구나 다 몇 개씩은 가입하여 활동하고 있고, 또 그것들이 보통 사람들의 삶 속에 깊이 자리하여 큰 영향을 미칠 수가 있기 때문이다. 평소에 친목 단체에서 행하던 잘못된 습관이나 인식들이 일반 사회생활에도 그대로 투영될 수 있어서 하는 말이다.

그런 친목 단체의 무엇이 문제일까? 의사결정과 결과의 왜곡된 발표이다. 일부 친목 단체에서는 흔히 다수결로 결정된 것도 참석자 전원이 찬성한 만장일치로 결정되었다고 발표해버리기 일쑤다. 다수결과 만장일치는 가결이라는 결과로는 같지만, 질적인 면에서는 엄청난 차이가 있지 않은가. 친목 단체의 결정은 대개 입김 센 몇 사람이 앞장서서 분위기를 잡으면 그 방향으로 가결되어버리고, 소수 의견은 그냥 묻혀버린다. 회원 대부분이 서로 친분이 두터워서 현장에서는 이의 제기가 쉽지 않을 뿐만 아니라, 다소 찝찝한 구석이 있더라도 분위기로 봐서 그냥 넘어가게 된다. 문제는 참석하지 않은 소수의 특별한 사정이다. 그중에는 결정된 내용과는 생각이 다른 사람도 있을 수 있고, 양심상 도저히 결정 사항을 그대로는 수용할 수 없는 사람도 있을 것이다. 명백하게 상식에 반하거나, 특별한 소수의 이익만을 위하거나, 특별한 소수가 배제될 수 있는 결정일 경우 등이다.

이때 이들은 이런 결정에 대하여 누구를 원망하겠는가? 다수결로 결정된 것을 만장일치의 가결이라고 발표해버리면 표결에 참여한 모두를 원망할 것이고, 심지어 친목 단체에 대하여 회의를 느끼기도 할 것이다. 이때 의사결정이 상식을 크게 벗어났거나 잘못된 것이라면 표결에 참여한 모든 사람은 책임을 면하지 못할 것이고, 여차하면 공범자가 될 수도 있다는 것을 알아야 한다.

그래서 친목 단체라 해서, 좋은 게 좋다고 그냥 가볍게 처신해서는 안 된다. 나의 가벼운 처신이 어느 누구에게는 엄청난 고통으로 이어질 수도 있다는 것을 한 번쯤은 생각해봐야 할 것이다. 나이가 들고 보니 조심스러워진다. 머잖아 자신의 인생을 스스로 평가하게 될 때가 올 것이고, 절대 후회가 남지 않도록 살겠다던 평소의 다짐에 얼마나 부합한 삶을 살았는지가 대두될 것이기에 그렇다. 그때 하늘을 우러러 한 점 부끄러움 없이 떳떳하기 위해서다. 정도를 지키기 위해서는 할 말은 해야 하고, 투쟁을 해서라도 지켜내야 할 것이다.

그렇다면 나 자신은 어떠했는가? 나도 친목 단체의 의사결정에 다수결 원칙은 존중한다. 원만한 회의 진행이나 단체 운영을 위해서는 달리 더 합리적인 결정 방식이 없기 때문이다. 하지만 다수결로 결정된 것을 만장일치로 결정되었다고 발표하는 것은 기권이나 반대한 소수자의 의사를 찬성으로 도용하는 것과 무엇이 다르겠는가. 그래서 나는 이런 경우에는 침묵으로 항의 표시를 해왔고, 그래도 개선의 징후가 없을 때는 어떤 불이익을 감수하고서라도 모임에 불참하는 강수를 두기도 한다. 이런 나에 대하여 여러 말이 있다는 것도 알고 있다. 융통성 없는 놈, 외골수 등. 내 소신을 위한 행동이니까 기꺼이 감수할 것이다. 이런 나의 성향은 어제오늘에 고착된 것이 아니다. 과거에 직장에 다닐 때나 그 어떤 크고 작은 조직에서도 항상 약자 편에 서서 그들이 지탱할 수 있도록 작은 힘이라도 보태왔다. 비록 효과는 미미했지만, 마음만은 편안했기에 가능했을 것이다. 그래서 항상 조직의 주류에 끼지 못하고 주변인으로 머물렀지만 그것이 가장 마음 편한 길이란 것을 확신하고 있고, 어떤 경우에나 어디에서도 당당하게 얼굴을 들 수 있는 길이라는 것을 알고 있다. 때로는 불가피하게 공범자가 되어야만 할 때도 있겠지만, 피할 수 있다면 피해야 하고, 막을 수만 있다면 막는 것이 나이 든 사람이 취할 행동일 것이다.

살아가면서 경계할 것들

살다 보면 수많은 사람들을 접하게 되고, 그런 사람들을 통해서 다양한 경험들을 하게 된다. 선한 사람도 악한 사람도 만나게 되고, 능력이 특출한 사람도 그저 그런 평범한 사람도 만나서, 이런 저런 경험 끝에 많은 것을 배우기도 하고 쓰라린 아픔을 겪기도 한다. 이 모든 것들을 학습이라고 해도 크게 틀리진 않을 것이다. 성공을 통해서도 배울 것이 있지만, 실패를 겪고서도 배울 것이 있어서다. 그렇지만 배울 것은 배울지라도, 어떤 경우에도 경계해야 할 것들이 있으니 그것은 따로 기억해두어야 할 것이다.

먼저, 이 사회에 만연된 따돌림을 경계해야 한다. 따돌림은 집단이나 사회의 구성원들이 특정인을 미워하여 같은 무리에 들지 못하게 하는 것으로, 절대로 용납될 수 없는 범죄 행위나 마찬가지다. 피해자는 극심한 스트레스를 받고, 불안감, 우울증 등에 시달려 정상적인 생활에 장애를 받을 뿐만 아니라 심지어 피해자와 그 가족들을 파국으로 몰아갈 수도 있다. 그런 따돌림이 지금 이 순간에도 우리 주변 곳곳에서 발생하고 있다. 따돌리기의 주체가 되어서도 안 되겠지만, 동조나 방조자가 되어서도 안 될 것이다. 특히 나도 모르는 사이에 따돌리기 대열에 합류하게 될 때가 있는데, 이런 경우조차도 신경 써야 할 것이다.

또 기회주의자들도 경계해야 한다. 기회주의자들은 확고한 주관이나 원칙이 없이 그때그때의 상황이나 세력의 크기에 따라 자기에게 이로운 쪽을 취해 행동하기 때문에 언제라도 배신할 수가 있고, 결코 진정한 친구나 동료가 될 수 없다. 더러는 이런 행동이 처세술이라는 얄팍한 언어로 미화되기도 하는데, 이 점 또한 조심해야 될 것이다.

조직 내에서 상관이나 강자의 주변만 기웃거리며 비위 맞추기에 급급하는 사람도 경계해야 한다. 이런 사람은 조직 전체의 발전보다는 자신의 작은 이익에 눈이 멀어 조직의 원칙과 질서를 해치는 사람으로 조직 입장에서는 도태되어야 할 대상일 뿐이다. 약자에게 안하무인격으로 떵떵거리는 사람도 경계해야 한다. 우리 주변에서 흔히 볼 수 있는 치사한 행태인데, 이런 사람은 강한 사람에게는 비굴할 정도로 약하고 굽실거린다. 배울 것이라곤 조금도 없는 경계의 대상이다. 친구나 동료의 약점을 고자질하는 행위도 경계해야 한다. 이런 행위는 상대를 낮춰서 내가 올라가려는 비굴한 짓으로, 순간적으로는 자기가 득일지는 몰라도 결국에는 자해 행위임을 알게 될 것이다. 이제는 많이 개선되었다고는 하지만, 신참이나 업무 미숙자를 괴롭히거나 정신적으로 압박을 가하여 조직에서 내몰거나 자진 사퇴를 유도하는 교활한 행위도 근절되어야 할 것이다. 주로 소규모로 운영되는 근로 현장의 일선에서 암암리에 행해지고 있는 악습인데, 상급 감독자의 관심과 세심한 관찰이 중요하다. 뿐만 아니라 이런 사람들이 득세할 수 없도록 주변 사람들이나 관계자들의 냉철한 판단과 경계 의식이 요구된다.

살아가면서 부딪치게 되는 수많은 경험들은 저마다의 가치를 지니고 있다. 불필요한 경험이란 없다고 본다. 중요한 것은 내가 부딪쳐서 얻은 경험들을 어떻게 소화하느냐에 따라 가치가 달라진다는 점이다. 이런 경험들이 빛을 발하려면 앞에서 언급한 경계의 대상을 구별할 줄 알아야 하고, 배운 것 중 가치 있는 것들은 행동으로 이행해야 할 것이다.

4장

사람 사는 모습들

고향은 세월이 흘러도 고향이다

나이가 들면 누구나 옛적이 그리운 걸까? 부모님이 자꾸 생각나고, 그럴 때마다 고향의 옛집이 떠오른다. 언제 날 잡아서 고향에 한번 다녀와야 할 것 같다. 부모님 산소에 들러 인사드리고, 고향 일주도로를 다시 한번 걸어야겠다.

언제부턴가 고향 발길이 뜸해졌다. 작은 핑곗거리만 생겨도 찾아가곤 했었는데, 어머니가 돌아가시고 고향집마저 철거된 이후부터 그리된 것 같다. 나를 대하는 고향은 변함이 없을 텐데 내 마음이 변했나 보다.

고향에 갈 일을 생각하니 벌써부터 설렌다. 마치 어릴 적에 소풍 갈 날이 잡히면 손꼽으며 기다리던 그런 심정이다. 부모님도 안 계시고 잠잘 곳도 마땅찮은 내가 고향에 찾아가면 이웃들은 나를 보고 짠해 하셨는데, 지금도 그러실까? 아마 그럴 것이다. 해마다 3월이면 온 동네가 하얗게 핀 살구꽃으로 덮이곤 했는데 지금도 변함이 없겠지? 내리던 비가 갠 날은 집집마다 키우는 백구들이 뛰쳐나와 무리 지어 골목을 누비곤 했는데 지금도 그럴까? 아주머니들이 오후 들일을 나갈 때마다 담장 너머로 외치던 “일 나갑시다”라던 목소리도 이젠 들을 수가 없겠지. 그 많던 백구들과 하루도 쉬지 않고 날마다 논밭으로 일 나가시던 아주머니들은 지금쯤 어떻게 변하셨을까?

거짓 없는 정을 보여주는 곳이 고향이고, 어릴 적 이웃들이다. 고향은 세월이 흘러도 고향이고, 추억은 언제나 그 자리에서 나를 기다리고 있을 것이다.

벌써부터 고향 곳곳이 머릿속에 그려진다. 배낭 꾸릴 궁리를 하다가 군청 홈페이지에 들어가 고향 지도까지 신청해놨다. 진도 일주도로를 걸을 때 참고할 도로 지도다. 해안가를 따라 이어지는 일주도로는 5년 전에 한번 완주했지만 그때 기억들이 벌써 가물가물해졌고, 다시 또 가서 해안가 풍경들을 보면서 걷고 싶다. 이번에 다시 걷게 되면 지난번에 빠뜨린 용장성과 전 왕온의 묘를 꼭 찾아봐야겠다. 또 화려한 대형 리조트가 고향에 들어섰다는 소리가 들린다. 외지인들까지 관심을 갖고 한번 가보겠다고 난리인데, 이참에 나도 한번 들러 구경이라도 해야겠다. 이런 것들과 함께 다시 만나게 될 고향의 소박한 모습들까지도 기억의 창고 속에 차곡차곡 갈무리해서 가져와야겠다. 고향 생각이 날 때면 언제든지 들춰내어 보면서 떠올릴 수 있게.

고향은 내가 고향을 생각하는 만큼 날 기억하고, 기다리고 있을까? 아마 그럴 것이다. 두 팔 벌려 환영은 안 할지라도 절대 냉대하지는 않을 것이다. 부모님이 그곳에 잠들어 계시고, 내 손때가 묻은 골목골목들이 그대로일 텐데 어찌 그렇게까지야 하랴. 고향은 언젠가 내가 다시 돌아갈 곳이다. 생전이 아니라면 사후에라도. 그도 저도 아니라면 마음만은 반드시 그곳에서 뛰어놀게 될 것이다. 부모님 잠드신 곳에서 함께 영원히 고향을 지키고 싶다.

행복은 그렇게 먼 곳에 있지 않다

살다 보면 하는 일이 잘 안 풀리거나, 불행한 일이 연속되는 경우가 있다. 이럴 때마다 '나는 왜 이렇지?', '우리는 왜 이럴까?'라는 탄식이 저절로 나올 것이다. '옆 사람은 잘만 되는데, 저 친구는 하는 일마다 잘만 되는데' 하면서 말이다. 주변을 둘러보면 그런 경우가 많다. 부자인데 자식들이 공부까지 잘해서 주위의 부러움을 사는 집이 있고, 가난하지만 자식들의 우애가 깊어서 항시 웃음꽃이 피는 집이 있다. 그런데 부자이고 잘나가는 집안이라고 해서 걱정거리가 없는 것은 아니다. 속을 들여다보면 다른 집과 별반 다를 게 없다. 집은 부자이지만 부부 금슬이 좋지 않다거나, 가족들 건강이 좋지 않아 항상 가정 분위기가 침울한 집이 있다. 그래서 찰리 채플린이 말한 것이 있다. 세상은 멀리서 보면 희극이지만 가까이서 보면 비극이라고.

자세히 살펴보면 어느 집이나 한 가지 이상의 어려움은 있다고 한다. 우리 삶은 기쁨과 슬픔이 반복되듯이, 성공과 기쁜 일만 있기를 바라는 것은 환상을 좇는 일일지도 모른다. 문제는 현실을 직시하고, 인정할 것은 인정하고 타개책을 찾아야 할 것이다. 돌이킬 수 없는 것이라면 즉시 미련을 버려야 하고, 회복이 가능한 것이라면 희망의 끈을 놓지 말고 최선을 다하면 된다. 주어진 여건에서 행복을 찾으면 된다. 부자이고 잘나가는 집이라고 해서 항시 행복한 것은 아닐 것이다.

나는 부자이지도 않고 특별히 잘난 사람도 아닌데 아무런 불만 없이 행복을 누리는 이웃을 알고 있다. 내가 알고 지내는 어린이집 원장 댁은 주변의 많은 부러움을 받고 있고, 나 또한 내심 부러워하는 가정이다. 다른 소득은 없고, 부부가 함께 운영하는 어린이집에서 나오는 소득으로 생활하기에 그리 여유롭지는 않은 것 같다. 아들과 딸이 모두 대학을 졸업했지만 아직 미혼이고, 한때 아들로 인해 큰 경제적인 타격을 받았기에 부부가 마음고생을 심하게 하기도 했다. 그런데 이들 부부는 항시 긍정적인 생각으로 모든 걸 대처한다. 노력만 하면 무엇이든지 해결되더라는 식이다. 무엇보다도 이들 부부의 의식주에서 빛이 난다. 한마디로 잘 먹고, 잘 입는다. 더러는 돈에 대한 애로를 말하기도 하지만 부부가 정기적으로 맛집을 찾아다니며 외식을 하고, 해외여행도 자주 한다. 입는 옷도 다르다. 최고급 명품은 아니지만 반드시 품질이 보증된 브랜드 옷만 입고, 유행에도 잘 대처한다. 그래서인지 어느 모임에서나 늘 당당하다. 과소비라는 지적에 대해서 이분들이 하는 말이 있다. 옷을 자주 구입하지 않기에 옷 구입에 소요되는 전체 비용은 다른 사람들과 같다는 것이다. 한 가지 생활방식의 특징이라면, 합법적으로 금융기관을 잘 이용하는 것 같다.

또 한 분은 주변을 의식하지 않고 자기만의 방식으로 행복을 찾아 삶을 즐기는 분이다. 43세의, 중소기업체에 다니는 노총각이다. 연봉이 많지 않지만 행복을 추구하는 데 전혀 지장이 없다고 자신 있게 말한다. 혼자 살면서도 필요한 물건은 다 갖추고 있다. 특히 새로 출시되는 전자제품은 가급적 남보다 먼저 구입해서 시류에 앞서가고 싶다면서 자랑하곤 한다. 적은 액수지만 다달이 부모님께 생활비도 보낸다고 한다. 지금 충분히 행복하게 살고 있고, 인연이 닿으면 언젠가는 짝이 나타날 거라면서 결혼은 서두르지 않는다고 한다. 이런 분의 부모 심정은 또 다를 수 있겠지만, 본인이 행복해하고, 생활관이 뚜렷한데 누가 뭐랄 수 있겠는가?

이 땅에 살고 있는 사람들의 삶의 양태도 다양하고, 가치관도 천차만별이지만 그 중심에는 자신만의 고유한 행복관이 큰 자리를 차지하는 것 같다. 내 삶은 내가 살아가는 것이다. 남과 비교할 필요도 없다. 주어진 여건에서 최선을 다한다면 행복은 특별한 것도 아니며, 그렇게 먼 곳에 있지도 않을 것이다.

나이 드신 분들이여 강남으로

나이가 드니 아픈 곳이 하나둘씩 나타난다. 처음엔 시력 저하가 오더니 이젠 귀까지 사람 속을 썩인다. 내 시력과 청력이 떨어진 현상은 어찌 보면 자연스럽다 할 수 있겠지만, 이런 현상이 동년배들보다 일찍 온 것 같아 많이 아쉽다. 소위 우리 인간이 나이가 들어가면서 신체의 구조와 기능이 점진적으로 퇴화된다는 노화다. 시련일까? 아니면 시험일지도 모르겠다.

시력 저하는 불편해도 내가 견디면 그만이지만, 청력은 그렇지가 않다. 금방 표시가 나고, 대화할 때 상대방에게 재차 묻는 등 타인을 불편하게 한다. 특히 직장 생활에서는 치명적일 수가 있다. 회의라도 참석하게 되면 질의와 설명을 주고받아야 하는데, 질의 내용을 알아듣지를 못했을 때를 상상해보면 이해가 갈 것이다. 상대방의 물음에도 묵묵부답하게 될 것이고….

시력이나 청력 저하보다 더 가슴 아픈 것이 있다. 마음이 다쳤을 때다. 나이 들어서 마음을 다치면 그것은 인내하기가 어렵고, 오래 간다. 지하철에서 나이 든 노인이 옆자리에 앉으면 눈빛이 달라지는 젊은이들을 종종 볼 수가 있고, '라떼'가 무슨 금기어라도 되는 양 라떼라는 단어를 사용하면 말문부터 닫게 만들고, 집안에서 무심결에 내뱉는 남편을 향한 아내의 '냄새 난다' 하는 소리는 한동안 나이 든 사람들의 가슴을 아리게 할 것이다. 일부 특정인에게만 한하지 않는다. 바로 우리들, 나이 든 사람들 대다수가 겪고 있는 현실이다.

'에이지즘(ageism)'이라는 말이 있다. 늙은 사람을 더럽고 둔하고 어리석게 느껴 혐오하는 현상이다. 나이 든 사람에게 전혀 책임이 없는 건 아니기에 일정 부분의 고통이나 비난은 감수해야 할지도 모르겠다. 상대의 이해만을 기대하는 건 무리일 것이다. 지금이 어떤 세상인가. 그렇다고 포기할 수도, 좌절해서도 안 된다. 변화에 답이 있는 것 같다. 우선 몸과 마음부터 새롭게 하고, 깨끗하게 하자. 아름답게 가꾸어서 자신감을 갖도록 하자. 나이 든 사람은 이미 기운 사람, 곧 가게 될 사람이라는 인식을 바꿔버리자. 나이 든 사람은 인생의 새로운 출발선에 선 사람, 시간과 경제력에 여유가 있는 부러운 계층으로 바라볼 수 있도록 노력하자. 그래서 패션 산업에서도, 유흥 산업 부문에서도 나이 든 사람들이 한 국가의 중심 계층이 되도록 하자. 노동과 소비 등을 노년층이 주도하는 엘더노믹스(eldernomics)가 자리 잡을 수 있도록 우리 나이 든 사람들 각자가 끊임없이 노력하자. 우리나라는 65세 이상 인구가 820만 명을 이미 넘어섰다. 65세 인구 비율이 14%를 넘으면 고령사회라고 부르는데, 우리나라는 16.4%라는 사실이다. 그런데 여기서 더 중요한 것은, 이 노령층에 드디어 1차 베이비붐 세대(1955~1963년생)가 진입했다는 것이다. 베이비붐 세대는 기성 노인 세대와는 다르다.

청년기에는 우리나라의 민주화를 주도했고, 중년기에는 선진국화를 주도했다. 더 많이 배웠고, 경제력도 월등하다. 노인 인구 비중이 크다는 것은 역설적으로 이젠 노인이 그 사회의 주류란 말이 아니겠는가. 자부심을 갖자. 나이 든 사람들이 노동에서도 소비에서도 주연의 대열에 서서 당당하게 나아가자. 오늘 당장 노란색으로 머리 염색을 하고, 귀도 뚫고, 빨간색 멋진 바지를 입고 강남으로 달려 나가자.

퇴직자를 위한 훈수

노후 대비를 어느 정도는 해놓고 퇴직했다는 어느 60대 남성의 이야기다. 그는 아직도 맹렬히 일하고 있는 아내와 미혼인 1남 1녀의 자식을 두고 있는 가장이다. 퇴직 후 2년 정도 지나더니 고민거리가 생기기 시작했고, 시름에 빠지게 되었다. 마음대로 할 수 없는 것들이 하나둘씩 발생했다. 재직 중에 사려다가 나중으로 미뤘던 악기 구입이라든가, 도보 여행자들의 로망인 해외 성지순례 여행 등 말이다. 꼭 필요한 악기였지만 악기점에 들어가서도 가격과 성능만 살펴보고 다시 나와야만 했고, 해외여행도 친구들과 일정까지 다 짜고서도 마지막에 발뺌을 해야만 했다. 또 세 끼 식사를 혼자서 해결해야 했고, 상당한 시간을 빼앗기는 잡다한 일거리도 꽤 발생했다. 예상하지 못했던 많은 시간이 딴 곳으로 새는 것이다. 별생각이 다 들었다고 한다. '내가 왜 이렇게 살게 됐을까? 무엇 때문일까?'라는 자조적인 한숨까지. 퇴직 후 하기로 한 야심찬 계획들에게 미안할 정도였다고 했다.

또 집에 있는 시간이 많아지다 보니 저절로 나태해졌다는 생각이 들었고, 아내의 눈치가 보인다고도 했다. 그래서는 안 되겠다는 생각에 자신에 대한 약간의 구속이 필요했고, 뭐라도 해야겠다는 생각에 인터넷을 뒤지기 시작했다. 기술교육원에 입교하여 교육과정을 이수하고 기능사 자격증을 손에 쥐게 되었다. 자격증 소지자를 대상으로 하는 구인 공고가 뜨자마자 응시했고, 어렵지 않게 채용이 되었다. 퇴직 후 처음으로 하게 되는 일. 당초 계획에는 없던, 소위 돈벌이였다. 새로운 세계에 진입하게 된다는 신비스러움과 약간의 기대와 불안이 동시에 엄습했다고 한다.

퇴직 후의 활동은 한 인간의 일생을 마무리하는 아주 중요한 일이라고 할 수 있다. 그런 만큼 계획은 세밀한 검토 끝에 이루어져야 하고, 강한 실천 의지가 뒷받침되어야 할 것이다. 목표 달성을 위해서는 사소한 장애물 정도는 극복할 수가 있어야 하고, 때로는 더 큰 것을 위해 작은 것들은 버릴 수도 있다는 각오로 대처해야 할 것이다. 퇴직자 개인의 활동은 가족 간의 이해가 아주 중요하고 거의 필수적인데, 더구나 아내가 아직 일을 하고 있다면 퇴직자는 철저하게 아내와 협의하고, 아내의 공감 아래 모든 일이 이루어져야 할 것이다. 아내의 동의가 있었더라도 시시각각 변할 수 있는 것이 퇴직자 아내들의 마음이다. 사전에 충분한 소통이 이루어지지 않았다면 갈등은 예견된 일로 상존하게 될 것이다. 특히 퇴직 후에 쓰게 될 활동 자금을 확보하지 못한 사람이라면 늦었지만 지금이라도 해결책을 찾아야 할 것이다. 우선 세 가지 방안이 떠오른다. 첫째는 하루라도 빨리 취업을 해서 스스로 자금을 확보하는 것이 가장 현명한 방안일 것이다. 둘째는 배우자를 설득하여 지원받아야겠지만, 이것은 쉽지도 바람직하지도 않다. 마지막은 자신의 꿈을 자금이 필요하지 않은 다른 것으로 대체하는 것인데, 썩 권하고 싶지는 않다. 어떤 방안을 선택하더라도 배우자와의 긴밀한 협의와 이해는 필수적이다.

퇴직 이후의 생활이 인생에서 중요한 이유는 한 인생의 염원을 실현할 수 있는 마지막 기회이자 활동이기에 그렇다. 그런 만큼 뚜렷한 목표와 실행 계획이 있어야 할 것이다. 세밀한 검토 후에 신중하게 수립된 계획이라면 반은 성공했다고 해도 될 것이다. 설령 설정한 목표에 이르지 못했더라도 실행 과정을 제대로 밟았다면 점수를 줄 수도 있어서다. 또 진정성을 갖고 목표를 향해 가다 보면 의외의 선물이 나타날 수도 있다. 인생은 어차피 과정인 것 같다. 선한 의지로 최선을 다했다면 누가 뭐라고 해도 당당하게 소리쳐도 될 것이다. 나는 최선을 다했노라고. 결코 후회는 하지 않는다고.

순리대로

내가 즐겨 사용하는 말 중에 '순리'가 있다. 순리는 무리가 없는 순조로운 이치나 도리라는 의미이다. 이런 순리에 대하여 최근에 뼈저리게 느끼고 있는 것이 있다. 나이 듦에 따라 약화된 신체적인 변화나 개인의 사회적인 위치에서 비롯된 것들이다.

나는 걷기를 상당히 좋아한다. 웬만한 거리 정도는 걸어서 다닐 정도이고, 걸음도 빠른 편이다. 그런데 요즘 들어서 걸을 때 추월당하는 경우가 자주 있다. 횡단보도를 건널 때도 그렇고, 지하철을 타고 가다가 환승하기 위해 빠른 걸음으로 걸어갈 때도 추월당하곤 한다. 나는 빨리 걷는다고 하는데도 그렇다. 상대방의 걸음이 빨라서가 아니고, 나의 걷는 속도가 상대적으로 느려져서 그럴 것이다. 나이 때문일 것이고, 그만큼 활력이 떨어졌다는 증거이다. 서글픈 일이지만 자연스러운 현상으로 받아들여야 할 것이다. 이런 것들이 순리일 것이기에. 마찬가지로 이젠 운동을 할 때도 강도를 줄여야 할 것 같다. 기력이 약화된 것을 인지하지 못하고 예전처럼 하다 보면 운동 효과는 반감되고, 신체에도 탈이 날 것은 뻔

한 이치이다. 역시 이런 것도 순리다.

이런 변화는 집에서도 감지된다. 자식들의 전에 없던 행동이 때로는 나를 슬프게도 하지만, 이젠 받아들여야 할 것이다. 좀처럼 항의나 불복종을 않던 자식들이 이젠 자기 의사 표시를 거침없이 한다. 자식들도 신체적으로뿐만 아니라 정신적으로도 성장한 것이다. 오히려 부모를 앞서는 부분도 있을 것이다. 당연하다. 기쁘게 받아들여야 할 것이다. 요즘은 그동안 고생한 아내를 위해서 나의 가사 분담 비율을 더 높였다. 주방일도 열심히 배우려고 생각하고 있다. 꼭 아내만을 위해서가 아니고, 나 자신과 가정을 위해서다.

직장에서도 순리가 적용되기는 마찬가지다. 직장인도 사회의 흐름을 잘 읽고 뒤처지지 않도록 해야 할 것이다. 예를 들면 전자기기 신제품이 나오면 바로바로 사용법을 익혀 업무에도 적용할 수 있어야 하고, 새로운 뉴스나 정보에도 귀를 기울여 업무에 반영하고, 소비자나 고객보다도 앞서 나가야 할 것이다. 경쟁에서 뒤처지지 않기 위해서다. 또 아직 업무에 익숙하지 못한 신규 직원이 선임보다 한걸음 먼저 뛰고 많이 뛰어야 하는 것도, 하급자나 연소자가 남보다 먼저 해야 할 일이 있다면 그것을 놓치지 않으려고 노력하는 것도 순리일 것이다.

조금은 다른 이야기가 될지도 모르겠지만, 직장인은 그 직장 내에서 성공할 수도, 실패할 수도 있다. 실패했다고 너무 낙담할 필요는 없다. 실패는 실패대로 받아들이고, 다른 곳이나 다른 분야에서 자신의 목표나 꿈을 이루면 될 것이다. 우리 주변에 그렇게 해서 성공한 사람들을 어렵지 않게 볼 수 있고, 언론에 종종 소개되기도 한다. 성격상 권모술수가 횡행하는 직장 생활에 적응이 어려워 도중에 퇴직한 후에 작가로 변신해서 크게 성공한 사람들의 소식을 가끔 접하곤 한다. 성공을 위해서 내가 더 잘할 수 있는 것이 있다면, 또 그러한 곳이 있다면 그에 따르는 것도 일종의 순리가 아니겠는가. 인생의 탑 쌓기는 결코 한 곳에서만 쌓으라는 법도, 하나의 방식으로만 쌓으라는 법도 없어서다.

살다 보면 무차별 가해지는 젊은이들의 몰상식한 언어적 행태 때문에 마음의 상처를 받을 때가 있다. 특히 신체 건장할 때와 달리 지금처럼 나이 들고 왜소해져서 당할 때는 순간순간 치가 떨릴 것이다. 젊은이들 입장에서는 할 수 있는 자연스럽고 당연한 행동일지도 모르겠지만, 나이 든 사람들 입장에서는 마음이 아플 것이다. 이것도 일종의 순리라고 볼 수 있을 텐데 이해하기가 쉽지 않으니….

최근에는 느닷없이 감투를 하나 쓰게 되었다. 향우회 회장 역할이다. 내가 현직에서 퇴직을 했고, 나이도 들 만큼 들었으니 이젠 고향을 위해 감투나 하나 쓰고 봉사나 많이 하라는 의도이자 배려일 것이다. 나쁘게 생각하지 않았다. 고향을 위해 도움이 될 일을 할 수 있는 좋은 기회라고 생각했다. 내 나이나 고향에 대한 애정을 생각하면 이런 것을 받아들이는 것도 일종의 순리일 것이다. 우리 주변에 순리를 따라야 할 것은 더 있다. 젊은이와 힘으로 경쟁해서 지는 것을 기분 나쁘게 생각하지 말아야 하고, 등산 중 갑작스럽게 폭풍우가 발생하는 기상 이변이 발생하면 자연에 맞서지 말고 미련 없이 하산해야 하고, 법원 등과 같은 권위 있는 기관의 결정은 순순히 받아들여야 할 것이다. 또 화합을 위해 상대편이 양보를 하면 나도 일정 부분 양보할 줄도 알아야 할 것이다. 그런데 순리를 따르는 것이 백번 천번 맞지만 제대로 따르기는 그렇게 쉽지가 않다. 이것이 문제인 것이다. 또 순리를 거역했을 때는 균형이 깨지고 고통이 따르면서 배로 힘이 들고, 결국에는 실패할 확률이 높아진다. 순간의 고통이나 약간의 손해가 있더라도 순리를 따르는 것은 결국 나 자신을 포함한 전체를 위한 것임을 마음속 깊이 새겨두자.

정도(正道)가 답이다

살다 보면 누구에게나 선택이나 결단의 순간을 맞게 될 때가 있다. 위기일 수도 있고, 잘 대처하면 기회를 잡을 수도 있다. 이런 경우에 대부분의 사람들은 많은 생각을 하게 되고, 당황하게도 될 것이다. 이런 때 최선의 답을 모르겠거나 다른 적절한 방안이 없을 때는 정도를 따르면 된다. 정도는 사람이 행해야 할 바른 도리를 뜻한다. 이것저것 재지 말고, 바른길을 택하라는 것이다.

나는 어려움에 처했을 때마다 애써 정도를 따르려고 노력했다. 직장 생활을 해본 사람이라면 누구나 한 번쯤은 겪었을 것이다. 신입 시절에 누구 편에 서서 맞장구를 쳐야 할지를 몰라서 쩔쩔매던 때를. 정답은 정도를 따르는 것이다. 순간의 오해나 불편함 때문에 겁먹을 수는 있으나, 이것이 가장 편안하고 안전한 길이란 것을 시간이 지나면 알게 된다. 정도를 따르면 거리낄 게 없다. 그 순간, 그 자리에서는 밀리거나 손해 보는 것 같지만 결국에는 알게 될 것이다. 바른 것이 이기게 된다는 것을.

또 새로운 사람들과 어울리게 되거나 어떤 새로운 그룹에서 활동하게 될 때도 마찬가지다. 처음부터 선입견을 갖고 행동해서는 안 된다. 누구의 귀띔으로 '누구누구는 어떻다더라' 하는 소리를 들었더라도 마음속에만 담아두고 참고만 할 일이지, 그것을 믿고 그대로 행동해서는 안 된다. 쉽지 않겠지만 새로운 곳에서도 처음부터 정도를 따르면 된다. 내 행동이 바르면 상대도 변화시킬 수가 있고, 상황도 바꿀 수가 있고, 결국에는 나도 인정받을 수 있을 테니까.

주변에 줄타기를 잘하거나 바르지 못한 수법으로 일을 도모하는 모사꾼들을 봤을 것이다. 결정적일 때 상식을 벗어나는 의외의 결과를 만들어내서 주위 사람들을 놀라게 하는 자들 말이다. 그런 사람들은 쉽게 높은 곳까지, 또는 남보다 빨리 오르는 것 같지만 결국에는 정도를 따르는 사람과 비슷하거나, 쉽게 무너져 내릴 수도 있다. 필요한 능력보다는 버려야 할 술수로 세상을 살아가기 때문이다.

정도를 걷는다는 것이 쉬운 일은 아니다. 왠지 손해 보는 것만 같고, 뒤처지는 것만 같기도 할 것이다. 눈앞의 이익에 흔들리거나 순간순간에 일희일비해서도 안 된다. 평소에 인내심과 꾸준함으로 무장하여 가장 안전하고 당당한 길, 정도 따르기를 생활화하자.

지라시

요즘 퇴근길에 지하철 에스컬레이터를 타고 지상으로 올라가서 제일 먼저 대면하는 얼굴은 전단지를 나누어주는 두 분의 여성이다. 두 분 모두 60대 후반으로 보인다. 지하철 승객들이 우르르 쏟아지면 이분들의 손놀림도 덩달아 바빠진다. 한 사람도 놓치지 않고 나오는 사람들 손에 전단지를 쥐어주기 위해서다. 그러나 전단지를 손에 받아 쥐는 사람은 별로 없다. 대여섯 사람을 거쳐야 겨우 한 사람 정도가 받아준다. 드디어 내 차례가 된다. 뒤에서 밀려오는 승객들 때문에 우선 한 분이 주는 전단지만 받아들고, 잠시 한쪽으로 비켜서 있다가 나머지 다른 분에게도 달라고 해서 받는다.

전단지를 받을 때마다 느끼는 것은, 이분들은 참으로 정직하게 임무를 수행하신다는 것이다. 아무리 분주하고 시간에 쫓기더라도 반드시 한 장씩만 배부하려고 애쓴다. 나 때는 그렇지 못했다. 바쁘거나 시간에 쫓길 때는 손에 잡히는 대로 몇 장씩 배부하기도 했었다. 한참을 가다가 뒤돌아보아도 두 분의 모습은 여전하시다. 조금 전처럼 한 사람도 놓치지 않으려는 듯 연신 전단지를 든 손을 내민다. 퇴근 때마다 이분들의 전단지를 자진해서 받다 보니 이제는 이분들이 나를 알아보고 인사까지 할 정도가 되었다. 고맙다는 뜻일 것이다. 나는 이분들의 고충을 잘 안다. 추운 날씨에 빨리 끝내고 집에 가야 할 분들일 것이다. 집에는 또 다른 일이 기다리고 있을지도 모른다. 가족들 저녁 식사 준비는 물론이고, 더 어려운 사정이 있을지도 모른다.

그런데 이런 분들이 건네는 전단지를 절대 받지 않으려는 사람들이 있다. 필요하지 않으면 안 받을 수도 있겠지만, 전단지를 들고 어렵게 내미는 손을 생각해서라도 한 번쯤은 받아줘도 되지 않을까? 갑자기 어린 시절에 목격한 마을 사람들 인심이 떠오른다. 지나가던 사람도 바쁜 농사일을 보면 절대 그냥 지나치지 않았다. 뭐라도 잠시 거들어주고 지나갔다. 그런 것까지는 기대할 수 없겠지만 나이 드신 분이 건네는 종이 한 장 정도는 받아줘도 되지 않을까? 물론 받지 않으려는 사람들의 심정은 이해가 간다. 버릴 곳이 없어서일 것이다. 받게 되면 결국은 집에까지 가지고 가야 한다. 그래서 말이다. 부담 없이 받아보고 버릴 수 있도록 수거함을 설치하거나 수거 인력을 배치하면 어떨까? 소요되는 비용은 수익자 부담 원칙이 적용될 수도 있겠고, 생활환경 정비 차원에서 지자체가 부담하는 방법도 검토해볼 수 있을 것이다.

나의 옛 시절이 생각난다. 50년도 더 전의 일이다. 대학 입시를 준비하던 때였다. 주로 입시학원이 밀집한 서울 종로2가에서 새벽부터 전단지를 배부하던 때가 있었다. 그때와 지금은 많이 다른 것 같다. 그때는 주로 입시학원이나 학원 강사를 알리는 전단지를 소속사 직원이나 젊은 청년들이 주로 새벽부터 아침 등교 시간까지 배부했는데, 지금은 식당 개업, 헬스장, 미용실, 개업 의원, 대형 할인 마트 등의 다양한 전단지를 주로 나이 드신 여성분들이 점심시간이나 퇴근 시간을 전후해서 배부한다.

이런 작은 전단지 한 장에도 상반되는 미묘한 애환이 얽혀 있다. 이 여성분들처럼 전단지라도 배부할 수 있기에 용돈벌이나 생계를 유지하는 사람이 있는가 하면, 거리 쓰레기를 치워야 하는 환경미화원들은 지라시 때문에 하지 않아도 될 고생이나 불편을 겪어야 할 것이다. 그럼에도 두 가지가 양립할 수 있어야만 하는 것이 현실이고, 이 사회의 모습이기에 우리 모두의 이해와 관심이 필요하다. 이렇듯이 작은 전단지 한 장을 통해서도 그 시대의 풍속을 읽어낼 수가 있고, 나도 한때는 그런 것들의 주연이었음을 다시 생각하게 된다.

12월이 다가올수록 날씨는 추워지고 있다. 지나가는 한 사람도 놓치지 않기 위해 이 시각에도 하루가 저무는 거리의 추위 속에서 전단지를 들고 서성거리는 나이 드신 여성분들의 모습이 눈에 선하다.

삼거리 모퉁이의 노천 커피숍

서울시 강동구 암사선사유적지에 들어서는 삼거리 모퉁이. 한쪽에 허름한 커피 자판기가 자리 잡고 있고, 그 바로 앞 도로변에는 잎이 무성한 느티나무가 넓게 그늘을 내리고 있다. 마치 자판기를 보호라도 하려는 듯이. 주변에는 소규모 비닐하우스 단지가 조성되어 채소, 화훼 사업이 성업 중이다.

먼지가 잔뜩 쌓인 자판기에서 60대 후반으로 보이는 노인이 커피를 뽑고 있다. 이어서 또래로 보이는 또 다른 노인이 목장갑을 낀 채 알 듯 모를 듯한 소리를 내면서 자판기에 접근한다. 먼저 온 노인이 뒤돌아보면서 응대하는 것을 보니 서로 아는 사이인 듯. 잠시 후 젊은 택시 기사까지 합세하여 삼거리 모퉁이는 삽시간에 노천 커피숍으로 변한다. 택시 기사가 고개까지 숙이며 이들에게 인사하는 것으로 봐서 서로 초면은 아닌 듯. 아마 모르긴 해도 이들은 어제도 그제도 이곳에서 자판기 커피를 즐겼을 것이다.

따로 정해진 주제도, 발언하는 순서도 없이 주고받는 대화의 모습이 참으로 정겨워 보인다. 어느 한 분이 이야기를 시작하니 약속이나 한 듯 진지하게 경청하는 두 사람의 모습이, 대화 중에 갑자기 웃음보가 터져버린 세 사람의 일체된 모습이 더없이 좋아 보인다. 그런 대화가 오고 가는 중에도 낯선 이들의 들락거림은 자연스럽게 이어진다. 팔에 토시를 착용한 작업복 차림의 중년도, 강아지 목줄을 거머쥔 30대 청년까지도. 머잖아 상추와 꽃모종이 시즌에 들어서면 이곳 화훼 단지를 찾는 손님들까지 합세하여 이곳은 더욱 풍성하고 훈훈한 이야기 터가 될 것이다.

그럴듯한 간판도, 주인도, 별도의 출입구도 보이지 않는 노천 커피숍. 이곳 고객들은 커피 맛보다는 이렇게 사람을 만나고 이야기 나누는 것을 더 좋아하고, 어제 본 얼굴들이 벌써 또 그리워서 이곳을 찾을지도 모른다. 이보다 더 좋은 커피숍이 있을까? 복장이 헐거워도 상관없는 곳. 작업 중에 땀내를 안고 잠깐 들러도 탓하는 이 없고, 달달한 커피 맛이 간절하고 사람이 그리울 때면 누구나 무시로 드나들 수 있는 곳. 누구라도 만나서 위로를 받고, 쉽게 동지가 될 수 있는 곳. 고급 브랜드 커피숍에서는 느낄 수 없는 따듯한 정이 흐르고, 세상의 진면목을 들여다볼 수 있으며 보통 사람들의 진솔한 마음이 오고 가는 따듯한 이야기 터. 이곳 삼거리 노천 커피숍만의 자랑이자 특권일 것이다.

일생일대의 통과의례

천호1동 언덕배기 아래에 위치한 어느 부동산 중개소 사무실. 유리창에는 주택 시세가 빼곡하게 적혀 있고, 그 앞에는 아까부터 이것을 뚫어져라 쳐다보고 있는 중년의 사내가 서 있다. 갑자기 나의 옛 시절이 떠오른다. 주말마다 동네 부동산 중개소 사무실을 기웃거리던 그 옛날의 내 모습이 저러했을 것이다. 아니다. 나만이 아니고 이 땅의 모든 무주택 가장들이 경험했을, 한때의 통과의례가 아니겠는가? 그 자리에서 주택 시세만 지켜보고 있는 사내의 머릿속으로는 이미 수백 번의 계산이 오고 갔을 것이다. 이번이 몇 번째 망설임일까? 과연 오늘은 그동안의 망설임을 끝내고 사무실 안으로 들어갈 수 있을까? 그래서 계약서를 작성할 수 있을까?

내 집 마련은 한때 젊은 가장들을 평가하는 성공의 잣대이기도 했다. 몇 년 만에 마련했는지, 어느 동네에 몇 평짜리인지 등이 덩달아서 관심사였다. 또 내 집 마련은 아빠들의 위엄이었고, 아내와 아이들의 자랑거리이기도 했다. 이 사내에게도 오늘이 가장으로서의 위엄을 과시할 그런 기로의 순간이 될지도 모르겠다.

오늘은 꼭 일생일대의 결정이 이루어졌으면 좋겠다. 더 이상 부동산 중개소를 기웃거리느라고 소중한 주말을 허비해야 하는 일이 없었으면 좋겠고, 아내와 아이들이 그토록 염원하는 가족들의 꿈이 꼭 이루어졌으면 좋겠다. 이제는 아이들이 맘 놓고 소리 지르며 뛰어놀 수 있는 터전이 마련되어서, 오늘 저녁에는 가족들과 함께 파티를 열고, 환호를 지를 수 있었으면 좋겠다. 그래서 이 가족들에게도 더 큰 꿈을 향해 앞으로만 나아갈 수 있는 날이 활짝 열렸으면 좋겠다.

동우 형님

내가 동우 형님을 만나게 된 것은 퇴직 후 처음으로 돈을 벌기 위한 일을 시작하면서부터다. 뙤약볕이 내리쬐던 어느 여름날. 탄탄한 체격에 구릿빛을 띤 얼굴색의 늙수그레한 신입이 소개되었고, 그때부터 이분과의 동고동락이 시작되었다. 들리는 소문에 의하면, 이분은 해마다 연초에 정기적으로 채용하는 선발 과정에 응시하지 않고 이번처럼 도중에 빈자리가 생기면 그때 입사해왔다고 한다. 특별한 케이스다. 사실 이분과 같은 고령자들은 젊은이들과 경쟁해서 선발의 벽을 넘기가 쉽지 않을 것이다. 아무튼 이분과의 인연은 이렇게 시작되었고, 두 해를 함께 일하면서 이분으로부터 업무와 함께 인생에 대해서도 많은 것을 배웠다. 이렇게 나의 인생 진짜 리그는 이런 분들과 함께 시작되었고, 일단은 순조로웠다.

동우 형님은 다소 무뚝뚝한 인상에 말수가 적은 편이다. 누구와 친해지기 전까지는 묻는 말에 대답만 할 정도. 오로지 주어진 업무에만 관심이 있지만, 한번 마음이 열리면 속내까지 다 보여주시는 분이기도 하다. 고집이 있고 자존감이 유달리 높아서 하는 일과 관련해서는 동료들과 자주 부딪히기도 하고, 때로는 낭만적인 면도 보였다. 함께 일을 하면서 내가 당황한 적이 있는데, 그해 가을날 길거리에 널려 있는 낙엽을 치우는 어떤 사람에게 항의하듯이 말하는 것이 아닌가. '낙엽은 가을의 징표인데 다 치워버리면 어떡하냐'라고. 가을이니 한둘 정도는 깔려 있어도 괜찮다는 것이었다.

산을 좋아하고, 산 친구와 새로운 인연을 쌓는 것을 큰 즐거움으로 여기시는 동우 형님의 나이는 당시 76세. 두 아들을 일찍 잃고 부부 내외가 미혼인 딸과 함께 살고 있다고 했다. 월남전에 참전해서 훈장까지 받은 전쟁 유공자이고, 1970~1980년대 해외 근로자 파견이 한창일 때는 중동으로 건너가서 장기간 해외에서 근로자로 생활하는 등 평생을 노동으로 살아왔지만 워낙 성실해서 별도의 노후 대책은 걱정 안 해도 될 정도라고 했다.

우리와 함께 이곳에서 일하는 사람들은 다양한 직종에 종사하다가 온 은퇴자들이 대다수이고, 보유하고 있는 기능도 다양하고 현장 업무 능력도 천차만별이다. 채용 시 자격증 보유자를 우대한다지만 꼭 그런 것 같지는 않다. 자격증이 없는 사람이 현장에서는 더 큰소리치고, 맡은 일 처리에도 당당하다. 오랜 현장 경험 때문일 것이다. 동우 형님이 대표적인 그런 분이다. 동우 형님은 못 하는 것이 없을 정도이다. 수목 식재나 전지·수형 조절은 물론 예초기, 전정기, 엔진톱 등 조경 관리에 필수적인 모든 장비를 능수능란하게 다룬다. 우리는 이분으로부터 많은 것을 배웠다. 핵심은 힘을 덜 들이고도 같은 실적을 낼 수 있는 요령이었다. 이런 일은 힘만으로 하는 것이 아니라는 것이 동우 형님의 지론으로, 힘 조절 능력이 아주 중요하다고 기회 있을 때마다 역설하셨다.

그렇지만 이분이 자신의 능력이나 실적만큼 관리자들로부터 인정을 받는 것은 아니었다. 때때로 주변 동료들을 배려하는 데 아쉬움을 남기는 행동 때문이다. 초심자들이 처리하기 곤란한 일에 쩔쩔맬 때 이분은 관리자가 보는 앞에서 자신의 능력을 과시라도 하려는 듯이 초심자를 밀쳐내고 능숙하게 해치워버리는 것이다. 위기에 처한 초심자들의 입장을 조금도 배려하지 않고 자신만의 비장의 무기를 제대로 활용하는 것이다. 이분도 이 험난한 세계에서 살아남아야 하기 때문일 것이다. 누구는 이의를 제기할지도 모르겠지만, 이분 입장에서는 이것이 선택적 정의일지도 모른다. 고령, 무자격증 등 불리한 여건에서 이런 것마저 없다면 어떻게 젊은이들과 경쟁할 수 있겠는가? 그분의 이런 행위는 어느 정도는 정당성이 인정되어야 할 것도 같았다. 이분에게는 배울 점도 많았다. 구슬땀을 흘려가며 억척스럽게 일을 해서 돈을 벌지만, 쓸 곳이나 써야 할 때에는 제대로 쓴다. 자신에게 투자하거나 자신이 소비하는 것에는 절대 아끼지 않는다. 자기 계발이든 쾌락이든. 절대 주어진 여건이나 환경을 탓하지도 않는다. 현실에 만족하고 지금처럼 일하며 살아갈 수 있는 것에 대해 무척 행복해하는 것 같았다.

행복에도 급이 있을까? 노동자의 행복과 사무직의 행복에 차이가 있을까? 없을 것이다. 서울 갑부의 행복이나 시골 촌로의 행복이나 마음속에 스며드는 부드럽고 달콤한 그 느낌은 같을 것이기에. 행복하면 그것 자체만으로 좋은 것이다. 타인과 비교할 필요도 없다.

동우 형님은 일을 할 수 있다는 것 자체를 좋아하는 것 같다. 일을 하는 하루하루는 행복을 건져내는 고귀한 순간들이라는 것이다. 이분은 과거에도 그랬고, 그런 행복함이 이어지고 이어져서 오늘에 이르렀을 것이다. 한마디로 이분에게는 생활 자체가 일이고 행복인 것이다. 이보다 더 단순·명료하게 행복을 누리는 분이 있을까? 행복의 조건, '그까이 거' 이분 앞에서는 그저 무용지물일 뿐이다.

승관 아우

퇴직하고 새롭게 사회생활을 시작하면서 내가 처음으로 만난 사람이 승관 씨다. 승관 씨는 이제는 나와 절친한 동료이자 자랑하고 싶은 아우가 되었는데, 그와 만나게 된 과정이 아주 극적이다. 퇴직한 후에 새로운 일을 하기 위해 열세 명을 선발하는 공모직에 응시했는데, 합격자 중에 나와 승관 씨가 포함되었고, 그중에서 다시 두 사람을 선정하여 특정 팀으로 보냈는데 거기에도 우리 두 사람이 선정된 것이다. 그리고 그 팀에서 다시 두 사람을 뽑아서 특정 업무를 맡겼는데 거기에도 우리 두 사람이 선정되어 그때부터 그와 함께 일을 하게 되었다. 이런 기막힌 과정을 거쳐 소위 입사 동기가 되었고, 2년 이상을 동고동락하게 되었다. 이 정도의 인연이면 아주 특별한 관계라는 것 이외에는 달리 설명할 수가 없을 것이다.

승관 씨는 한때 잘나가던 젊은 사업가였다. 그런데 호황을 누리던 그 업종이 장기간 침체되는 바람에 사업을 접고 10년 이상을 집에서 쉬어야만 했다. 그러던 중 새로운 일자리를 찾게 되었고, 그렇게 해서 나를 만나게 되었다. 승관 씨는 천성이 낙천적이고 쾌활한 성격에 상황 판단 능력이 뛰어나고, 누구하고도 쉽게 어울릴 수 있는 친화력을 지녔다. 책임감이 강해서 하는 일은 무엇이든지 선도적으로 추진해나갔고, 자연스럽게 동료 집단에서는 제일 먼저 주류에 편입되어 단시일 내에 조직 내 리더와도 스스럼없이 지낼 수 있는 사이가 되었다. 한마디로 승관 씨를 떠올릴 때면 '자유로운 영혼을 가진 남자'가 생각날 정도로 하는 일에 거침이 없고 진취적이었다. 기쁜 날이나 슬픈 날이나 하루는 그것으로 잊어버리고, 웃으면서 새날을 맞는 친구이다. 가정에서는 두 아들과 친구처럼 가까이 지내면서 아이들로부터 절대적인 지지를 받는 가장이다. 얼마나 부러운지…. 나와는 나이 차이가 많이 나지만 몇 년을 가까이 지내다 보니 친구처럼 가까운 사이가 되었고, 나의 대담하지 못한 성격을 알고서부터는 때로는 그가 나에게 훈수까지 둘 정도였다. 그래도 밉지가 않은 동료. 덕분에 나에게는 든든한 응원군이 생겨 일터에서 하는 일조차 수월할 때가 있고, 부끄럽지만 얼마나 힘이 나고 고마웠는지. 30년의 직장 생활에서도 느껴보지 못한 진한 동지애를 깨닫게 해준, 내가 닮고 싶은 상남자 승관 씨. 몇 년 전부터 일터가 서로 갈리는 바람에 지금은 떨어져 있게 되었지만 연락만은 놓지 않고 있다. 일터 동료를 떠나 좋은 사회 친구를 하나 얻은 셈이다.

내가 퇴직 후 새로운 일을 갖고자 했던 이유 중의 하나가 바로 이런 것들이다. 다양한 계층의 사람들을 만나고, 그런 교류를 통해 그들을 이해하는 것. 그리고 그런 이해를 바탕으로 아직까지도 아마추어적인 나의 사회생활 자세를 한 단계 업그레이드시키고 싶었다. 지금 그렇게 되어가고 있고, 그 중심에서 승관 씨가 큰 역할을 했음을 부인하기 어렵다. 고마운 동료이자 보석 같은 친구, 어디에서나 자랑하고 싶은 아우이기도 한 승관 씨. 이젠 내가 그를 위해 뭔가를 하고 싶다. 나로 인해 그의 하루가 조금이라도 더 힘이 나고, 나로 인해 그의 앞날이 더욱 밝아질 수만 있다면, 나는 그를 위해 기꺼이 어떤 작은 역할이라도 아끼지 않을 것이다.

이 땅의 수많은 수훈 씨들에게

같이 일하던 동료 중에 수훈 씨라고 있었다. 나이는 40대 후반, 서울에서 나고 자랐다. 하는 일에 대한 경력이 전무해서 조금은 서툴지만 원칙과 규정을 준수하려고 애쓰는 동료였다. 타고난 성격인지는 몰라도 평상시 말이 없고, 단체 생활에서는 핸디캡으로 작용할 수 있는 낯을 가리는 것이 좀 심한 편이라서 팀원들의 집중적인 관심을 받기도 했다. 남보다 더 성실하게 일하면서도 바람직하지 못한 관심을 받는 것이 안타까울 정도였다. 소수로 구성된 팀에서 함께 일을 하다 보면 팀원 간 서로 속속들이 알게 된다. 장점이자 단점이랄 수 있겠다. 이런 상황에서는 팀원 간의 갈등을 조정하여 화합을 이루고, 주어진 성과를 내기 위해서는 어떤 한 사람의 특별한 역할이 필요하다. 그런 역할을 내가 하고 싶었다. 동병상련이랄까? 나도 직장 생활 초창기에 조직 생활에 서툴러서 한동안 마음고생을 했고, 그 이후에는 주변의 그런 사람들을 보면서 안타까움에 마음 아파해본 적이 있어서다. 그래서 일부러 수훈 씨에게 내가 먼저 말을 걸어보기도 했고, 두 사람만의 시간이 있을 때는 좀 더 긴 이야기를 나눠보기도 했다. 그래서인지 수훈 씨는 팀원 중에서는 유일하게 나에게는 조금씩 마음의 문을 열었다.

수훈 씨는 자기표현을 너무 하지 않는다. 본인의 정당한 애로사항조차도 말하지 않고 혼자 삭인다. 주변에 알리면 쉽게 해결될 일도 자신의 정신적 고통이나 물질적 손해까지도 감수하면서 스스로 해결하려고 한다. 동료들의 상부상조가 일반적인 경조사조차도 수훈 씨가 말을 하지를 않아서 팀원들은 응당 해야 할 도리조차도 놓치게 되고, 그 추궁이 수훈 씨에게 돌아가기도 했다. 수훈 씨는 개인만 생각하지 말고 함께 일하는 팀원들 입장도 생각해야 할 것이다.

수훈 씨는 원칙에 너무 얽매인다. 원칙이나 규정을 철저하게 지키려다 보니 성과가 미흡하게 나타날 때가 있고, 본인은 물론 다른 팀원들까지도 피해를 볼 수가 있다. 초심자가 범하기 쉬운 오류일 텐데 수훈 씨는 대원칙의 범위 내에서는 융통성을 발휘할 줄 알아야 하고, 원칙 준수와 목표 달성이라는 두 측면도 함께 고려할 수 있는 여유를 가져야 할 것이다.

더 안타까운 것은, 수훈 씨는 가리는 것이 지나칠 정도였다. 팀원들과 식사를 같이하거나 함께 어울리는 것을 거부하는 등 스스로 소외를 자초하였다. 이것은 개인적인 성향이고 습관일 수 있지만, 조직 생활에서는 달라져야 할 것이다. 협력을 필요로 하고 함께 호흡해야 하기 때문이다. 큰 문제가 되지 않는다면 때로는 마음에 없는 것도 받아들일 수 있어야 할 텐데, 많이 아쉬웠다. 수훈 씨는 협업 중에는 때때로 자신이 손해 볼 줄도 알아야 할 것이다. 그렇다고 팀을 위해서 개인적인 큰 피해를 보라는 것이 아니다. 팀의 성과를 위해서 경우에 따라서는 남보다 더 많은 일을 할 수도 있고, 남보다 더 힘이 드는 일을 할 때도 있다는 뜻이다.

사람이 모든 걸 다 잘할 수는 없다. 수훈 씨에게도 모든 걸 다 잘하기를 바라는 것이 아니다. 성실하게 일하는 사람이 평범을 벗어나는 행태와 습관 때문에 비난을 받고 저평가되는 것이 안타까워서 하는 말이다. 나 자신도 한때는 수훈 씨였고, 현재도 이 땅에는 수많은 또 다른 수훈 씨들이 있을 것이다. 그들이 노력하는 만큼의 평가와 대우를 받지 못하는 것은 안타까운 일이다. 단지 남과 다른 행태와 습관을 가졌다는 이유만으로 그들의 성실한 노력이 절대 헛되지 않기를 바라는 마음이다. 그분들의 분발을 기원한다.

운수 좋은 날

살다 보면 의외로 하는 일이 잘 풀리거나 기대하지도 않았던 것이 척척 이루어질 때가 있다. 그런 때는 저절로 마음이 흐뭇해지고 기분이 좋아진다. 그런 날을 흔히 운수 좋은 날이라고도 말한다. 하루하루가 긴장의 연속이고 팍팍하던 직장인 시절에는 그런 날을 생각할 겨를이 없었지만, 시간적으로 좀 여유가 있는 요즘에는 가끔 잡생각과 함께 그런 날이 생각나기도 하고, 어떤 때는 기다려지기까지 한다. 최근에도 그런 때가 있었다. 운수가 좋았던 어느 하루가.

아내가 일을 마치고 현관문을 열고 들어서면서 "뭐 하세요?" 하는 음성이 경쾌하고, 얼굴에 미소가 번졌을 때는 백발백중 운수 좋은 날이다. 아마 관리 중인 아내의 건강상 수치들이 정상으로 돌아왔다거나, 다른 좋은 일이 있다는 암시일 것이다. 그런 날은 거실 청소가 안 되어 있어도 내 허물이 이해될 수 있고, 용서가 되는 날이다. 또 혼자서 버스나 기차로 장거리 여행을 떠날 때 내 좌석 옆자리가 비어 있을 때다. 이런 날도 그렇게 기분이 좋을 수가 없다.

마음대로 드나들 수가 있고, 부담 없이 군것질을 할 수도 있어서다. 이런 날도 운수 좋은 날임에 틀림이 없다. 또 중요한 약속 장소에 가기 위해 지하철 승강장으로 향했는데, 승강장에 도착하자마자 바로 열차가 올 때도 그렇고, 급한 마음을 안고 환승하기 위해 발걸음을 재촉해서 갔을 때 기다리던 열차가 바로 오게 되면 안도의 한숨을 쉬게 되면서 그렇게 기분이 좋을 수가 없다. 이런 때는 뭔가 이뤄질 것 같은 예감이 들기도 하는데, 역시 운수 좋은 날임에 틀림이 없다. 또 있다. 하루 일을 마친 후 고단한 몸을 이끌고 퇴근길 혼잡한 지하철에 승차했을 때, 내가 서 있는 바로 앞자리 승객이 다음 정거장에서 바로 내리게 될 때다. 이런 날도 운수 좋은 날임에 틀림이 없다. 이런 때 내 옆에 서서 오래전부터 빈자리가 나오기만을 기다리던 사람에게는 미안한 일이지만, 내 코가 석자인지라 염치 불구하고 자리에 앉게 된다.

또 오래전의 일이지만 원점회귀가 아닌 종주 산행을 할 때도 그런 날이 있었다. 해가 질 무렵에 목표 지점에 도착하여 그날 산행을 마치고 조마조마한 마음으로 버스 정류장으로 달려갔을 때, 귀경길 버스가 이미 와서 기다리고 있을 때다. 이런 날도 그렇게 기분이 좋을 수가 없다. 역시 운수 좋은 날이라고 할 수밖에. 종주 산행을 해본 사람이라면 알 것이다. 두세 시간을 기다려야 버스가 온다거나, 막차까지 이미 가버려서 모든 대중교통편이 전부 끊겼을 때는 얼마나 당황스러운지를.

그리고 보니 모두 다 내 의지가 아닌 타의에 의해 이뤄지는 현상들이다. 완전히 운수 보기다. 아무러면 어떠랴. 이런 날이라도 좀 자주 있었으면 좋겠다.

나를 편안케 하는 시간들

사람을 편안하게 하는 시간이 따로 있을까? 시간이 사람을 편안하게 한다고? 사람마다 다르겠지만, 사람들이 특별히 선호하는 시간은 있을 것이다. 이때의 선호하는 시간이란 장소와 결부되는 경우가 많다. 제목을 하나 정해놓고 글을 한 꼭지 쓰려다 조금은 막연한 생각이 들어서 혼자서 해본 넋두리다.

요즘은 나 자신을 찾으려는 생각을 점점 더 하게 되면서, 자연스럽게 나만이 누릴 수 있는 편안한 시간이 간절해지곤 한다. 해가 갈수록 노후에 살아가게 될 나의 모습이 궁금해지기도 하고, 더러는 두려움마저 들 때가 있다. 몇 년 전까지만 해도 생각조차도 못했던 감정의 변화다. 나이가 들어가는 탓일 것이다. 그만큼 약해졌다는 증거이기도 하고.

앞에서 말한, 사람들이 선호하는 시간이 나에게도 있다. 나는 혼자 있을 때가 가장 편안하다. 여러 사람이 있더라도 나와 무관한 사람들이라면 크게 개의치는 않는다. 나에게 편안한 시간이란 특별한 때가 아니다. 나만의 공간에서라면 더없이 좋겠지만, 그것이 아니더라도 그저 누구의 간섭도 받지 않고 조용하게 시간을 누릴 수만 있다면 되겠다. 예를 들자면 이런 때다. 주위에 아무도 없을 때 안약을 눈에 넣고 소파에 누워서 천장을 바라보면서 안약이 흡수되기를 기다리는 시간이다. 오래전부터 녹내장 치료를 위해 아침저녁으로 안약을 넣고 있는데, 내 집안이지만 가족들이 볼 때는 소파에 드러눕지를 못하겠더라. 모처럼 안약을 넣고 누워 있으면 짧은 시간이지만 그렇게 편안할 수가 없다. 짧긴 하지만 멍 때리기 시간이 될 수도 있어서다. 또 가족들이 모두 잠든 밤 시간도 나에게는 편안한 시간이다. 티브이를 보다가 지루하면 소파에 누워 이런저런 생각에 잠길 수가 있어서 좋다. 누구에게도 피해를 주지 않으면서 나만의 시간을 즐길 수가 있어서다. 지하철을 타고 나갔다가 되돌아오는 것도 나에게는 편안하고 유용한 시간이 될 수 있다. 집중력이 떨어지는 주말 저녁 시간에는 일부러 지하철을 타고 나서기도 한다. 지하철 안은 적당하게 긴장할 수 있는 공간이어서 스마트폰에 저장된 메모들을 정리하기에 좋은 시간이고, 장소이다. 이때 주의할 것이 있다. 민폐를 끼치지 않기 위해서는 지하철 이용 승객이 눈에 띄게 줄어든 밤 9시 이후 시간대여야 한다.

또 연중 특별하게 3일 이상의 연휴가 발생할 때도 나에게는 편안한 시간이 생긴다. 이때 최소한 하루 정도는 온전하게 나만의 시간이 주어질 수 있어서다. 흔하지 않은 기회라서 희소성의 원칙이 반영되는 듯 더욱 알뜰하게 사용하게 된다. 또 혼자서 종주 산행을 할 때에 경사가 거의 없는 평지 비슷한 곳을 비교적 오랫동안 걷게 될 때도 나에게는 편안한 시간이 될 수 있다. 그런 곳은 급경사 오르막이나 내리막을 걸을 때와는 달리 마루금의 변화가 거의 없어서 주변 환경에 크게 신경 쓸 필요도 없고, 특별하게 주의를 기울여야 할 정도로 위험하지도 않아서 온전히 내 생각만 하면서 걸을 수가 있어서 좋다.

이렇듯이 나에게 편안한 이런 시간들은 힐링의 순간이자 행복감에 젖어들 수 있는 시간이다. 이런 기회나 시간이 많을수록 좋겠지만, 그것은 혼자만의 욕심이고 너무 이기적인 발상일 것이다.

이젠 나이 듦에 따른 '편안한 시간'을 찾아야 할 때가 아닐까? 정기적으로 가볍게 운동을 하면서 적절하게 땀을 낼 수 있는 시간이라든가, 마음에 맞는 친구들과 부담 없이 대화를 나눌 수 있는 그런 시간들 말이다. 어찌 보면 그런 시간들이야말로 노후를 가장 슬기롭게 보낼 수 있는, 일종의 가성비 높은 노후 대책이 될지도 모르겠다. 어느 때보다도 여유롭고 건강하게 늙어가고 싶다.

한 번쯤 속아주는 것도 상대에게는 힘이 된다

살다 보면 누구나 한두 번쯤은 남에게 속을 수가 있다. 어떤 때는 알면서도 속게 되고, 또 어떤 때는 일부러 속아주기도 한다.

가을비가 내리는 어느 날 퇴근길, 마을 입구에 들어설 때 코끝을 자극하는 황홀한 냄새를 풍기는 푸드 트럭을 본 적이 있을 것이다. 얼마 전까지만 해도 보이지 않던 푸드 트럭이다. 김이 모락모락 피어오르는 그런 순대 푸드 트럭을 그냥 지나치기란 쉽지 않다. 몇 번이나 참다가 어느 날은 큰마음 먹고 사기로 한다. 집에서 기다리고 있을 가족들을 생각하면서다.

그런데 집에서 풀어헤친 순대 맛은 마을 입구에서 풍기던 상상 속의 그 맛이 아니다. '아! 또 속았구나, 다시는 안 사야지' 하고 굳게 다짐하지만 쉽게 그렇게 되지는 않는다. 어떤 때는 요일을 정해놓고 정기적으로 찾아오는 푸드 트럭이 기다려지기까지 한다. 푸드 트럭만이 아니다. 동네에 신장개업한 빵집도 마찬가지다. 새로 빵집을 냈으니 뭔가 다르겠지 하는 기대 어린 생각에 또 문을 열고 들어서게 된다. 하지만 마찬가지다. 화려한 립 서비스만 다를 뿐 기존 빵집이나 별반 다를 게 없다. 빵집도, 식당도 모두 마찬가지다.

그렇다고 속았다고 실망할 정도의 사안은 아닌 것 같다. 비록 상상 속의 그 맛은 아닐지도 모르지만, 푸드 트럭 주인은 그 맛을 선보이기 위해 갖은 애를 다 쓰며 최선을 다했을지도 모른다. 다만, 새롭고 신기한 것에 대한 우리들의 기대치가 너무 높아서 그렇게 느꼈을 수도 있을 것이다.

우리가 들렀던 푸드 트럭 주인이나 신장개업한 빵집이나 식당 주인에게는 별별 사정이 다 있을지도 모른다. 계속되는 실패에도 낙담하지 않고 마지막 재산을 탈탈 털어 넣어 재기를 위한 몸부림을 쳤을 수도 있고, 주변의 기대를 한 몸에 받고 있는 청년이 의욕적으로 사회에 나선 첫출발의 작품일 수도 있을 것이다. 이런 사람에게 한두 번 실망한 것을 갖고 단순하게 속았다고 속단해버리는 것은 너무 가혹한 처사가 아닐까? 우리들에게는 그렇게 부담이 크지 않은 빵 한 봉지 값이겠지만, 그들에게는 전 가족의 생사가 걸린 중대한 문제일 수도 있고, 창창한 미래가 걸려 있는 한 청년의 일생일대의 시험대일 수도 있다.

반면, 우리들의 작은 손길이라도 여럿이 모이게 되면 그것은 그들에게 재기를 위한 소중한 자양분이 될 수도 있고, 큰 용기와 희망을 불어넣어줄 수도 있다는 것을 우리는 알아야 할 것이다. 한 번쯤 기대에 미치지 못했다고 해서 속았다고 단정하기보다는, 그들에게 한 번쯤 속아주는 것도 상대에게는 큰 힘이 될 수 있다는 것을 알았으면 좋겠다.

제 3 편

내 생애의 과업

1장 | '나'답게

2장 | 걷기라는 명약

3장 | 인생 진짜 리그에서 홈런을 쳐라

1장

'나'답게

사는 것처럼 살아야겠다

학창 시절처럼 하루 시간 계획표를 촘촘하게 짜놓고 살지는 않지만, 요즘도 그날그날 할 일을 정해놓고 가급적 실천하려고 애쓰고 있다. 그래서인지 항상 시간이 부족함을 느낀다. 시도조차 못 하고 있는 일이 있을 정도다.

왜 이렇게 볼 것도 많고, 하고 싶은 일이 많은지 모르겠다. 볼 것 중에는 티브이 시청이 압도적이다. 그중에서도 '인간극장'이나 '사노라면'과 같은 교양 프로그램이 대부분이다. 향수를 자극하고, 추억을 소환하고, 깨달음을 주기 때문일 것이다. 시간이 부족해서 심야 시간대에 '티브이 다시 보기'를 이용하지만, 그마저도 놓칠 때가 많다. 하고 싶은 것도 참 많다. 얼마간의 시간만 투자하면 어느 정도의 경지에 이르겠다는 무모한 확신이 자꾸 나를 부추긴다. 이럴진대 안하고 배길 수가 있겠는가. 이럴 때마다 사람 속도 모르고 차곡차곡 쌓여가는 나이가 한스럽다.

그동안 열심히 산다고 살았지만 간과한 게 있었다. 배움의 시기다. 지식이나 지혜의 습득은 빠를수록 효과적인 것이 있고, 조금

늦더라도 큰 차이가 없는 것이 있는데, 그걸 놓쳤다. 또 중요한 것과 덜 중요한 것을 구분하여 우선순위를 파악해야 했는데 그렇지도 못했다. 그랬더라면 지금처럼 이렇게 허둥대지도 않고 즐기면서 여유 있게 살아갈 수 있을 텐데, 많이 아쉽다.

그동안 성공한 것도 있고 실패한 것도 있지만, 대학 입시 삼수를 제외하고는 큰 실패는 없었던 것 같다. 성과가 미미했던 것은 시도 자체만으로 위안을 삼을 수도 있지만, 아쉬움이 남는 것은 어쩔 수가 없다. 기타를 배우다가 마무리를 제대로 못한 것이 그렇게 후회스럽다. 좀 더 열성적으로 배워야 했고, 끝까지 마쳐야 했는데 많이 아쉽다. 캘리그라피도 마찬가지다. 좀 더 집중하고 겸손하게 수련해야 했는데 그렇지를 못했다. 어쭙잖은 자신감이 과신으로 이어진 것이 패착이었다. 흔히 너무 늦은 시작은 없다고는 하지만, 상상력과 번뜩이는 아이디어를 요하는 캘리그라피 수련을 좀 더 일찍 시작하지 못한 것이 못내 아쉽다. 계획대로 이루어졌더라면 지금쯤의 나는 많은 것이 달라졌을지도.

반면, 그 힘들고 위험하다는 9정맥과 백두대간 마루금 종주를 완벽하게 마쳤다는 것에 대해서는 무한한 자부심을 갖는다. 주변의 엄청난 반대로 도중에 포기하려고도 했었지만, 그것에 대한 가치를 확신했기에 그런 반대도 이겨낼 수가 있었다. 또 나의 이러한 행적들을 모두 정리해서 기록(출간)으로 남긴 것도 의미 있는 실적으로 내세울 수 있을 것 같다.

사람은 어느 정도의 긴장 속에서 사는 것이 좋은 것 같다. 나태해지지도, 교만해지지도 않고 수시로 실천 의지를 다질 수가 있어서다. 또 원칙을 지키면서 성실하게 살아왔다면 비록 이룬 것이 조금 부족하다거나 이미 나이가 들어버렸다고 해서 조급해 할 필요는 없을 것이다. 지금까지 해온 과정들에 최선을 다했고, 조금씩 발전해가는 모습이 확인만 된다면 그것이 바로 잘 사는 모습이 아니겠는가.

부족한 것이 많지만 지금의 나를 부러워하는 사람도 있을 것이다. 건강한 신체를 유지하고, 그것을 바탕으로 조금은 무모할지라도 마음먹은 것들을 차근차근 이뤄나가는 고지식한 나의 모습을 보고서. 주어진 여건을 탓하지 않고 자신이 정한 목표를 향해서는 마지막 남은 힘까지 쏟아내는, 그러면서도 정도를 지키고 순리를 따르려는 내 삶의 자세에 대하여. 나는 생이 다하는 그날까지 그런 모습으로 살아가고 싶다. 할 일은 하면서 조금씩이라도 성과를 내서 발전하는 모습을 내보이며, '나'답게 사는 것처럼 살아야겠다.

때로는 무모함도 필요하더라

평소 좀 이해하지 못할 짓을 한다는 소리를 듣는 편이다. 집안에서뿐만 아니라 주변 동료나 친구들로부터도 그렇다. 나는 정당한, 나한테 꼭 필요한 일을 한다고 생각하는데도 그렇다. 누구 생각이 옳을까?

최근의 사례인데, 혼자서 종주 산행을 하는 것도 비판의 대상이 됐었다. 한 집안의 가장이 주말마다 집을 떠나서 혼자서 산짐승들이 득실거리는 산속에서 잠을 자면서까지 산길을 걷고, 또 불가피했다지만 119 구조대 신세를 지면서까지 가족들을 불안하게 했으니 그럴 만도 할 것이다. 그런데 이것이 내게는 꼭 필요한 일이고, 어쩌면 일생일대의 과제일 수도 있는데 어쩌겠는가. 또 아무도 관심이 없는 책을 계속해서 출간하는 것도 가족들로부터 원성을 사고 있다. 가정 경제에는 소홀하면서 불필요한 곳에 돈을 낭비한다는 쓴소리일 것이다. 이것도 내 생각과는 다르다. 내가 할 수 있는 것 중에서 다른 것보다도 더 잘할 수 있는 것이 이것이고 내가 습득한 지식, 지혜나 정보 같은 것들을 필요로 하는 다른 사람들에게 알려야 한다는 소명 의식 같은 것을 갖고 있기에 그렇다. 이런 내 입장을 이해하지 못하는 것만 같아 아쉬울 때가 있다.

나의 청소년 시절 이야기지만 진짜 무모했던 적이 있다. 그때는 대학 입시를 재수, 삼수를 하던 때여서 대학 입시 삼수가 그리 이상하지 않은 때였다. 나도 그 대열에 들어섰었다. 그런데 지금 생각해보면 정말 무모했다. 어느 정도 여건이 갖춰지고 노력 여하에 따라 성공 가능성이 보일 때 재수나 삼수를 하는 것이지, 경제력 등 아무것도 뒷받침이 되지 않는 상태에서 무턱대고 의욕 하나만으로 도전했으니 실패는 당연했을 것이다. 그때 냉철한 분석도 없이 모든 것을 혼자서 판단하고 결정했었다. 그 중요한 시기에 그렇게 예민한 과제를. 현실을 직시하고 차선책을 선택했어야 했는데, 그 당시 내 곁에는 그런 것들을 지적하고 한마디 조언이라도 해줄 이가 아무도 없었다. 오로지 열정이라는 가느다란 희망 하나만을 믿고 혼자서 필사적이었다. 지금 생각하니 정말로 무모했다. 결국은 늑막염이라는 상처뿐인 영광만 안고 그대로 주저앉아야만 했다. 그런 나에게 엎친 데 덮친 격으로 내 나이 무려 스물다섯에 현역병 입영통지서까지 날아들었으니.

그런데 놀라운 것은 그 당시의 고통스럽고 절망적이던 생활상이 그대로 적혀 있는 일기장을 본 후의 나의 반응이다. 자책이나 후회보다는 놀랍게도 스스로에게 박수를 보내고 있었으니. 무모했다기보다는 목표가 뚜렷했고, 어떤 악조건에도 옆길로 새지 않고 목표를 향해 장기간 최선을 다했다는 그 정신력에.

그때의 성향이 본래의 나였을까? 어른이 된 지금도 크게 다르지 않은 것 같다. 자신이 정한 목표를 향해서는 어떤 위험이나 희생을 감수하고서라도 전력투구하는 모습들이. 주말의 밤과 낮을 가리지 않고 12년간에 걸쳐 올인한 백두대간과 아홉 정맥 단독 종주가 그랬고, 역시 단독으로 해남 땅끝에서 강원도 고성 통일전망대까지 묵묵히 걸어간 국토종단이 그랬었다.

때로는 무모함도 필요하지 않을까? 많은 생각들 때문에 미리 좌절당하지 않고, 하고 싶은 것을 내지를 수 있어서 말이다. 내가 지금까지 이룬 소소한 성과 중 많은 것들은 요리조리 재지 않고 겁없이 도전한 그 무모함 덕분인 것이 많다. 나이 든 지금도 가끔은 생각하게 된다. 요즘도 그런 무모함에 빠질 수 있는 패기가 좀 있었으면 좋겠다고.

나의 인생 진짜 리그는 여전히 진행 중

1차 결산이라고나 할까? 이제는 지나온 날들을 냉철하게 되돌아볼 때가 되었다. 그동안 잘 살아왔는지, 아니면 잘못된 것이 있다면 무엇인지를 알기 위해서다. 아직도 살아갈 날이 많이 남아 있고, 기회는 얼마든지 있어서다. 미흡했던 것들은 이제라도 채워 넣고, 해야 할 것을 못 한 것이 있다면 원인이라도 알아야 할 것이다. 더 늦기 전에.

조용히 눈을 감으면 지난날들이 하나씩 하나씩 떠오른다. 후회하지 않기 위해 그동안 기를 쓰고 시도했던 일들이. 성공한 것도, 반타작으로 그친 것도 있고 아예 실패한 것도 있다. 어찌됐든 모두가 나의 소중한 자산이자 추억으로 남을 것들이다.

제일 먼저 떠오르는 것은 2006년부터 시작한 우리나라 중심 산줄기 전부를 단독으로 종주한 것이다. 백두대간과 아홉 개 정맥을 12년에 걸쳐 혼자서 넘었다. 인생을 건 장기적인 프로젝트였고, 큰 모험이자 사투였다. 다음으로 내세울 수 있는 것 역시 조국의 산하를 나의 두 발로 걸은 것들이다. 2016년과 2021년에는 고향 진도의 해안가를 따라 3박 4일에 걸쳐 일주하면서 고향의 구석구석을 샅샅이 탐사하였고, 2017년에는 19일간에 걸쳐서 해남 땅끝에서 강원도 고성 통일전망대까지 745킬로미터에 이르는 국토종단 길을 혼자서 걸었다. 산줄기뿐만 아니라 땅 위에서도 대표적인 길을 찾아서 전부 걷고 싶었다. 또 지나온 발자취를 여섯 권의 책으로 출간한 것, 직장 생활 초창기 한창 바쁠 때에 물 한 방울 샐 틈 없이 촘촘하게 짜인 시간을 쪼개어 대학원에 진학하여 기억할 만한 논문을 남긴 것(「전자책 시장과 정부의 역할에 관한 연구」), 퇴직 후 기술교육을 이수하고 기능사 자격증을 취득하여 재취업한 것들은 성공적인 시도였다고 볼 수 있겠다.

시도를 했으나 소기의 성과를 내지 못해 큰 아쉬움을 남긴 것들도 있다. 불후의 명곡을 만들겠다고 작곡을 시도했던 것, 기타 연주를 위해 장기간 강습을 받았지만 소기의 결실을 맺지 못했고, 큰맘 먹고 도전했던 캘리그라피 강습도 완습하지 못하고 6개월 만에 중단하고 말았다. 해야 할 때에 제대로 하지를 못해 지금까지 후회가 막심한 것들도 있다. 대부분 젊은 시절의 일들이다. 고입·대입 재수생 시절에 급여를 받는 일을 한 번도 해보지 못한 것, 폭넓게 독서를 하지 못한 것, 컴퓨터가 등장한 초창기에 제대로 배우지 못한 것, 전기·전자·기계·경제 문제 등에 너무 무관심했던 것, 피아노 공부를 체계적으로 하지 못한 것, 소중한 대학 시절 4년을 공시족으로 보내버린 것, 직장에만 얽매여 다양한 사회적 경험을 하지 못한 것들이다. 또 내 목표만을 추구하느라 주변을 세심하게 살피지 못한 채 너무 이기적으로 살아온 것 같고, 특히 가장 가까운 본가와 처가에조차 너무 소홀히 했다. 어머님의 노년을 제대로 보살피지 못한 불효는 지금까지도 후회가 막심하고, 죽어서도 한으로 남을 것만 같다.

반면 아름다운 추억으로 남아 지금까지도 언뜻언뜻 생각나는 것들이 있다. 1971년쯤 고입 재수생 시절 때는 당시 마포 아파트에 살던 어느 중학생의 가정교사를 하면서 서울 상류사회의 단면을 피상적으로나마 엿볼 수 있었고, 서울 보광동에 있던 작은 학원에서는 중학생들을 가르치면서 주경야독을 했었다. 또 1974년 대입 재수생 시절 때는 잠시나마 종로2가 번잡한 도로변에서 친구와 함께 리어카를 끌면서 핫도그 장사를 했었고, 학원비를 보충하기 위해 서울 번화가의 대입학원에서 학원 강사의 보조 역할을 경험하기도 했었다. 또 책값을 절약하기 위해 수십 개의 서점이 늘어선 청계천 5·6가 헌책방 거리를 하루 종일 드나들던 기억은 아직까지도 생생하다.

그동안 한눈팔 새 없이 분주하게 헤쳐나왔다. 물심양면으로 힘들고 곁핍된 청소년 시절이었지만 어떤 경우에도 불의와 타협하거나 유혹에 굴하지도 않았고, 도덕적으로 건전하게 성장한 것에 대해서는 나 자신에게 박수를 보내고 싶다. 그 밖에 주변의 비난을 감수하면서까지 고지식한 나만의 생활 자세를 고수하느라 별별 소리를 다 들어야만 했지만 결국은 내 판단이 틀리지 않았음이 증명되고 있어서 다행이다.

일찍이 사회 초년생 때부터 다짐했던 것이 있다. 절대 후회 없는 삶을 살자는 것이었다. 이를 위해서 주어진 여건에서 최대한 노력은 했지만 역부족이었음을 고백하지 않을 수 없다. 이제 와서 돌이켜보니 이루지 못한 것들에 대한 회한이 너무 크다. 그렇다고 시간을 되돌릴 수도 없다. 그것들 몫까지 다 해야 한다는 심정으로 살아야겠다. 나에게는 아직 인생 진짜 리그(61세 이후의 삶)가 진행 중에 있다. 남아 있는 시간을 쪼개고 또 쪼개서라도 최선을 다할 것이다.

내가 일을 하는 이유

인간이 하려는 모든 행위에는 다 해야 할 때가 있다. 청년기까지는 학업에 열중해야 할 때이고, 학업을 마치면 의식주를 해결하고 가정을 유지하기 위해 직업을 갖는 등 일을 해야 하며, 퇴직해서는 편안하게 노후를 즐겨야 하는 것처럼. 나는 지금 마지막 단계인 노후를 즐겨야 할 때에 들어섰다. 그런데 지금 돈을 벌기 위한 일을 하고 있다. 이런 일은 내가 퇴직하기 전에 설계한 노후의 계획에는 들어 있지 않았는데, 퇴직 후 2년 정도가 지나자마자 계획에 없던 일을 하게 되었다. 자의 반 타의 반에 의해서다. 타의 반도 8할은 자의라고 볼 수 있으니, 거의 나 스스로의 판단과 결정이라고 볼 수 있겠다.

계획에 없던 일을 하게 된 이유가 있다. 첫째는 돈을 벌기 위해서다. 이것은 설명이 좀 복잡해진다. 당장에 돈이 필요하거나 여건이 궁색해져서가 아니다. 지금보다 세월이 훨씬 더 지나 물리적으로 일을 하고 싶어도 할 수 없는 때를 대비해서다. 지금은 어렵지 않게 일자리를 구할 수 있지만, 그때는 하고 싶어도 신체적인 제약

등으로 일을 할 수 없을 것 같아서다. 두 번째 이유는 아내와 보조를 맞추고, 아내를 안심시키기 위해서다. 아내는 현재 일을 하고 있다. 부부는 동고동락해야 한다고 믿는다. 한 사람만의 안락이나 고통은 자칫하면 모두의 불행으로 이어질 수도 있다. 또 가정을 위해 일을 하려는 아내의 사기를 떨어뜨려서는 안 될 것이다. 또 다른 이유는 퇴직 이후에 하기로 계획된 나의 개인적인 과제를 누구의 눈치도 보지 않고 당당하게 하기 위해서다. 아내는 자신의 꿈을 접고 가정을 위해 열심히 일을 하는데, 내 욕심만 채울 수는 없었다. 아내처럼 나도 가정을 위해 돈벌이를 하면서 내 과제를 이어간다면 아내도 이해할 것이다. 마지막으로는, 변명처럼 들릴지도 모르겠지만 나의 부족한 사회성을 조금이라도 보충하기 위해서다. 나만의 특수한 사정일 텐데, 나는 주변에서 발생하는 사회현상의 많은 부분을 경험하지 못했거나 그것에 소극적으로 대처해왔다. 살아온 연륜 대비 30% 정도는 겪어보지도 못하고 나이만 먹었을 것이다. 의식적이든 무의식적이든 간에, 장기간을 획일적이고 아주 단순하게 살아왔다.

계획에 없던 일을 하게 되었다면 그 결과나 평가가 궁금할 것이다. 결과는 만족도와 직결된다고 볼 수 있는데, 자신 있게 말할 수 있다. 아주 만족한다고. 일을 하게 된다면 예전처럼 사무실에 앉아서 머리 쓰는 일은 절대 하지 않겠다고 선언했었고, 실제로 그런 일을 택했다. 퇴직 전에 하던 일과는 정반대 성격의 일이었다. 만족한다는 근거까지 제시한다면 더욱 설득력이 있을 것이다. 한마디로 일을 하면서 많은 것을 얻었고, 새로운 사실을 여럿 발견했다. 일터의 분위기가 예전의 직장과는 달랐다. 일과 중에도 동료들과 화통하게 웃을 수가 있었고, 실없는 농담도 맘껏 할 수가 있었다. 무엇을 하든 부담이 없었다. 동료를 경계하거나 경쟁 상대로 의식할 필요도 없었다. 30년간 다니던 직장에서는 느껴보지 못한 편안함과 따뜻함이 있었다. 새로운 동료들과 어울리면서 원래의 나를 다시 찾은 것만 같고, 새로운 일터의 구성원이나 규율과 관행 그리고 일터마다 다양한 기능과 자질을 요한다는 것도 새롭게 알게 되었다. 또 수많은 퇴직자들이 살아가는 양태가 천차만별이리란 것도 어렵지 않게 유추할 수가 있었다. 이 사회의 직종을 대별하던 화이트칼라와 블루칼라 사이에 중간 계층을 넣어야 할 것만 같은 느낌도 아주 강하게 받았다. 머리와 몸을 동시에 쓰는, 사무와 생산이 혼재된 그런 직종을. 마치 내가 다른 세계에 입문한 것만 같았다. 또 진심과 성실이라는 것은 어느 때 어느 곳에서도 통하는 만고의 진리임을 다시 한번 확인하였고, 내가 낯선 분야에서 그 분야의 베테랑들과 함께 일을 하면서도 결코 밀리지 않고 인정받을 수 있겠다는 것도 확인할 수 있었다.

우리가 살아가는 궁극적인 목적이 뭘까? 기왕에 태어났으니까 그냥 살아간다? 잘 먹기 위해서다? 꿈을 이루기 위해서다? 사람마다 다를 수 있겠지만, 꿈을 이루기 위해 살아간다는 사람이 다수일 것이다. 비록 그 꿈이 거창한 것이 아닌 아주 소박한 것일지라도. 사람이 살아가는 데에 아주 긍정적으로 작용하는 것 중의 하나가 꿈일 것이다. 사람들은 자신의 꿈에는 희망을 갖고 열정을 바칠 수가 있고, 보다 나은 여건에서 그 꿈을 이루기 위해 지난한 고통을 감수하며 평생을 바치기도 한다. 꿈의 실현, 이것이 우리가 애써 일을 하면서 살아가는 이유가 아닐까 싶다. 그리고 지금 내가 금쪽

같은 시간을 투입해가면서까지 일을 하려는 것도, 그 일을 통해서 내가 돈을 벌려고 하는 이유도 바로 내 인생 과제의 성취, 즉 꿈의 실현 때문이 아닐까 생각한다.

직장 생활을 통해서 깨우친 중요한 두 가지

30년간의 직장 생활이 성공적이지는 못했지만 그 기간을 통해서 의미 있는 두 가지를 가슴속 깊이 새기게 되었다. '내 삶의 주인공은 나다'와 '건강의 무게'이다.

아쉬움이 많이 남는 직장 생활이었다. 주체적으로 행동하지를 못했다. 퇴직할 무렵에는 하루라도 빨리 직장 문을 나서고 싶은 심정이었다. 새로운 시작을 하고 싶어서였다.

두 가지를 가슴 깊이 새겼다고 하니 뭔가 새롭고 신기한 것이겠거니 할지도 모르겠다. 아니면 기발한 무언가를 떠올릴지도. 그렇지 않다. 지극히 평범한 것들이다. 다시 말하자면 깨달음과 재인식이라고 해도 될 것이다. '내 삶의 주인공은 나다'라고 깨닫게 된 것은 내가 30년 직장 생활 동안 그렇게 살지를 못해서 이 깨달음이 그리도 절절하게 다가왔을 것이다. 이것에 채이고 저것에 채이고, 이것저것에 시간을 뺏기다 보니 세월이 다 가버린 것만 같다. 그럴 줄을 몰라서도 아니었다. 알면서도 다 하려다 보니 하나도 제대로 못한 것이다. 사실은 다 할 필요도, 다 할 수도 없는 것들이었다.

또 좀 더 이기적으로 생각하고 행동했어야 했는데, 그때는 그런 것을 몰랐다. 다른 사람들도 나처럼 생각하고 행동할 것이란 믿음에 대하여 한 번쯤 의심해볼 만도 한데 그렇지를 못했다. 또 그 당시는 내 삶의 주인공은 나여야 한다는 의식이 지금처럼 강하지를 못했던 것 같다.

건강의 무게를 재인식하게 된 것은 재직 중에 퇴직 후의 삶을 설계하면서다. 그때 건강의 필요성이 새삼스럽게 떠올랐다. 퇴직 후에도 필연적으로 활발한 활동이 예상되었고, 그 활동은 건강이 전제되어야 가능한 것들이었기 때문이다. 그때 활동 계획을 설계할 때가 내 나이 막 50에 들어섰을 때였는데, 퇴직 후의 건강이 엄청난 무게로 다가왔다. 10년 후가 되겠지만 그때부터는 건강이 모든 것을 좌우할 것만 같았다.

예정대로 10년 후에 정년퇴직을 했고, 새로운 생활이 시작되었다. 새로운 생활 중 일부는 그동안 진행 중이던 것이 이어졌지만 대부분이 새롭게 시작한 것들이었다. 기본적으로 활동 무대가 바뀌었고, 새로운 일을 대하는 마인드 또한 새롭게 장착되었다. 이것저것에 채이지도, 잡다한 것들에 시간을 뺏기지도 않게 되었다. 이기적으로 생각하고 행동도 그렇게 할 수 있었다. 예상했던 대로 모든 활동은 건강이 전제되어야만 했고, 그동안 건강에 대비한 효과를 톡톡히 볼 수 있었다. 퇴직한 지 채 10년이 되지 않았지만, 그렇게 해서 얻어낸 성과가 결코 적지 않다. 백두대간과 아홉 정맥 종주와 해남 땅끝에서 강원도 고성 통일전망대에 이르는 국토종단을 성공적으로 마쳤다. 또 도보로 진도 섬 전체를 두 번이나 일주했고, 5권의 책도 출간할 수 있었다. 이어서 재취업을 하여 현재까지 이어오고 있고, 그 외에도 시간이 부족해서 시도를 못하고 있는 과제들이 있을 정도가 되었다.

퇴직 전에 세웠던 퇴직 후의 활동 계획은 당시에 예측한 대로 아주 순조롭게 실행되고 있다. 건강의 중요성은 아무리 강조해도 지나치지 않을 것이다. 이 상태로 쭉 몸과 마음의 건강을 유지하여 나는 내 삶의 주인공으로 살아갈 것이다. 그래서 모든 것을 끝내게 되는 날, '그동안 잘 살아왔구나. 애썼어'라고 나 자신에게 떳떳하고 당당하게 위로를 건넬 것이다.

나는 이대로 끝나는가?

가끔 이런 생각이 들 때가 있을 것이다. '나는 이제 이대로 끝나버리는가?' 40대 후반이나 50대 초반에 들어선 많은 중년들이 한 번쯤 해봤을 낙담이다. 인생의 분수령이 될 승진 기회에서 탈락했거나, 감당하기 어려울 정도로 많은 부채를 안게 되거나, 불의의 사고 등으로 건강을 크게 해치게 되었을 때다. 꿈이 컸던 사람일수록, 주변의 기대를 많이 받았던 사람일수록 절망감은 더욱 클 것이다.

이런 사람들은 평상시 TV나 신문에서 동년배의 화려하고 멋진 성공 장면을 보거나, 어떤 성공담이 담긴 글을 읽을 때도 불쑥불쑥 그런 생각들이 떠오를 것이다. 정말 나는 이대로 끝나버리는가 하면서. 결코 그렇지 않다. 물론 힘들고 괴로울 것이다. 하지만 다른 길도 있고, 차선책도 있다. 인생의 길, 인생의 탑은 꼭 한 곳에만 있는 것도 아니고, 똑같은 탑만 쌓으라는 법도 없다. 우회로가 있고, 세상에는 내가 쌓을 수 있는 탑들이 수없이 많다.

실패나 낙담은 새로운 시작을 암시하는 채찍일 뿐이다. 나는 그런 것을 체험으로 알고 있다. 직장에서 앞날이 암울하던 시기에 다른 길을 찾기로 했고, 모색하던 중에 산길이 눈에 들어왔다. 산길 중에서도 역사적 가치를 부여할 수 있고, 건강도 다질 수 있는 우리나라 중심 산줄기 종주에 관심이 끌렸다. 백두대간과 아홉 정맥이었다. 당시 산악인들 사이에서 백두대간 종주가 한창 붐을 이뤘고, 일부 등산 마니아들은 아홉 정맥을 찾아 종주에 나서기까지 했다. 나도 도전하기로 했다. 그냥 무턱대고 산길만을 걷는 게 아니라, 걸으면서 마루금 주변의 모든 것들을 기록하고 촬영하는 일종의 마루금 탐사였다. 그리고 그 기록을 세상에 널리 알려 이 길을 걷고자 하는 사람들이 보다 쉽고 편하게 걸을 수 있도록 정확한 정보를 제공하고, 또 백두대간과 아홉 정맥 마루금의 원형을 보존하는 데에도 일조하고 싶었다. 당시 백두대간과 정맥의 마루금은 각종 개발 사업이나 등산객들의 무분별한 샛길 이용 등으로 그 원형이 시시각각 변해가고 있었다. 결과는 의도대로 이루어졌다. 12년간의 강행군 끝에 백두대간과 아홉 정맥 종주를 성공적으로 마무리할 수 있었다. 걸으면서 마루금의 실태나 주변 상황 등 모든 것을 기록하고 촬영하였을 뿐만 아니라 우리 강산의 색다른 아름다움을 발견하기도 했다. 당초의 예상을 뛰어넘는 마루금 탐사가 이루어졌다. 마루금 종주를 마치고는 원래의 계획대로 그 기록들을 단행본으로 출간하여 세상에 알릴 수가 있었다.

누구나 성공할 수도 있듯이 실패도 할 수 있다. 그때의 실패는 1차적인 목표에 도달하지 못했을 뿐이지 다 잃은 것이 아니다. 1차적 실패를 통해 두 번 다시 실패하지 않을 요령을 터득했을 수도 있고, 재기를 위한 마음속 근육도 더욱 단단하게 했을 것이다. 성공의 길과 실패의 길은 겨우 한 끗 차이, 생각의 차이일 뿐이다. 한 번의 실패는 인생을 끝내는 것이 아닌, 새로운 시작을 암시하는 채찍일 뿐이라는 것을 명심하자.

처음으로 보청기를 끼던 날

보청기를 구입하기까지 정말 많이 망설였다. 몇 해 전부터 청력이 약해졌다는 걸 알고서부터다. 내 청력의 상태가 꼭 보청기를 착용해야 할 정도인지? 착용하면 내가 원하는 수준까지 들을 수 있는지? 남들이 어떻게 생각할지도, 가격도 만만하지 않아서였다. 주변에 자문도, 조언도 받아봤다. 그래도 확신이 서질 않았다. 망설임에 종지부를 찍게 된 것은 '내 삶 제대로 살자'라는 내 가슴속 깊은 곳의 아우성이 결정적이었다. 남들이 듣는 소리는 나도 들어야 하고, 남들이 듣는 만큼은 나도 들어야겠다는 욕심이자 삶의 의지였다.

하지만 보청기 센터에 들어서는 순간까지도 망설였고, 내 앞에서 큰 소리로 응대하는 센터 직원의 태도에는 놀라기까지 했다. 그 순간부터 나는 장애인으로 취급되었다. 전문가의 청력 테스트가 끝나고, 보청기 맞춤을 테스트하는 순간 한줄기 빛을 보는 것만 같았다. 큰 소리로 뚜렷하게 들렸다. 예상했던 것보다 더 크고 선명하게 들렸다. 신기하기까지 했다. 한동안 듣지 못했던 소리를 되찾은 것 같았다. 수도꼭지를 틀었을 때 나오는 물이 양철 세면기에 부딪쳤을 때 들리는 소리와 같은 쇳소리가 들렸고, 도로를 걸을 때는 바람 소리까지 들을 수가 있었다. 전에는 바람은 불어도 소리는 거의 들리지 않았었는데…. 그동안 듣지 못했던 냉장고 끓는 소리가 다시 들렸고, 티브이의 미세한 효과음까지도 들렸다. 예전에는 듣다가 그동안 못 들었던 소리들이다. 그래서 그런 상태가 나에게는 정상적인 상태인 양 인식되어버렸던 것들이다. 그런데 그 소리를 다시 찾게 된 것이다.

그런 보청기에도 불편한 게 있었다. 대표적으로 듣지 않아도 될 소리까지 들린다는 것이다. 또 매일 보청기에 묻은 때와 불순물을 닦아내야 하고, 귀에서 빠져나갈 것에 대비하여 많은 신경을 써야 한다. 특히 마스크를 쓰고 벗을 때는 조심해야 된다. 이런 불편함이 있지만 보청기가 문명의 이기인 것은 분명한 것 같다. 나에게 도움이 되고, 나의 부족함을 일정 부분 채워주기 때문이다. 감사할 일이기도 하다.

나에게는 듣지 못해서 큰 곤경에 빠졌던 사례가 있다. 다니던 직장에서 퇴직하기 2년쯤 전의 일이니 2013년이 될 것이다. 간부 회의 도중에 한동안 나는 얼어붙은 듯 침묵에 빠져 있어야 했고, 기관장을 포함한 참석자 모두는 나의 첫마디가 나오기만을 기다리는 상황이 벌어졌었다. 회의를 주재하는 기관장의 질문이 나를 향한 것이었는데, 나는 아무것도 모르고 멍하니 있었던 것이다. 질문 내용을 듣지도, 그 질문이 나를 향한 것인지조차도 몰랐었다. 모든 시선은 나를 향했고, 회의장은 순식간에 웅성거리기 시작했다. 옆 사람의 눈짓으로 사태를 파악했지만, 그 순간 나는 멘탈이 붕괴된 상태라 아무것도 하지 못하고 얼어붙은 듯 더 깊은 침묵 속으로 빠져버렸다. 사정을 얘기하고 질문 내용을 다시 물어서 답변할 수도 있었겠지만 그걸 못 했다. 그 당시에는 듣지 못했다는 것을 공개적으로 밝힌다는 것이 어찌나 수치스러웠는지…. 그런 일이 있은 후부터 자책과 함께 퇴직할 날짜만 기다리게 된 것은 어찌 보면 당연했을 것이다. 만약 그 당시에 자신의 청력 저하를 확실하게 인지하고 보청기를 착용했었더라면 어땠을까 하는 아쉬움이 있다.

지금 이 순간에도 우리에게 주어진 소리를 듣지 못하고 그냥 넘기는 사람이 있을 것이다. 심지어 나처럼 자신의 청력 저하가 어느 정도인지도 모르고 살아가는 사람이 분명히 있을 것이다. 그 소리가 자연의 소리일 수도, 만들어진 소리일 수도 있지만 다른 사람들이 듣는다면 나도 듣고 반응할 수 있어야 하지 않겠는가? 청력 저하라는 노화가 자연스러운 현상이라고 치부할 수도 있겠지만, 세상을 향해 발생하는 소리라면 듣고 사는 것이 내가 평소 고민하던 '산다는 것'에 대한 물음에도 부합할 것 같다. 보청기를 낀다는 것이 어떤 측면에선 현상에 순응하는 것일지도 모른다. 현상에 순응하는 것 또한 순리라고 말해도 지나치지 않을 것이고.

2장

걷기라는 명약

걷기

걷기는 이제 많은 사람들이 자발적으로 나서는 국민 운동이 되었다. 언제 어디서나 쉽게 할 수 있을 뿐만 아니라 그 효과도 입증되었기 때문일 것이다. 이에 발맞추어 정부에서도 걷기 운동의 핵심 인프라인 보행로나 둘레길을 적극적으로 조성해나가고 있어 걷기 운동은 더욱 확산될 전망이다.

돌이켜보면 나의 걷기 이력도 꽤 오래된 것 같다. 오래전부터 들녘과 산속을 헤집고 다녔고, 근래에는 거주지 주변을 찾아다니느라 시간을 보내고 있다. 내가 살고 있는 강동구는 눈을 감고도 찾을 수 있을 정도로 자주 걸었고, 인근 강남구에도 호기심에 발걸음을 남긴 적이 있다. 그 이후에는 서울과 좀 더 친해지고 싶어서 서울 구석구석을 누비기도 했다. 광화문광장을 중심으로 동서로, 남북으로, 종으로, 횡으로 걸으면서 많은 것을 보았고, 배웠다. 이제 겨우 서울 지리가 눈에 띄는 것 같다. 나이 70이 넘어서, 겨우.

이왕 말이 나온 김에 이참에 욕심 아닌 욕심을 내고 싶다. 민망한 소리가 될지는 모르겠지만, 가까운 사람들에게 꼭 권하고 싶다.

여력이 있다면 지금이라도 자신이 살고 있는 생활권 구석구석을 걸어보라고.

걷기는 누구나 하기 쉬운 운동이지만 효과를 내기 위해서는 올바르게 걷는 것이 중요하다. 걷기가 많은 근육과 관절의 협응이 필요한, 복잡한 전신운동이기 때문에 그렇다. 전문가들이 강조하는 걷기 요령은 우선 상체를 똑바로 펴고 정면을 바라보면서 팔을 흔들며 걷고, 걸을 때는 발뒤꿈치에서 발 중앙, 발가락의 순으로 앞으로 내딛는 동작을 취하라는 것이다.

걷기의 효과는 알려진 대로 체중 관리와 심혈관계의 건강 관리에 좋고, 호흡 기능이 향상되고 관절 및 근육 강화에 효과적이라고 한다. 이런 유익한 효과 중에서도 내 경험에 의하면 걷기는 마음이 차분해지고 복잡한 생각을 정리하기에 최적인 것 같다. 특히 한적한 숲속을 혼자서 걷노라면 얽히고설킨 복잡한 생각들도 봄볕에 눈 녹듯 스르르 정리된다. 그래서 아무리 오랫동안 책상에 앉아서 용을 써도 해결되지 않는 골칫거리가 있거나 복잡한 생각을 정리할 필요가 있을 때는 일부러 밖으로 나가서 걷기도 한다.

우리나라에 걷기가 효과적인 운동으로 소개된 지는 그리 오래되지 않았다. 한때는 아침에 가볍게 달리는 조깅으로 소개되어 붐이 일기도 했었는데, 김영삼 전 대통령의 조깅 활동이나 지미 카터 전 미국 대통령이 우리나라에 방문했을 때도 조깅을 거르지 않던 사례는 잘 알려져 있다. 우리나라에 걷기 운동이 단시일에 활성화된 것은 이런 유명 인사들이 일정 부분 역할을 했을 것이다. 또 걷기 운동이 활성화되기까지에는 정부와 지자체의 역할도 빼놓을 수 없다. 걷기 운동의 중요한 인프라라고 할 수 있는 보행로나 둘레길이 최근에 지자체별로 앞다투어 조성되었고 홍보에도 열을 올리고 있다. 둘레길은 제주도가 앞서서 조성하여 홍보에도 적극적이었고, 서울에도 훌륭한 둘레길이 조성되어 도보 여행자나 걷기 마니아들의 발길이 연중 끊이지 않고 있다. 또 내가 살고 있는 강동구에도 멋진 강동 그린웨이(25.6㎞)라는 둘레길이 조성되어 강동구 주민들뿐만 아니라 외지 이용자들의 호평까지 받고 있다. 그런가 하면 서울시에서는 한강변에 수많은 걷기 코스를 조성해서 1천만 서울 시민이 사시사철 언제라도 쾌적한 환경에서 운동할 수 있도록 하였다.

고무적인 소식은 걷기 운동의 활성화에 편승해서 국토종단에 참여하는 사람들의 수도 점차 늘고 있다고 한다. 걷기의 또 다른 수단인 국토종단은 대개 한 달 정도의 기간을 연속해서 걸어야 하기에 준비물과 마음의 자세에 있어서 다른 걷기와는 약간의 차이가 있는데, 그중에서도 제일 중요한 것은 최적의 루트를 확보하는 일일 것이다. 어디에서 시작해서 어디 어디를 거쳐 어디까지 갈 것인가 하는 이동 경로 말이다. 국토종단은 정해진 루트가 있다기보다는 개인의 취향이나 사정에 따라 정하면 될 것이다. 대부분은 그동안 국토종단을 마친 사람들이 걸었던 루트를 답습하는 경우가 많은데, 예를 들면 한비야 씨가 걸었다는 한비야 루트라든가, 외람되지만 내가 2017년에 걸었던 조지종 루트가 인터넷을 통해 알려지면서 초심자들이 이용하고 있는 것으로 알고 있다. 참고로 조지종 루트는 해남 땅끝에서 출발해서 강원도 고성 통일전망대까지 이어지는데, 도중에 강진 신전, 영암읍, 나주, 광주 송정동, 담양읍, 순창, 임실군 강진면 갈담리, 진안군 마령면 마평리, 무주읍, 영동군 황간면, 상주시 무양동, 문경, 제천시 수산리, 제천역, 평창군 방림삼거리, 상원사, 양양군 서면 갈천리, 속초시 조양동, 고성군 간성읍 그리고 대진항을 거쳐 강원도 고성군 통일전망대까지 가게 된다.

최근에는 정부에서도 야심찬 걷기 여행길 프로젝트를 완성하여 걷기 마니아들의 기대가 부풀어 있다. 국민체육진흥 주무 부서인 문화체육관광부에서는 우리나라에도 스페인의 산티아고와 같은 세계적인 걷기 여행길을 만들기 위해 2021년에 코리아둘레길을 조성하였다. 코리아둘레길은 동·서·남해안과 DMZ 접경지역 등 우리나라 외곽을 하나로 연결하는 총 길이 4,544㎞의 걷기 여행길인데, 동해안의 해파랑길(부산 오륙도 해맞이공원에서 강원도 고성 통일전망대까지 750㎞), 남해안의 남파랑길(부산 오륙도 해맞이공원에서 해남 땅끝마을까지 1,470㎞), 서해안의 서해랑길(해남 땅끝탑에서 인천 강화까지 1,800㎞), 비무장지대의 디엠지평화의길(인천 강화 평화전망대에서 강원도 고성 통일전망대까지 524㎞)로 구성되었다. 코리아둘레길은 서울에서 부산까지의 10배이고, 산티아고의 5.6배나 된다.

이처럼 우리나라는 걷기 천국이라 불러도 좋을 정도로 좋은 시설들과 여건이 두루 갖춰져 있다. 누구나 마음만 먹으면 얼마든지 걷기 운동을 할 수 있을 것이다. 그동안 내가 걸은 걷기 이력도 적지 않다고 말할 수 있겠는데, 공식적으로 걸은 것만도 2006년부터 시작했으니 20년이 다 되어가고 있다. 공식적으로 걸었다는 것은 걸은 거리와 시간과 장소가 기록으로 남겨졌다는 것을 의미한다. 물론 그전에도 남들이 하는 정도의 걷기 운동은 계속 해왔음은 물론이고 요즘도 주말이면 둘레길을 걷는 등 걷기 운동은 계속하고 있다. 그동안 2006년부터 2023년까지 공식적으로 걷기 운동에 나선 것으로는, 9정맥 종주(2006~2015, 2,148㎞), 백두대간 종주(2015~2017, 734㎞), 해남 땅끝에서 강원도 고성 통일전망대까지 국토종단(2017, 745㎞), 진도 일주 2회(2016, 2021, 240㎞) 등이다. 이 기록은 상세한 내역과 함께 단행본으로 출간되어 일반 대중에 공개되었음도 밝힌다.

걷기는 유산소 운동으로서 건강에 유익할 뿐만 아니라 생각의 창고 역할도 한다. 나는 혼자서 걸을 때는 행복함을 느끼기까지 한다. 집중이 잘되어 마음이 편안해지고, 복잡한 생각을 정리하기에도 좋아서다. 요즘 같은 가을철은 걷기에 더없이 좋은 때다. 덥지도 춥지도 않고, 하늘은 높고 사방에 들꽃 천지여서다. 이번 주말에는 갈대숲과 물새들이 있는 한강변을 따라서 걸어봐야겠다.

우리 마을 명소 강동 그린웨이

요즘은 둘레길이 대세다. 어느 지역을 가더라도 그 지역을 대표하는 둘레길이 있다. 둘레길은 지역민들이 쉽게 접근할 수 있고, 이용하기도 편리해서 자주 이용하는 것 같다. 둘레길의 효과가 확실하게 드러나자 각 지자체에서는 앞장서서 둘레길을 조성하고 있다. 우리 강동구에도 그런 둘레길이 있다. '강동 그린웨이'이다.

강동 그린웨이는 일자산에서 한강까지 강동구 전체를 아우르는 환상형 둘레길로 총 거리가 25㎞ 정도 되며, 구간은 서하남IC교차로 ~ 일자산 ~ 명일 방죽샘터근린공원 ~ 한강광나루지구 ~ 성내천 ~ 강동대로 ~ 서하남IC교차로로 이어진다. 강동 그린웨이만의 특징이 있다. 코스의 일부가 서울시의 강동구와 경기도 하남시 경계를 따라 이루어지고, 일부 구간은 한강을 바라보면서 강바람과 함께 걸을 수 있다. 또 걷는 동안 볼거리와 즐길거리가 많다. 고덕산에서부터는 유유히 흐르는 한강의 아름다움을 온전히 조망할 수가 있고, 명일 방죽샘터근린공원을 지나면 숲속의 긴 목재 데크를 걷게 된다. 이어서 명일공원을 지나 대로를 건너기 직전에는 화원이 줄지어 있어 사시사철 다양한 꽃들을 감상하며 걸을 수가 있고, 화원 단지를 지나서 대로를 건너 일자산에 진입하면 공터마다 다양한 운동 시설이 설치되어 있어 걷기 운동은 물론이고 근력 운동까지 할 수가 있어 금상첨화다. 일자산 정상에 이르면 해맞이 터가 조성되어 있는데, 이곳은 지역민들의 만남의 장소로도 인기가 높다. 강동 그린웨이는 고덕산과 일자산이라는 두개의 야트막한 산 능선을 잇는다고 보면 되겠다. 두 산의 능선은 고도 차이가 거의 없는 완만한 구릉의 연속이라 남녀노소 누구나 걷기에 부담이 없을 정도이고, 더구나 우거진 숲속을 걷게 되기에 한여름의 더위조차도 염려할 필요가 전혀 없다.

강동 그린웨이에서 내가 즐겨 걷는 구간은 고덕산 정상에서 일자산 해맞이 터까지이다. 이 구간을 보통 걸음으로 걸으면 대략 두 시간 정도 걸리는데, 집을 나서서 돌아오면 대략 세 시간이 조금 넘는다. 하루 운동량으로는 적당한 거리이다. 내가 걷는 구간은 고덕산 정상에서 출발한다. 우측에 암사동·고덕동을, 좌측에는 한강을 두고 걷다보면 신설 중인 포천-세종 간 고속도로를 건너 고덕동 샘터 약수터에 이른다. 이어서 고덕평생학습관을 지나 동아아파트를 지나면 일자산 초입에 이르고, 여기서부터는 일자산 능선만 따라 걸으면 된다. 이곳에서부터는 계속해서 고도 차이가 거의 없는 능선을 따르게 된다. 능선 주변은 소나무가 주종이고 간간이 아까시나무도 보인다. 이곳에서부터 좌측은 경기도 하남시 초이동, 우측은 서울시 상일동을 지나 길동, 둔촌동을 바라보며 일자산 능선을 따라 걷게 된다. 능선 곳곳의 패인 곳에는 인조 매트를 설치해서 우기에 대처했고, 걸으면서 수목과 곤충 공부도 할 수 있도록 요소요소에 표찰을 걸어놓았다. 또 시를 감상할 수 있도록 강동구 출신 시인들의 시를 적어 걸어놓았고, 곳곳에 쉼터를 조성했음은 물론이다. 적정한 공터가 있는 곳에는 다양한 운동 시설까지 설치하여 걷기 외에 다른 종목의 운동까지 할 수 있도록 배려하였다. 그래서인지 최근에 강동 그린웨이 이용객이 부쩍 늘었다. 평일은 물론이고, 주말에는 삼삼오오 짝을 이뤄 걷는 이의 행렬이 끊이질 않는다. 이제는 강동구민은 물론이고 서울 시민 전체가 이용하는 걷기 코스의 명소가 되었다. 우리 마을에 이런 둘레길이 있다는 것이 얼마나 편리하고 자랑스러운지 모르겠다. 많은 시간을 내서 산을 오르지 않고도 충분히 등산 효과를 낼 수 있어서 좋다. 특히 나는 둘레길 근처에 살고 있어 언제든지 가벼운 마음으로 쉽게 나설 수 있어 자주 이용하게 된다. 이런 둘레길이 오래도록 우리 곁에 남아 있었으면 좋겠다.

이 길을 걸을 때마다 느끼는 것은 수시로 보행로가 새롭게 단장되거나 개선되고 있다는 것이다. 둘레길 관리자의 세심한 배려와 노고 덕분일 것이다. 몇 가지 바라는 점이 있다. 강동 그린웨이에는 비가 내리면 바닥이 질퍽해지는 곳이 몇 군데 있는데, 이런 곳은 비가 내리기 전에 미리 정비했으면 좋겠다. 그리고 바닥에 인조 매트를 까는 것은 가급적이면 최소화했으면 좋겠다. 이용자에 따라서는 매트 선호도가 다를 수가 있는데, 둘레길에서는 될 수 있으면 흙길을 걷고 싶어 하는 사람이 많을 것이다. 또 보행로 주변 공터에 설치한 운동 시설에는 유사한 종목의 운동 기구가 집중되어 있는데, 둘레길을 걷는 사람들이 다리 운동을 하고 있다는 점을 감안해서 팔 운동을 할 수 있는 운동 기구를 좀 더 늘렸으면 좋겠다.

또 어느 공터의 일부 운동 기구는 특정인들의 전유물처럼 소수의 몇 사람만이 이용하고 있는데, 누구나 이용 가능한 공동 시설이라는 것을 주지시킬 필요도 있겠다.

나는 지금까지 일주일에 1회 정도 둘레길을 걷는 것을 원칙으로 했는데, 이제 여유 시간이 나기에 11월부터는 그 횟수를 좀 더 늘릴 생각이다. 둘레길이 있어 예전보다 운동량이 늘었다고 생각한다. 아마 다른 사람도 마찬가지일 것이다. 아주 오래전에 읽은 책에서 운동량이나 횟수에 비례해서 의료비가 절감된다는 기사를 읽은 적이 있는데, 둘레길 조성이 전 국민의 의료비 절감에도 크게 기여할 것이라는 생각을 하게 된다. 이런 둘레길이라면 둘레길을 '효자길' 또는 '애국로'라고 불러도 되지 않을까?

강남을 걷자

그동안 참 많이 걸었다. 아직도 나의 걷기는 계속되고 있다. 조금 더 정확하게 말하자면 걷기 위해서 걷는 것이 아니고 생활 자체가, 하는 일이 걷는 일이어서 그렇다. 그래서 자연스럽다. 계속 몸을 움직이고, 오르고 내리고, 때로는 뛰기도 한다. 인생 자체가 걷는 것인지도 모르겠다. 『걷는 사람』이란 책을 읽은 적이 있는데, 그 책의 저자도 걷기 예찬론자였다. 상당한 거리를 걸어서 출퇴근하고, 웬만한 거리는 걸어서 다닐 정도였다.

나도 몇 년 전에 12년간 지속한 초대형 걷기 프로젝트를 성공적으로 마쳤었다. 우리나라의 아름다운 산하 걷기였다. 백두대간과 남한에 있는 아홉 개 정맥을 두 발로 걸어서 넘었고, 이어서 해남 땅끝에서 강원도 고성 통일전망대까지 걷는 국토종단을 했다. 우리나라 남해안에 있는 섬 진도의 해안도로를 따라서 두 바퀴를 걷기도 했다. 이 모든 것을 마친 때가 2017년 10월이었고, 그 이후부터는 서울의 이곳저곳을 걷고 있다. 먼저 내가 거주하는 강동구 지역에 있는 근린공원을 찾아서 2년 동안 헤집고 다녔고, 그 후 1년간은 한강변을 따라서 신나게 걷다가 작년 한 해 동안은 남산순환로를 따라 걸었다. 2022년부터는 강남구 근린공원을 중심으로 이곳저곳을 걷기도 했다.

예전과 달리 요즘은 걷기 코스가 참 잘 정비되어 있다. 생활체육이 활성화되고 각 지역마다 둘레길이 생기면서부터일 것이다. 서울도 마찬가지다. 서울은 걷기 코스마다 저마다의 특색으로 걷는 사람들의 관심을 끌고 있다. 그리 넓지 않은 강동 지역은 걷기 전용 코스인 강동 그린웨이를 중심으로 25개가 넘는 근린공원이 오밀조밀하게 자리하고 있어 이곳들만 찾아다녀도 꽤 긴 거리를 걷게 되고, 수많은 것들을 보고 듣고 경험하게 된다. 내가 그런 곳을 2년 동안이나 찾아다녔으니 이젠 구석구석까지 훤할 정도다. 한강변을 걸을 때는 황홀한 광경을 자주 접하기도 했다. 한껏 멋을 낸, 건장한 자전거 라이더들의 끊임없는 행렬이 그랬고 석양에 반사되는 한강 물빛이 또 그랬다. 남산 중턱에 개설된 북측순환로는 가히 우리나라 걷기 코스의 명소라 할 만했다. 연중 아침부터 저녁까지 사람들의 발길이 끊이질 않았다. 남녀노소를 불문하고 외국인도, 장애인들도, 점심시간 때는 주변 직장인들까지 몰려들었다. 그만큼 걷기 환경이 우수해서일 것이다. 서울 도심 숲속에 자동차 출입이 제한되어 그만큼 안전하고 쾌적한 걷기 코스가 없을 테고, 봄가을엔 꽃이 피고 단풍 지는 가로수가 있고, 여름엔 그늘지고, 도로 한쪽 실개천엔 사시사철 시원한 물이 철철철 넘쳐흐르니….

강남구 지역을 걸으면서는 강남구의 새로운 모습을 발견할 수 있었다. 금싸라기 땅이면서도 수많은 근린공원이 있을 뿐만 아니라, 공원마다 담당자를 지정하여 쾌적하게 관리하는 것을 보고서는 감탄하지 않을 수가 없었다.

강남구 지역을 걸을 수 있는 코스는 여러 곳이 있다. 오늘은 구룡산을 오를 수 있는 코스를 걷기로 하고 집을 나섰다. 매봉역까지는 지하철을 이용하기로 하고, 고덕역에서 승차하여 천호역에서 8호선으로 환승하고, 가락시장역에서 다시 3호선으로 환승하여 매봉역에서 내렸다. 이제부터 오늘의 걷기가 시작된다. 오늘은 구룡산과 대모산을 넘으면서 그 들머리와 날머리 주변을 중점적으로 살펴볼 생각이다. 매봉역에서 4번 출구로 나와서 대치중학교를 지나 양재천을 건너는 밀미리다리를 통과하니 바로 서울남부혈액원에 이른다. 조금은 한적하다. 강남 개발이 이뤄진 지는 얼마 되지 않은 걸로 알고 있다. 지금 걷고 있는 이 거리도 50~60년 전에는 논과 밭이었고 과일이 주렁주렁 열리던 과수원이었을지도 모른다. 어쩌다가 그런 땅이 하루아침에 금싸라기 땅으로 변했을까? 강남이 개발된 이유가 궁금할 수밖에. 가장 큰 이유는 당시 강북의 인구 밀집을 해소하기 위해서였다고 한다. 사대문 안으로만 몰려드는 사람들이 강남으로 갈 수 있도록 아파트를 많이 짓고, 명문 학교를 이전하고, 또 법원, 검찰청과 고속버스터미널 등을 이전했다고 한다. 세상사 모를 일이다. 그런 강남이 오늘날 이렇게 변했듯이, 지금 이 순간에도 또 다른 어느 지역에서는 그런 변신을 꾀하고 있을지도….

남부혈액원에서 뒤쪽으로 이동하면 개포동 달터근린공원 초입에 이르고, 입구에는 공원 능선으로 오를 수 있는 데크 계단이 이어진다. 117계단이다. 계단을 넘어서면 그때부터는 달터근린공원 능선을 따라 걷게 되고, 계속 걸으면서 대로를 가로지르는 다리 세

개를 통과하면 구룡산에 진입하게 된다. 그 세 개의 다리는 첫 번째가 달터테마공원을 연결하는 용바람다리, 두 번째는 포이테니스장과 연결해주는 용이룸다리, 마지막 다리는 구룡산에 진입하게 되는 용오름다리이다. 근린공원 능선은 경사가 거의 없어 걷기에 아주 좋다. 용오름다리를 지나 구룡산에 진입하면 초입에는 대형 구룡산 안내도가 세워져 있고, 경사 완만한 오르막이 시작된다. 중턱을 넘어서면 짧은 급경사 오르막이 잠깐 나오기도 하지만 그렇게 힘든 정도는 아니다. 내려오는 사람들의 발걸음이 무척 가벼워 보인다. 그렇게 30분 정도를 오르니 구룡산 정상에 이르고, 정상에서 조금 이동하니 전망대가 나온다. 전망대에는 서울시 선정 우수조망 명소라는 안내판이 세워져 있다. 구룡산은 강남구 개포동, 서초구 염곡동, 내곡동, 양재동 일대에 위치한 산이다(306m). 구룡산 제2봉인 이곳 국수봉 전망대는 서울 강남, 강북과 경기도 한강 하류와 상류 지역까지를 관망할 수 있는 최적의 조망 명소이다. 구룡산은 접근성이 좋을 뿐만 아니라 그렇게 높지도 않고 길이 험하지도 않아서 가족과 함께 즐길 수 있는 산행지로도 좋을 것 같다.

이곳에 적혀 있는 구룡산의 유래가 재미있어 옮겨본다. 구룡산은 아홉 개의 계곡이 있는 산으로, 옛날에 길을 지나던 임산부가 열 마리의 용이 승천하는 것을 보고 깜짝 놀라 소리치는 바람에 열 마리 중 아홉 마리는 승천하였으나 한 마리가 떨어져 죽었다 하여 붙여진 이름이라고 한다. 하늘에 오르지 못한 한 마리는 좋은 재산인 물이 되어 인간들에게 좋은 역할을 한다 하여 양재천이 되었다고 한다.

구룡산 전망대에서 서울 시내를 한번 둘러본 후 대모산을 향해 내려간다. 우측에는 높게 철망이 설치되어 있다. 그 아래에 국가 중요 시설이 있어서일 것이다. 계단이 이어지고, 아래쪽에서 맨발로 올라오고 있는 등산객도 보인다. 등산로가 잘 정비되었고, 이정표도 자주 등장한다. 계속 직진으로 내려간다. 철망 울타리를 따라 걷기도 하고, 오르막 내리막이 반복되기도 한다. 생각보다 내리막이 길다. 구룡산 정상에서 내려봤을 때는 금방일 것 같던 대모산 정상이 쉽게 나타나질 않는다. 그렇게 한참을 오르내리다가 또 계단이 이어지더니 이번에는 헬기장이 나온다. 헬기장을 지나 잠시 오르니 대모산 정상에 이른다. 그동안 말로만 듣던 대모산이다. 대모산은 강남구 일원동과 서초구 내곡동에 걸쳐 있다. 산 모양이 늙은 할미와 같다 하여 할미산이라 하다가, 태종의 헌릉을 모신 후에 어명으로 대모산으로 고쳤다고 한다. 정상에는 정상판과 정상을 설명하는 안내 글이 있다(높이 293m). 구룡산 정상에서부터 봤던 우측 철망이 이곳까지 연결되어 있다. 이렇게 긴 철망 울타리를 본 것도 처음인 것 같다. 수서역을 향해 내려간다. 등산로가 고르지 못하다. 서둘지 말고 차분하게 걸어야 할 것 같다.

대모산만 지나면 수서역이 금방일 줄 알았는데, 아니다. 심하지는 않지만 오르막이 몇 번 이어진다. 공터가 나오고, 대모산 숲이 좋은 길이라고 적힌 안내판도 보인다. 좌측으로 빠지는 샛길 안내판이 몇 번 나오더니 수서역을 알리는 이정표가 나오기 시작한다. 이젠 수서역이 멀지 않았다는 암시다. 통나무 계단이 이어지기도 한다. 이곳에서도 맨발로 걷는 사람들이 또 보인다. 서울 둘레길을 안내하는 이정표가 나타나고, 부드러운 흙길을 따라가다가 목재 계단을 내려가니 대로에 이른다. 바로 앞에 수서역 역사가 보인다.

오늘의 1차 목적지 수서역까지 다 왔다. 수서역 앞 탁 트인 대로에는 자동차들이 멈춘 듯 바닥에 깔려 있다.

2016년 12월부터 영업을 시작했다는 수서역은 수도권 전철 3호선과 수인·분당선의 전철역이자 환승역이고, 수서평택고속선의 철도역이자 종착역으로 우리나라 주요 도시를 잇는 서울의 새로운 관문으로 탄생하였다. 특히 수서역사 지붕은 넓은 수서 들판 위를 나는 전통 '연'의 모습을 표현한 것으로, 개통 당시 그 의미와 미적인 면에서 관심을 받기도 했었다고 한다.

이렇게 달터공원 - 구룡산 - 대모산 - 수서역으로 이어지는 산행을 마치고, 그래도 시간이 남아 이곳에서 가까운 강남구 남서쪽에 위치한 근린공원을 탐방하기로 하고 발길을 옮긴다. 이쪽에는 늘푸른공원(일원동), 대청공원(일원동), 한솔근린공원(일원동), 청룡공원(개포동), 포이공원(개포동), 개포동근린공원, 배발근린공원(개포동), 학여울근린공원(개포동), 달터근린공원(개포동), 탄천근린공원(수서동), 세천근린공원(세곡동), 늘벗공원(대치동) 등 10여개가 넘는 근린공원이 있다. 걷기를 하다 보면 그 지역의 많은 것들을 보고 듣고 느낄 수가 있다. 그 지역 사람들의 생활상, 문화와 전통, 발전하는 모습들 말이다. 타워팰리스 등 우리나라 최고 상류층이 대거 거주하는 강남구에 대규모 무허가 판자촌인 구룡마을과 재건마을이 있다는 것도 걷기를 통해서 알게 되었고, 강남구의 아파트 가격이 비싼 이유를 나름대로 분석해볼 수도 있었다. 강남 아파트 가격이 비싼 것은 서울의 중심부에 위치하고, 교통, 교육, 문화, 상업 등 다양한 인프라가 잘 갖춰져 있어 살기에 편리해서라고들 말하는데, 나는 거기에 중요한 한 가지를 추가하고 싶다. 거주지 주변에 쾌적하게 관리되는 근린공원이 많다는 것이다. 강남구는 구민의 삶의 질 향상을 위해 많은 근린공원을 조성하고, 공원마다 담당자를 배치하여 사시사철 철저하게 관리하고 있다. 다른 지자체와 다른 점이다. 걷기를 통해서 발견하였고, 공원 관리 담당자와 대화를 통해서 확인할 수 있었다. 걷기를 게을리했다면 내가 언제 이런 곳을 와서 보고, 이곳에 이런 산, 이런 마을, 이런 공원이 있다는 것을 어떻게 알 수 있겠는가. 걷기의 효과는 의외로 크다. 건강을 다질 수 있는 것은 기본이고, 걷지 않았더라면 보지도, 듣지도 못했을 것들을 보고 들어서 알게도 된다. 얼마나 큰 소득인가! 그래서 하는 말이다. 매주 같은 산만 오르내리기보다는 가끔은 오늘처럼 들길 산길을 이어 걷거나 생활 속 주변을 걷는 것도 큰 의미가 있겠다고.

이 지역 근린공원들을 탐방하다가 지루하면 바로 근처에 있는 양재천을 따라 걸어도 좋을 것이다. 양재천은 경기도 과천시 관악산, 청계산에서 발원하여 강남구 대치동을 경유하여 탄천으로 유입되는 하천이다. 총 길이는 15.6킬로미터인데 강남구 구간은 3.75킬로미터 정도라고 한다. 또 양재천은 1995년 양재천공원화 사업을 통해 국내 최초로 모범적인 자연생태하천으로 복원되었고, 2015년에는 서울시 미래유산으로 선정되었다고도 한다. 지금도 양재천에는 자전거를 타는 사람이나 산책 나온 사람들이 줄을 잇고 있다. 강남구는 동남부 지역만 걷더라도 하루로는 턱없이 부족할 것이다. 오늘은 이쯤에서 마치고, 다음에는 강남구 북서부 지역을 걸어야겠다. 벌써부터 기대가 된다. 그곳에서는 그동안 내가 알지 못했던 그 무엇을 보고, 듣고 또 깜짝 놀라게 될지.

고덕동에서 봉천동까지

걷는 것을 무척 좋아한다. 걷기를 좋아하는 것에 무슨 이유가 있으랴마는 사람에 따라서는 그럴 만한 이유나 사연이 있기도 할 것이다. 어렸을 때를 생각해보면 어렴풋하게 떠오르는 것이 있다. 어머님이 심부름을 시키면 가까운 곳이나 먼 곳이나 뛰어 갔다가 뛰어서 돌아왔다. 동네 친구들과 놀 때도 정적인 놀이보다는 뛰어다니는 것을 더 좋아했던 것 같다. 국민학교 때도 수업이 파하면 얌전하게 걸어서 오기보다는 집에까지 뛰어서 오는 날이 더 많았다. 나이 들어서도 그렇다. 웬만한 거리는 걸어 다녔고, 심지어 버스를 기다리다가도 조금만 지체되면 그냥 걸어서 가버리곤 했다. 그러고 보면 몸을 쓰는 일에는 가성비를 생각하지 않았던 것 같다.

이젠 나이도 들 만큼 들었으니 변할 때도 됐다. 하지만 그렇지가 않은 것 같다. 다른 이유가 생겼다. 변명일지도 모르겠지만, 내 신체를 테스트해본다는 것이다. 건강 상태와 걷기 능력 말이다. 한 가지 더 있다. 최근 들어서는 걷기를 통해서 주변 지리를 익히고, 그 마을들과 그곳 역사를 배우자는 것이다. 내가 살고 있는 동네를, 우리 구(강동구)를, 서울시를 말이다. 서울시는 지역이 넓고 복잡해서 세분해서 걸을 생각이다. 동쪽에서 서쪽으로, 남쪽에서 북쪽으로. 좀 더 여유가 생기면 종단도 하고 횡단도 해볼 생각이다. 오랫동안 서울에 살면서도 아직까지도 가보지 못한 곳이 많고, 그만큼 궁금하기도 하다. 물론 사람마다 걷는 목적이나 계기에는 차이가 있겠지만, 사실은 지금보다 훨씬 젊었을 때(2006년)에 걷기를 시도했었다. 그때의 대상은 대한민국 전 지역, 내 조국의 강산이었다. 그래서 택한 것이 백두대간과 9정맥 종주, 해남 땅끝에서 강원도 고성 통일전망대까지 걷는 국토종단이었다. 성공적으로 마치고 나니 지금의 나이로 들어서게 되었다. 걷고 싶은 마음은 나이와 상관이 없는 것 같다. 대신 나이에 맞게 걸으면 될 것이다. 건강 상태, 신체 능력에 맞게 말이다.

오늘은 '서울을 걷자'라는 프로젝트의 첫 번째 날로 고덕동에서 봉천동까지 걷기로 했다. 코스는 고덕역에서 출발해서 강동역, 올림픽공원, 롯데타워, 탄천1교, 타워팰리스, 사당역교차로, 낙성대를 거쳐 봉천역까지가 될 것이다. 26킬로미터에 6시간 30분 정도 걸릴 것 같다. 서울의 사방(동·서·남·북)을 따라서 걷기로 맘먹고 첫 번째로 고덕동에서 봉천동까지를 결정한 이유가 있다. 송파구와 관악구에 궁금한 것들이 있어서다. 그곳의 변화와 발전 정도가. 말로는 어느 정도 들었고, 예상도 하고는 있지만 직접 눈으로 확인하고 싶었다.

출발에 앞서 준비를 간단하게 했다. 간단했지만 필기도구와 도로 지도만큼은 세심하게 챙겼다. 필기도구를 챙길 때는 저절로 옛 생각이 떠올라서 나도 모르게 피식 웃었다. 세 가지 색이 나오는 볼펜을 끈에 묶어 목에 걸었다. 메모 수첩을 왼손에 쥐고 걸으면서도 쉽게 적을 수 있도록. 예전에 한창 산길을 걸을 때 사용했던 것을 보관해두었는데, 이번에 다시 사용하게 될 줄이야. 기분이 좋아졌고, 당장 나가서 걷고 싶었다. 드디어 출발(10:35).

그동안 때를 기다렸던 걷기여서인지 설레고 기대가 컸는데, 한 가지 문제는 날씨다. 미세먼지가 많고 몹시 흐리다. 약간의 바람도 있지만, 문제 될 정도는 아니다. 첫걸음을 딛는다. 어쩌면 조금은 새로운 시도. 소기의 성과를 거둘 수 있을까? 집을 나선 후 10여분 만에 고덕역에 이르고, 멈춤 없이 동부기술교육원을 향해 걷는다. 횡단보도를 건너 오른쪽에 자리 잡은 사학의 명문 배재중·고교를 지나니 우측에 동부기술교육원이 나온다. 동부기술교육원은 기술교육을 실시하여 자격증 취득과 취업 알선을 지원하는 기관이다. 많은 젊은이들이 이곳에서 기술을 습득하여 산업 역군으로 활동하게 된다. 동부기술교육원사거리에서 좌측 양재대로를 따라 명일역 방향으로 진행한다. 오늘 걷기는 철저하게 카카오가 제공하는 길찾기 지도를 따를 것이다. 명일역교차로에서 우측 구천면로를 따라간다. 이곳 주변은 몇 년째 그대로인 듯, 큰 변화가 없다. 천일초교교차로를 지나 천호시장교차로까지 가서 횡단보도를 건너 천호대로157길을 따라가니 본죽 앞에 이른다(11:25). 앞에 있는 천호대로를 건너서 천호옛길을 따라 걷는다. 걷기 덕분에 이 길이 옛길이라는 것도 알게 된다. 조금 전의 천호대로와는 달리 주변이 조용하다. 이 길도 한때는 근방에서 가장 번화한 거리였겠지. 김광환 치과의원과 강동구청역교차로를 지나 올림픽로를 따르니 풍납사거리에 이른다. 벌써 강동구를 벗어나서 송파구에 들어섰다. 송파라는 지역은 아주 역사가 깊은 곳이다. 고조선의 생활 무대였고, 백제시대 때는 수도이기도 했다. 이후 수많은 변천을 거쳐 오늘에 이르렀을 것이다. 지금 그런 역사적인 땅을 걷고 있다. 풍납사거리교차로에서 성내유수지와 올림픽대교남단교차로를 지나니 좌측에 서울올림픽을 기념하여 건립한 올림픽회관이 보인다. 이곳 올림픽회관과 올림픽공원은 나와도 깊은 인연이 있다. 직장 생활 초창기인 1988년 서울올림픽이 열렸을 때는 수없이 드나들면서 성공적인 올림픽 개최를 위해 일조했던 곳이다. 올림픽회관에 이어서 송파구청교차로를 지나니 좌측에 롯데월드타워가 자리 잡고 있다. 롯데월드타워는 2016년에 완공된 지상 123층, 지하 6층, 높이는 555미터로 세계에서 다섯 번째로 높은 건물이다. 그런 건물이 우리나라에 있다니! 이 주변의 발전상은 이 건물 하나로도 충분히 설명이 가능할 것이다. 자랑스럽다. 최근에는 송파구의 환경행정 발전 소식을 들었다. 커피 찌꺼기(커피박)를 비료나 사료 등으로 재활용하여 쓰레기를 9.5%나 줄여 '서울시 자치구 재활용 성과평가'에서 대상을 받았다고 한다. 축하할 일이다.

이어서 잠실역사거리에 이르고(12:24), 이곳에서 직진하여 잠실3사거리에 이른다. 여기서는 약간의 주의가 필요하다. 가급적이면 지름길로 걷기 위해서다. 잠실3사거리에서 잠실로를 따라 좌측으로 100여 미터를 이동하면 잠실3삼거리에 이르고, 이곳에서는 우측으로 삼전로를 따라 진행하게 된다. 잠실학원사거리에서 삼전사거리를 지난다(12:50). 이곳 삼전동은 우리 민족에게 슬픈 역사가 서린 곳이다. 병자호란 당시 조선의 왕 인조가 청나라에 항복의 예를 치렀던 삼전도의 굴욕이 있던 바로 그 현장이다.

삼전사거리를 지나 강남 수병원 앞에 이른다. 이곳에서도 주의가 필요하다. 이곳에서 남부순환로로 이어지는 고가도로 아래로 가서 '송파둘레길' 표지판을 따라 탄천1교에 진입하여 갓길로 진행하면 된다. 다리 아래로는 탄천이 흐른다. 탄천은 경기도 용인시 법화산에서 발원하여 성남시, 강남구, 송파구를 지나 한강으로 유입되는데 유로 연장이 35킬로미터나 된다고 한다. 탄천1교를 지나니 한국가스안전공사가 나오고, 이곳에서부터는 최종 목적지인 봉천역까지 계속해서 폭이 넓은 남부순환도로만 따라가면 된다. 드디어 이제부터 강남구 땅을 걷게 된다.

강남구는 서울에 거주하는 사람이라면 누구나가 한 번쯤은 살고 싶어 했던 지역일 것이다. 이유가 있다. 한국 최고의 주거지이자 교육·문화·경제활동의 중심지로 각광을 받고 있어서다. 강남구의 이런 발전은 1970년대 초·중반부터 서울 구도심부의 교육, 문화 기능이 대거 강남으로 이전하고 중·상류층의 강남 이주와 대기업 본사의 강남 입주가 뒤를 이은 결과인데, 특히 아파트 밀집 지역에 따른 학생의 증가로 많은 학교가 이전·설립되었고, '8학군'이라 칭하는 속칭 일류 학교가 많이 분포되어 있다. 최근에는 사무실용 빌딩의 건설, 각종 연구소 등의 이전, 그리고 대형 백화점·쇼핑센터 등의 집중적인 개점과 건설로 고급 상권을 형성하고 있다. 또 강남구는 철저한 계획도시로 넓게 확 트인 도로가 규칙적으로 곧게 뻗어 있고, 우리나라에서 가장 높은 도로율을 점하고 있을 뿐만 아니라 지하철 2·3·7·9호선과 분당선, 신분당선이 연결되어 교통이 매우 편리하다. 이러니 사람들이 선호할 수밖에.

대치동에 들어섰다. 탄천1교교차로를 지나 학여울역교차로에 이르니, 앞에 은마아파트와 미도아파트가 떡 버티고 서 있다(13:27). 은마아파트 또한 평범을 거부하는 주거단지다. 1979년에 입주한 은마아파트는 단일 단지 규모로는 강남권 최대급 재건축 단지로, 대한민국 아파트의 중심축이자 부의 아이콘으로 불린다.

횡단보도를 건너면 이전보다 더 넓은 도로를 걷게 된다. 강남 땅값이 비싼 이유를 조금은 알게 되는 순간이다. 도심의 도로들이 넓어서 살기에 편리할 것이고, 이런 쾌적한 생활환경이 땅값을 올리는 데 한몫을 했을 것이다. 잠시 후에 대치역사거리를 지나 도곡역교차로에 이른다. 바로 좌측에는 대한민국 최초의 초고층 주상복합단지라는 타워팰리스가 있고, 우측에는 숙명여자중고등학교가 있다. 이곳에서 매봉터널교차로를 지나면 잠시 후에 매봉역에 이른다(14:07). 매봉역 주변에서 잠깐 휴식을 취한 후에 서문한의원 앞에서 다시 출발한다. 잠시 후에 횡단보도를 건너 양재전화국교차로에 이른다. 이전보다 날씨가 많이 풀렸다. 햇빛이 더 많이 나왔고 밝아졌다. 미세먼지도 약간은 줄어든 듯하다. 이런 날씨가 끝까지 이어졌으면 좋겠다. 양재역교차로와 서초IC를 지난다. 잠시 후에 새로운 지역 서초구에 들어섰다.

서초구는 1988년 강남구로부터 분리, 신설되어 강남구와 행정·지리·사회·경제적으로 연결되어 있다. 강남구와 함께 강남의 상업 중심지 역할을 하고 있고, 서울에서 전문직 고소득자, 자산가가 많이 거주하는 지역으로 손꼽히며, 서울시 자치구들 중에서 재정자립도가 가장 높은 지역이다. 또 한국 최대 프랑스인 밀집 지역 서래마을과 세빛섬이 있는 반포한강공원 등으로도 유명하고, 강남터미널과 서울남부터미널이 위치해 있으며, 대한민국 빅5 의료기관에 속하는 강남성모병원도 서초구에 자리 잡고 있다. 또 국가정보원, 국립외교원, 국립국악원과 예술의 전당, 국립중앙도서관, 대법원·대검찰청 등이 위치한 법조단지가 있어서 서초구는 대한민국의 경제, 문화예술 및 법조 행정의 중심지로 발전했다.

서초IC를 지나 우면삼거리에 이르고, 잠시 후에 예술의 전당에 이른다. 좌측에 있는 예술의 전당은 연간 2백만 명 이상의 관람객이 방문하고, 연 1,700회가량의 각종 행사가 열린다는 국내의 대표적인 복합문화예술 공간이다. 이어서 역시 좌측에 위치한 4년제 국립예술학교인 한국예술종합학교 서초캠퍼스와 국립국악원을 지나 래미안아트힐교차로에 이른다. 계속 진행하여 경남아파트앞교차로를 지나(15:12) 불교TV 사옥을 지나고, 이어서 항문 전문 병원으로 유명한 대항병원을 지나 사당역교차로에 이른다. 동작구에 들어선 것이다. 동작구는 1980년도에 관악구에서 분리되어 서울시의 17번째 구가 되었다. 동작구는 용산과 종로, 강남역, 여의도의 중심에 위치하여 모두 30분 내에 도착 할 수 있는 최고의 입지임에도 그동안 좋은 입지 대비 발전이 더뎠었다. 특히 언덕이 많은 구릉지라서 낙후된 달동네 이미지가 강했다. 그러나 현재는 한강을 낀 위치면서 서울의 중심부에 가깝고, 그리고 서울의 대표적인 도심 여의도, 용산의 발전에 영향을 받아 빠른 속도로 발전하고 있다. 복잡한 사당역교차로를 지나니 조금은 한적해진다.

지금 우리 사회는 조기 교육 열풍에 몸살을 앓고 있다. 취학 전부터 영어니 피아노니 태권도 가르치기에 사활을 걸고 있다. 이런 부모들의 교육열을 뭐라고 할 수는 없다. 다만 한 가지, 이런 과목들 중에 새로운 종목 하나를 추가로 권하고 싶다. 걷기다. 나는 오랜 걷기를 통해서 그 이점을 잘 알고 있다. 그래서 우리 아이들이 어려서부터(초등학교 4학년 정도부터) 생활 근거지를 중심으로 걷기(또는 주변 둘러보기)를 생활화했으면 좋겠다.

잠시 다른 생각에 젖는 사이에 까치고개에 이른다. 서울 시내에서는 보기 드문 경사지 오르막이다. 이런 고갯길이 아직까지도 국제적인 대도시 서울에 남아 있었던가? 고개를 넘는 사람은 거의 보이지 않고, 차도의 자동차들만 쌩쌩거리며 달리고 있다. 가끔 맞은편에서 넘어오는 사람이 있긴 하지만 모두가 고개를 푹 숙이고 걷고 있다. 왠지 지쳐 보인다. 옛날에는 이곳이 수목이 우거져 까치들이 많아서 까치고개라고 불렀다고 하는데, 그렇다면 이쯤 어디에 그런 안내판이라도 세워놓으면 좋지 않을까? 힘겹게 고개를 오르내리는 사람들의 이해를 돕기 위해서라도. 가파른 오르막을 넘어서 내려가니 낙성대역에 이른다. 아! 이곳이 고려시대 명장 강감찬 장군이 태어난 곳이구나. 어느새 봉천동과 신림동, 그리고 국립 서울대학교가 있는 곳으로 잘 알려진 관악구에 들어섰다.

관악구는 서울에서 청년 비중이 가장 높은 자치구로, 특히 1인 가구 청년이 많다고 한다. 그래서 행정적 측면에서도 1인 가구와 청년의 복지 증진을 위한 맞춤형 정책을 강화하고 있다고 한다.

오늘 걸음의 마지막이 될 지역을 걷는다. 낙성대역을 지나서 원당초교교차로에 이른다(16:08). 바로 옆에 있는 등촌샤브칼국수 앞에서 출발하니 갑자기 화려한 건물들이 보이기 시작한다. 다른 세상에 온 듯하다. 잠시 후에 서울대입구역이 보이더니 교차로에 이른다. 바로 앞에는 어느 지역구 국회의원 후보자의 큼지막한 인물 사진이 건물 전면을 덮고 있다. 사방이 으리으리하다. 그냥 지나칠 수가 없어 잠시 둘러본다. 이곳은 왜 이렇게 화려할까? 누가 무엇을 잘해서일까? 관악구의 시책 중 특이한 것이 있어서 기억하고 있다. 2023년에 개관했다는 '관악청년청'이다. 청년청은 청년의 자립·정착 지원을 위한 통합 플랫폼인데, 청년 취업 멘토링과 컨설팅, 4차 산업 IT 청년인재 양성 과정을 추진하고, 서울형 뉴딜 일자리, 신중년 경력형 일자리 등을 추진한다고 했다. 관내 서울대학교와 연계하여 추진하는 것 같다. 부디 성공적으로 추진되었으면 좋겠다.

머릿속 한편에 궁금증이 쌓였지만 그냥 안고 가던 길을 계속 따른다. 점차 조금 전까지 보이던 화려한 건물들과 분주한 사람들의 발길은 사라지고, 느리고 게을러터진 듯 흐리게만 보이는 쓸쓸한 가로의 모습들이 나타난다. 이렇게 다를 수가! 불과 몇백 미터 떨어진 곳일 뿐인데. 잠시 후에 흐릿하게 지하철 입구가 나타나기 시작하고, 다가서서 확인하니 봉천역 1번 출구다. 그 좌측 건물에는 횡으로 커다랗게 '낭만커피 & 호프'라는 상호가 부착되어 있다. 내가 찾던 곳이 바로 이곳이다. 오늘의 최종 목적지에 다 온 것이다(16:31). 봉천동은 오늘 걷기로 한 코스 중에서 관심 지역이기도 하다. 봉천동, 신림동 주변이 궁금했었다. 서울대입구역을 지나면서부터 관심 있게 살폈지만 기대에 미치지 못했다. 전부 다 본 것은 아니기에 단정할 수는 없지만, 처음 본 인상은 아직도 많은 것들이 더 채워져야만 할 것 같았다. 야간의 현장 모습도 봐야겠지만 암튼 그랬다. 특히 관문이랄 수도 있는 봉천역 입구 주변은 다른 역 주변과 비교해서 많이 미흡했다. 언젠가 다시 와서 좀 더 자세히 살펴봐야 할 것 같다.

예상했던 것보다 빨리 도착했다. 7시간 정도 소요될 것으로 예상했는데, 딱 6시간이 걸렸다. 그런데 목적지에 다 와서도 조금 전에 지나온 발걸음의 여운이 가시지 않는다. 까치고개 앞과 뒤 지역이, 서울대입구역과 봉천역 주변 동네의 개발 정도가 왜 이렇게 차이 날까? 한쪽은 말없이 묵묵히 기다리고만 있어서일까? 말을 않는다 해서 속조차 없는 걸로 알면 큰 오산일 텐데. 봉천역 주변을 실제로 와서 보니, 예전에 친구들끼리 웃자고 하던 속된 말이 다시 생각날 정도다. 저개발 지역이나 아주 오래 전의 시대를 언급할 때 흔히 '만주 봉천에서 기차 바퀴 바람 넣던 시절'이라고 했던 그 말이.

오늘 고덕동에서 봉천동까지 걸으면서 맨 처음에 떠오른 생각은, 아이들 교육에 걷기(또는 둘러보기)를 포함시켰으면 좋겠다는 것이다. 초등학생들에게 태권도나 피아노를 가르치듯이. 서울은 굉장히 넓고 복잡하다. 하루가 멀다 하고 변해간다. 서울의 동쪽에 사는 사람은 서쪽의 지리나 실상을 거의 모르며 살고 있다. 복잡해서 알려고도 하지 않는다. 엄두가 나지 않아서일 것이다. 그런데 그곳까지를 둘러보면 생각이 달라질 것이다. 호기심이 생기고, 그동안 몰랐던 것들을 더 알게 되어 한 번 더 가보고 싶어질 것이다. 관심을 갖게 된다는 것이다. 서울이 넓고 복잡하다고는 하지만 동쪽에서 서쪽으로 죽 둘러보고, 남쪽에서 북쪽으로 종단하고 대각선으로도 횡단해보면 달리 보일 것이다. 그 복잡해 보이던 서울이 단순하게 보이고 더 명료해질 것이다. 눈을 감고 머릿속으로 떠올려보면 훤해질 것이다. 이번에 내가 그랬다. 서울 걷기를 안 했더라면 몰랐을 것들이다. 올림픽대교남단교차로와 풍납사거리 사이에 성내유수지가 있다는 것을 내가 어떻게 알았겠는가? 우리나라 대표적인 예술기관들인 예술의 전당, 국립국악원, 한예종 서초동 캠퍼스가 우면산 산줄기 아래턱에 건립되어 기능과 미관은 물론이고 시너지 효과를 내고 있다는 것을 어찌 알았겠는가? 강남 땅값이 비싼 이유 중의 하나가 근린공원이 쾌적하게 조성되어 관리되고, 도심의 넓은 도로 때문이라는 것을 어떻게 알았겠는가? 또 사당역교차로와 낙성대역교차로 사이에 가파른 까치고개가 있고, 그것 때문에 소통이 단절되어 상대적으로 한쪽의 발전이 뒤떨어졌고, 주민들의 불편이 심화되었다는 것을 어찌 알았겠는가? 서울대입구역 주변과 봉천역 주변의 발전 정도가 그렇게 크게 차이가 난다는 것을 어찌 알았겠는가?

이번 걷기를 통해서 많은 것을 배웠다. 큰 것을 얻었다. 내 걷기의 목적이 이런 것들이다. 그동안 50년 정도를 서울에 살면서도 몰랐던 것을 이번에 한 번의 걷기를 통해서 알게 되었다. 나이 70이 넘어서 말이다. 이런 것들을 어렸을 때부터 배우게 하자는 것이 아이들 걷기(또는 둘러보기) 교육이다. 피아노도 좋고 태권도도 좋지만, 걷기(또는 둘러보기)를 병행하면 더 좋을 것이다. 그렇게 되면 아이들은 시야가 넓어지고 생각이 깊어질 것이다. 시행착오가 줄게 되고, 현실적인 꿈을 갖게 될 것이다. 아주 어려서부터 말이다. 70대에 깨우치는 것과 비교해보라. 조기에 걷는(또는 둘러보는) 것이 얼마나 가성비 높은 투자인가를!

3년 전에 진도 일주도로를 걸은 후 모처럼 시도한 장거리 걷기였다. 염려했던 무릎도 걷는 동안 전혀 이상이 없었다. 그동안 꾸준히 했던 걷기 운동 덕분일까? 이젠 조금은 이른 듯하지만 저녁 식사를 해야겠다. 먼 곳까지 걸어왔으니 그럴듯한 것을 먹고 싶다. 골목으로 들어가서 한동안 식당을 찾았으나 적당한 곳이 없어, 다시 도로변으로 나오니 할매순대국집이 눈에 띄고 몇 명의 손님들이 띄엄띄엄 자리 잡아 식사 중이다. 오늘은 이곳이다. 바로 들어가서 자리를 잡아야겠다.

(2024. 1. 5. 금)

왕십리에서 김포공항까지

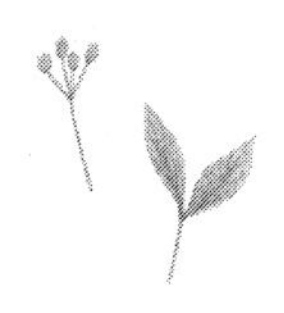

서울을 걷자 프로젝트의 두 번째 날. 오늘은 서울의 서부 지역을 걸을 생각이다. 출발지는 왕십리역광장으로 정했고, 코스는 자연스럽게 광희문, 퇴계로, 시청, 아현동, 신촌을 거쳐 양화대교를 건너서 등촌역을 지나 김포공항까지 걷게 될 것이다. 거리는 24㎞ 정도 되고 6시간 정도 걸릴 것 같다. 이번 코스에서는 양화대교와 강서구 지역을 중점적으로 살펴볼 생각이다.

왕십리역광장에 도착(11:08). 날씨가 맑은 듯한데 쌀쌀한 기운이 감돌아 마음이 편치만은 않다. 약하지만 바람까지 일어 걷기에 썩 좋은 날씨도 아니다. 왕십리역은 언젠가 환승하면서 내부를 살펴본 적이 있지만 외부를 보게 된 것은 오늘이 처음인 것 같다. 옛날 기억이 가물가물하다. 왕십리역 주변을 제대로 둘러본 것은 30년도 더 되었을 것 같다.

원래는 고덕동에서 김포공항까지 걸으려고 했지만, 출발 지점을 바꿔 왕십리역광장에서 출발하기로 했다. 특별한 이유는 없다. 고덕동에서 왕십리역까지는 조금은 익숙한 곳이라는 것이 이유라면 이유다. 오늘도 역시 카카오 지도를 따르기로 한다. 지난번 봉천동까지 걸을 때도 카카오 지도가 나를 확실하게 이끌었는데, 그때 카카오 지도가 나에게 믿음을 줬다. 교차로 중심으로 안내가 되었기에 조금은 단조로웠지만, 길 찾기에는 쉽고 편리했다. 고덕역에서 왕십리역까지는 지하철로 이동하여 왕십리역광장에 들어섰다. 역사가 생각보다 거대하다. 그것도 그럴 것이, 왕십리역은 4개 노선이 만나는 환승역이다. 서울지하철 2호선과 수도권전철 5호선, 경의중앙선, 수인분당선이 만난다. 역사는 지하3층, 지상17층 규모인데 2008년에 민자로 준공되었다고 한다. 민자역사답게 주민 친화적으로 꾸며졌고, 특히 역사 앞에 있는 광장은 각종 이벤트와 문화 전시의 장으로 큰 역할을 할 수 있을 것 같다. 광장 한가운데에서서 방향감각을 익히기 위해 빙 둘러봤지만 쉽게 파악되지 않는다. 광장을 둘러싸고 있는 건물들이 낯설어 동서남북 방향조차도 감을 잡을 수가 없다. 당연히 카카오 지도의 도움을 받는다. 지도에 표시된 성동구청과 서울숲삼부아파트를 확인하고서야 진행해야 할 방향을 가늠하게 된다.

일단 방향을 알았으니 출발한다. 삼부아파트와 성동구청을 양쪽에 두고 우측으로 고산자로를 따라 왕십리역교차로로 향한다. 차도를 꽉 메운 자동차들을 보니 왕십리가 강남과 강북을 연결하는 교통의 중심지라는 것을 알 수 있겠다. 교차로에서 왕십리로를 따라간다. 우측의 한성아펠타워를 지나 바로 상왕십리역에 도착한다. 이 부근도 예전의 왕십리 모습은 온데간데없고 신축된 빌딩숲이 나를 압도한다. 이어서 성동고교교차로에 이른다. 도로변이 마치 시장처럼 붐빈다. 시장을 찾아 나선 사람들로 도로가 막힐 정도다. 한쪽에선 김이 모락모락 나는 찐빵이, 그 옆에서는 고소한 튀김이 오가는 사람들을 유혹한다. 알고 보니 이곳 우측에 그 유명한 중앙시장이 있다. 중앙시장은 한때 서울의 3대 시장 중의 하나였다. 특히 서울 시민이 소비하는 양곡의 70%가 이곳에서 거래되었다고 할 정도였다. 뿐만 아니라 다양한 먹거리로도 유명하다. 다시 걷는다. 신당역교차로를 지나 한양공고앞교차로에 이른다. 한양공고 앞에서 발길을 멈춰 옛 한양공고 모습을 떠올려본다. 예전의 모습이 이랬을까? 아닌 것 같은데? 그때의 모습은 나타나지 않고, 낮고 자그마한 건물만이 그 자리에 서 있다. 이렇게 낯설 수가!

발길은 어느새 중구 땅에 들어섰다. 중구는 서울시의 중앙부에 위치한 지역인 만큼 지역마다 특성에 맞는 상권을 형성하고 있다. 소공동·을지로 등지에는 대규모 백화점, 시장, 호텔 등의 상업·유흥 기능과 금융·언론·관청·기업체 본사 등이 밀집해 있고, 을지로에는 인쇄·출판이나 가구·목재업 등이 발달했다. 특히 남대문·동대문·평화시장 등의 도매시장은 전국적인 상권을 형성하고 있다. 또 중구에는 남산공원·장충단공원과 같은 유서 깊은 공원이 있고, 숭례문(국보 제1호)·덕수궁(사적 제124호)·대한문·광희문과 같은 유물·유적이 있다. 명동성당(사적 제258호), 옛 러시아 공관(사적 제253호), 한국은행 본관(사적 제280호)과 같은 고건축물도 있다. 또 봉래동에는 서울역이 있을 정도로 중구는 수도 서울의 중심구임에 틀림이 없다. 그런데 해마다 상주인구가 감소하고, 유동인구가 많아 야간에는 인구 공동화 현상을 보인다고도 한다.

광희문을 지난다. 광희문은 조선시대 4소문의 하나였고, 서소문과 함께 시신을 내보내던 문이었다. 광희문을 지나다 보니 생각이 난다. 옛날에 도성을 빠져나갈 때는 이곳 광희문을 통해 나갔다고 했다. 잠시 후에 광희동사거리에 이른다. 이곳은 나에게 잊지 못할 추억이 새겨진 곳이다. 10대 때 이곳에서 낯선 청소년들과 새벽 공기를 가르며 삶의 터전을 일구면서 청춘을 지켜냈었다. 그 추억의 건물과 골목들을 잠시 소환해본다. 신문보급소가 있던 허름한 3층 건물은 고층 호텔로 변해버렸다. 하기야 50년이라는 세월이 흘렀으니…. 잠시 후 퇴계로5가교차로에 이른다. 주변 상가에는 바이크 대리점들이 줄을 잇고, 인도는 주차된 바이크들이 점령하고 있다. 아마도 주변에 배달이 필요한 업종이 많은 모양이다. 눈 깜짝할 사이에 퇴계로4가교차로를 지나 진양상가교차로에 이른다. 좌측에는 한때 서울 극장가의 대명사로 명성을 날리던 대한극장이, 또 조금 더 지나니 역시 좌측에 남산골 한옥마을이 보인다. 이어서 충무로역교차로에 이른다. 벌써 퇴계로2가에 들어섰다. 좌측에는 중부세무소가 있고, 우측에는 세종호텔이 보인다. 10시 방향 먼 곳에는 대한적십자사 건물 꼭대기가 보이기도 한다. 이어서 회현사거리에 이르니(12:30) 앞쪽에 신세계백화점이 우뚝 서 있다. 이곳에서는 우측으로 틀어서 한국은행을 거쳐 시청 앞으로 진행해야 한다. 묵직하게 보이는 한국은행 건물은 언제 봐도 그대로다. 마치 오래된 검푸른 소나무를 보는 듯하다. 한국은행을 거쳐 서울시청에 이르러 색다른 풍경을 보게 된다. 마침 점심시간이어서인지 커피를 손에 쥐고 거니는 젊은 직장인들의 모습이 자주 눈에 띈다. 이젠 날씨가 좀 더 밝아졌다. 앞에 보이는 건물이 일천만 서울 시민의 행복을 책임지고 있는 서울시청이다. 최근에 시청으로부터 반가운 소식이 들려오고 있다. 금년 말부터 저소득 노인을 대상으로 하는 '서울밥상' 배달 사업을 추진한다고 한다. 서울밥상은 급식 제조 업체가 만든 도시락을 저소득 노인 거주지에 직접 배달하는 사업으로, 금년 12월에 동대문구와 강서구에서 시범사업을 하고 2026년에는 서울시 전역으로 확산한다고 한다. 뿐만 아니라 이 사업은 음식 배달에 그치지 않고 도시락을 받는 노인 안부까지 살피는 '노노(老老) 케어'까지 병행한다고 하니 부디 성공했으면 좋겠다.

시청과 마주보고 있는 플라자호텔 주변은 삼엄한 분위기가 감돈다. 이상한 낌새에 혼란스럽기까지 하다. 플라자호텔이 역사 속으로 사라진다는 플래카드가 걸려 있고, 두건을 쓴 시위자들의 모습도 보인다. 확성기에서는 운동권 노래가 계속해서 울려 퍼진다. 한때는 서울의 심장부였던 곳을 지금 지나고 있다. 이곳 주변이 구 청와대, 경복궁, 광화문, 정부종합청사, 서울시청사까지 밀집된 곳이 아닌가! 나에게는 너무나 익숙한 곳. 30년의 직장 생활을 이곳에서 했으니. 정들었던 가로들이 그립고, 특히 자주 들렀던 교보문고와 청계천 물길이 생생하게 떠오른다. 끊임없이 울려 퍼지는 운동권 노래를 뒤로 하고 경찰청을 향해 발길을 옮긴다. 이제 중구를 벗어나서 서대문구 땅에 들어서고 있다. 서대문구 하면 떠오르는 것이 있다. 사적으로 지정된 독립문과 구 서대문형무소다. 또 사학의 명문 연세대와 이화여대도 서대문구에 있고, 2004년에 등록문화재로 지정된 신촌역도 기억할 만한 곳이다.

경찰청 직전에서 좌측에 고가도로를 두고 걷는다. 바로 철길을 건너 아현동 방향으로 진행하자마자 우측에는 불에 탄 가구 할인 매장 현장이 그대로 방치되어 있다. 예전에 이곳을 지날 때는 고가 도로와 일렬로 길게 늘어선 가구점들이 돋보였었는데 그런 것들은 흔적도 없이 사라져버렸다. 더 진행하니 우측에 신부 드레스 숍이 연속적으로 이어진다. 규모는 예전보다 많이 줄었지만, 담벼락처럼 보이던 배경은 아스라하지만 아직까지도 살아 있는 느낌이다. 충정로사거리 표지판을 지나니 바로 이대입구에 이른다(13:26). 오랜만에 밟아보는 이대입구. 이곳 좌우측은 모두 나의 추억이 서린 곳이다. 그런데 이대입구에서 신촌 쪽으로 조금 지나면 육교가 있었는데, 이제는 보이지 않는다. 그새 철거된 모양이다. 신촌로터리에 접근할수록 사람들의 발걸음이 분주해진다. 신촌로터리에서 좌측 서강대 방향에도 내가 한때 살았던 곳이 있다. 그러고 보니 참 여러 곳에서 떠돌이 생활을 했었다. 사람들로 북적대는 신촌로터리를 벗어나 창천동삼거리를 지난다. 좌측에 그동안 말로만 듣던 김대중도서관이 보인다. 도서관 앞에 공원 간판도 얼핏 드러난다. 그쪽으로 걸었더라면 더 가까이서 볼 수 있었을 텐데 하는 진한 아쉬움이 남는다. 아쉬움을 안고 이제 마포구에 들어섰다.

마포구는 한강을 접하고 있어 일찍부터 물류의 중심지였다. 서울 강북의 도심과 한강 이남 지역을 연결하는 다리(양화대교, 마포대교, 서강대교, 성산대교, 가양대교 등)가 가설되면서 마포 지역은 서울 서남부 지역과 연결되는 주요한 지점으로 부상하였다. 또 마포구에는 특이한 관광자원이 있는데, 상암동 월드컵공원을 5개 테마공원으로 조성하였고(평화의공원, 난지천공원, 난지한강공원, 하늘공원, 노을공원), 한강 하구의 밤섬은 유명한 철새 도래지이다. 또 합정동에는 외국인 묘지공원이 있는데, 그곳에는 연세대학교 설립자인 언더우

드 일가 등 500여 기의 외국인 묘가 있다. 그리고 마포구를 떠올리면 제일 먼저 생각나는 것이 나의 10대 청소년 시절이다. 그때 마포아파트에서 중학생 가정교사를 했었다. 학생의 이름은 기억나지만, 얼굴은 가물가물하다. 조금은 느릿했지만 심성은 아주 착한 학생이었다. 그 학생도 지금쯤 60대 중반을 넘어섰겠다.

바로 홍대입구역이다. 홍대입구역도 직접 와서 보기는 처음이다. 이곳에도 사람들이 엄청 많다. 언제 한번 시간을 내서 자세히 둘러봐야겠다. 한참을 걸어서 서교동사거리에 이르고, 이어서 합정역을 지난다. 합정역을 지나니 양화대교가 1.2㎞ 남았다고 알리는 표지판이 보인다. 양화대교만 지나면 목적지는 금방일 것이라는 생각을 해본다. 양화대교 북단에 이르니 우측에 남경장호텔이 보인다. 이제부터는 양화대교를 걸어서 한강을 건너야 한다. 도중에 약간의 주의가 필요한 횡단보도를 몇 번 건넌다. 침착할 필요가 있겠다. 우측에 있다는 선유도공원 안내판이 보인다. 그동안 맘속으로만 그리워하던 곳이다. 양화대교는 오늘 걷기에서 관심 있게 보고자 했던 곳인데 지금 그곳을 걷고 있다. 양화대교는 서울시 마포구 합정동과 영등포구 양평동을 연결하는 다리인데, 1965년에 준공된 제2한강교의 이름을 변경하여 양화대교라고 하였다. 양화대교의 극심한 교통량을 해소하기 위하여 신교의 가설이 필요해서 1982년 양화대교에서 한강 상류 쪽으로 양화대교 신교를 건설하였는데, 다리 이름은 새로 짓지 않고 기존의 양화대교와 붙어 있기에 그대로 양화대교라고 하였다고 한다. 양화대교는 서울의 서부지방과 인천·김포공항·인천공항 등을 연결하는 중요한 관문 교량 역할을 하고 있다.

한강을 건너는 다리 위에서 맞는 바람결이 생각보다 차갑다. 한참 만에 양화대교남단사거리에 이르고(14:49), 이곳에서 횡단보도를 건너 성산대교를 향해 노들로를 따라 진행한다. 어느새 영등포구에 들어섰다.

영등포구는 동별로 입지 조건에 적합한 산업이 발전했다고 한다. 풍부한 공업용수 등을 바탕으로 당산동·양평동·문래동·도림동 지역은 경인 공업지대의 핵심을 이루었고, 영등포동은 상업 지구를 형성하여 서울 최대의 부도심을 이루고 있다. 또한 여의도에는 국내 최고의 민간경제단체인 전국경제인연합회와 한국증권거래소, LG트윈타워, 영등포유통센터 등이 있어 한국 경제의 중심지 구실을 하고 있다.

한강미디어고등학교와 서울은빛요양병원을 좌측 아래에 두고 걷는다. 성산대교 남단에 이르러 버스 정류소에서 잠시 쉰다. 앞에 보이는 성산대교는 마포구 망원동과 영등포구 양평동을 연결하는 다리인데, 서울의 도심에서 신촌 부도심을 지나 서부간선도로와 경인고속도로를 연결해주는 중요한 역할을 한다. 갈 길이 바빠 쉬는 둥 마는 둥 하고 앉자마자 바로 일어선다. 영롱이갈대야구장을 좌측 아래에 두고 걷는다. 이어서 양화교를 지나고서부터는 공항대로가 이어진다. 이제 영등포구를 벗어나서 양천구에 들어섰다. 잠시 후에 횡단보도를 건너서 목동근린공원 앞에 이르고(15:39), 계속해서 공항대로를 따라 진행한다. 그동안 목동이라는 지명을 매스컴을 통해 수없이 들어봤지만, 직접 와서 땅을 밟아보기는 오늘이 처음이다. 잠시 후에 염창역을 지나니 우측에 서울도시가스와 대한적십자사중앙혈액원이 보인다. 이어서 좌측에 있는 양동중학교와 우측에 있는 강서구 보건소를 지나니 등촌역에 이른다. 벌써 강서구에 들어섰다.

강서구는 본래 경기도 김포군에 속했던 지역이다. 1963년 서울시의 행정구역 확장에 따라 영등포구에 속해 있다가 1977년 강서구로 분리·신설되었고, 1988년 양천구가 분구되었다. 또 서울시에서 서초구에 이어 두 번째로 면적이 넓고, 인구도 송파구 다음으로 많다고 한다. 이렇게 큰 자산일 수도 있는 많은 인구와 면적만을 놓고 보면 강서구는 엄청난 발전을 기대할 수도 있겠는데, 하지만 전체 면적의 97% 정도가 고도제한구역으로 설정되었다는 맹점이 있다. 또 강서구는 서울시에서 벼농사를 짓는 유일한 구이기도 하다. 과거에는 대부분의 사람들이 강서구 하면 김포공항만을 떠올릴 정도였으나 서울식물원이 생기면서 그나마 명소가 한군데 더 늘었다. 등촌역을 지나니 맨 먼저 우측의 등촌역청년주택이 눈에 띈다. 등촌사거리에 이어서 좌측의 등촌중학교를 지나니 우측에 대한항공 건물이 보이기 시작하는데, 이제 김포공항이 멀지 않았다는 암시이다. 사실 김포공항이 강서구에 끼치는 영향은 대단하다고 할 수 있겠다. 한국공항공사, 대한항공, 아시아나항공 등의 항공 산업 관련 기업 본사들이 강서구에 있게 되어 세수 증대는 물론이고 이미지 제고에도 큰 도움이 되고 있을 것이다.

이어서 강서구청입구교차로를 지나 계속해서 공항대로를 따른다. 좌측에 있는 새마을금고중앙회를 지나서 KBS아레나 등 KBS 스포츠타운이 이어진다. 김포공항이 이제 4㎞ 남았다. 한국음악저작권협회를 지나고서 발산역사거리에 이른다. 발산역을 지나 조금 진행하니 우측에 서울식물원 안내판이 보인다. 강서구에 대형 식물원이 있다는 소식은 들었지만, 이곳에서 그 안내판을 보게 될 줄이야! 시간을 내서 둘러보고 싶지만 오늘은 불가하다. 많이 아쉽다. 서울식물원이 무슨 이유로 이곳에 자리 잡게 되었을까? 사연은 모르겠지만, 이곳에 시에서 운영하는 대형 식물원이 있다는 것은 그것 자체만으로도 반갑고 환영할 만한 일이다. 지역 균형 발전 차원에서 아주 잘한 결정이다. 마곡지구에 조성된 것으로 아는데, 강서구에는 아직도 이런 문화 시설이나 오락 시설, 편의 시설 등이 턱없이 부족할 것이다. 2019년에 조성했다니 아직 평가하기엔 이르겠지만 잘 관리하고 발전시켜서 타 지역이 부러워하는 훌륭한 식물원으로 발전시켰으면 좋겠다. 이어서 마곡역교차로에 이르더니 바로 마곡역이 나온다(16:53). 갈수록 공항 관련 시설이 자주 보이더니 이번에는 우측에 서울남부출입국외국인사무소가 보인다. 조금은 낯선 시설이지만 아마도 공항과 관련이 있을 것이다. 갈수록 가로의 사람들이 줄어들고, 반면 공항이라는 두 글자가 들어간 상호들이 자주 보이더니 송정역에 이른다. 송정역을 지나자 바로 김포공항입구교차로. 이어서 4분 정도 더 진행하니 11시 방향에 김포공항 국내선 건물이 보인다. 오늘의 목적지인 김포공항에 도착한 것이다(17:18).

내가 오늘 걷기의 최종 목적지를 김포공항으로 정한 이유가 있다. 김포공항이 수도권 최초로 건설된 자랑스러운 국제공항이기 때문이다. 김포공항은 1942년 김포비행장으로 개설된 이후 1958년에 국제공항이 됐고, 인천국제공항이 개항된 뒤 국내선으로 바뀌었다가 2003년부터 다시 국제선 일부를 운항하기 시작했다. 활주로는 두 개가 있다. 김포공항이 우리나라 발전에 미친 파급효과는 어마어마할 것이다. 그래서 김포공항은 강서구의 자랑이자 대한민국의 자랑이라고 할 수 있을 것이다. 강서구는 아직도 더 발전해야 할 필요성이 큰 지역 중 하나이다. 왕십리에서 이곳까지 7개 구를 지나오면서 그것을 확인했다. 강서구는 마곡지구를 중심으로 한 신도심의 경쟁력은 상승하고 있지만, 발전이 정체된 화곡동 중심의 원도심이 문제라고 한다. 또 주민들의 숙원인 고도제한 완화 문제도 아직 남아 있다. 이런 문제들을 우선적으로 해결하여 원도심과 신도심이 조화롭게 발전해야 할 것이다. 또 강서구는 지역 특성을 살려 김포공항이라는 훌륭한 시설에 어울리는 숙박 시설이나 쇼핑센터 같은 시설 그리고 서울식물원, 이대서울병원과 같은 주민의 삶의 질 향상과 직결되는 굵직한 대규모 시설을 더 적극적으로 유치해야 할 것이다. 아직 강서구에는 문화예술이나 스포츠 분야의 규모 있는 시설이나 기관·단체가 없는 것 같은데 이런 시설들이 신설되거나 유치된다면 또 다른 분야의 발전이 견인될 수도 있을 것이다. 더 욕심을 부리자면 성동구의 중앙시장이나 마포구의 홍대입구처럼 그 지역의 상징이 될 만한 시장이나 활발한 기운이 넘치는 거리를 조성하여 발전시키는 것도 강서구의 지역 발전에 큰 도움이 될 것이다.

내가 관심을 갖고 있던 강서구 지역을 얼핏 살펴보았지만, 뭔가 허전함이 남는다. 강서구는 강서구가 보유하고 있는 많은 인구와 넓은 면적을 큰 자산으로 삼아, 고도제한이라는 맹점을 극복하고 획기적으로 발전할 수 있는 방안을 시급히 마련해야 할 것이다. 아무튼 전 구민의 힘을 모아 강서구의 놀라운 발전이 오래지 않은 시기에 이루어지기를 기원한다.

해도 많이 저물었고, 사람들의 발걸음도 덩달아 빨라지고 있다. 이젠 나도 귀가 준비를 해야겠다.

(2024. 1. 19. 금)

광화문광장에서 안양시청까지

서울을 걷자 프로젝트의 세 번째 날, 오늘은 광화문광장에서 남쪽행이다. 코스는 광화문광장에서 출발해서 남대문, 한강대교, 국립현충원, 사당역, 남태령고개를 넘고 과천시와 인덕원을 지나서 안양시청까지 걷게 될 것이다. 총 거리 25.5㎞에 6시간 30분 정도 걸릴 것 같다. 오늘 걸음에서 가장 관심이 있는 곳은 한강대교, 남태령, 과천시, 그리고 인덕원이다. 평소에 관심은 갖고 있었지만 한 번도 가보지 못한 곳이어서다.

걷기 프로젝트를 진행하면서 느끼는 것이 많다. '왜 좀 더 일찍 시작하지 못했을까?' 하는 아쉬움이 크다. 필요성도 효과도 익히 알고 있는 내가. 나태해져서? 아니면 약해져서인지도 모르겠다.

날씨가 약간 흐리다. 남부지방에는 비까지 내린다고 했다. 낮에는 기온이 상당히 올라간다고 해서 겉옷은 가볍게 입었지만 혹시나 해서 배낭 속에는 두꺼운 겉옷을 준비했다. 사실은 추위보다는 발바닥이 더 염려된다. 족저근막염으로 전부터 걷기에 약간 불편함을 느끼고 있다. 무릎도 염려되긴 한다. 현재 큰 이상은 없지만 지금까지 워낙 많이 걸어서다. 이래저래 오늘은 상당히 조심해야 될 것 같다.

지하철을 타고 광화문광장에 도착(11:08). 그동안 광장에 많은 변화가 있었다. 차를 타고 가면서 얼핏얼핏 보긴 했지만 광장을 직접 발로 밟아보기는 근래 들어서 처음이다. 우선 광장을 천천히 둘러봐야겠다. 이순신 장군 동상과 세종대왕 동상이 광장 안에 있고, 광화문 월대가 더 앞으로 전진 배치되었다. 주변의 건물들은 그대로인데 광장의 변화에 따라 달리 보인다. 교보문고, 미국대사관, 역사박물관이 한쪽에, 정부종합청사, 세종문화회관이 그 맞은편에 있다. 광장 근처에 푸드 존이 생겼고, 광장 곳곳에 관광객들이 앉아서 쉴 수 있는 의자가 놓여 있는 것이 이채롭다. 더 특별한 변화는 광장 바닥이 걷기에 편하게 시공된 것이다. 저절로 걷고 싶어진다. 종합청사와 맞은편에 있는 역사박물관을 보니 감회가 새롭다. 저 건물들은 내가 오랫동안 근무했던 곳이다. 내 청춘의 땀방울들이 곳곳에 맺혀 있을 것이다. 그 주변의 식당들도 생각나고 교보문고와 청계천 물길은 현직에 있을 당시 점심시간에 자주 찾던 곳이었다. 세종문화회관 좌측에 대종상 시상식을 알리는 대형 플래카드가 걸려 있다. 광화문광장은 2009년 처음 광장으로 조성되고서 2022년에 새롭게 다시 조성된 우리나라의 중심 공간이다. 처음 광장으로 조성됐을 때와 몇 가지 달라진 것이 눈에 띈다. 사람마다 다르게 볼 수도 있겠지만 광화문과 광장에 역사적인 기류가 흐른다. 월대 복원 때문일 것이다. 또 하나는 걷기 편한 공간으로서 더욱 친밀감을 주는 것 같다.

볼 것들은 많지만 출발해야 되는데 쉽게 발걸음이 떨어지지 않는다. 아쉬운 마음을 안고 광장을 나선다. 광화문사거리 교통신호체계와 횡단보도 위치가 달라졌다. 예전에 이곳에서 동화면세점까지 가려면 까마득하게 보였는데, 이젠 바로 눈앞에 있는 것처럼 보이다. 동화면세점을 보니 예전에 이곳에 있던 국제극장이 생각난다. 이어서 코리아나호텔을 지나니 신축된 시청 건물이 좌측에, 우측에는 덕수궁이 있다. 또 앞쪽에는 플라자호텔이 넓적하고 묵직한 규모로 자리 잡고 있다. 아직 점심때가 이른 듯한데도 거리에는 많은 사람들이 걷고 있다. 걷는 사람들의 모습이 보기 좋아서 덕수궁돌담길 골목을 한 컷 찰칵하고, 횡단보도를 건너 남대문 방향으로 향한다. 남대문 근처에서 또 횡단보도를 건너 남대문광장으로 가서 오랜만에 남대문을 사진으로 남긴다. 남대문을 이렇게 가까이서 보는 것도 처음이다. 이곳에 소규모 남대문광장이 있고 표석까지 세워진 것도 오늘 처음 본다. 이젠 힐튼호텔을 거쳐 후암동삼거리로 가면 될 것이다. 남산으로 가는 이 오르막은 대입 재수생 시절에 매일 남산도서관을 오가면서 뻔질나게 걷던 길이다. 그때는 상당히 지저분했었는데, 그 정도는 면했지만 아직도 다른 곳에 비하면 변화와 발전이 더딘 것 같다. 그런데 이어지는 남산 어린이놀이터앞교차로에서 후암삼거리를 잘못 찾아서 한참을 헤맸다. 한 블록을 더 가버렸다. 뒤돌아가서 제대로 찾긴 했지만, 엄청 속이 상하고 길치인 나 자신이 한심스럽다.

30분 이상을 알바를 하고 나서 통기타라이브가 위치한 곳을 찾았고, 이제부터는 한강을 향하는 대로만 따르면 일사천리다. 청파동입구교차로(12:20)와 숙대입구교차로를 지나 남영삼거리에 이른다. 계속해서 직진이다. 이곳도 생각보다 주변 개발이 더딘 것 같다. 이어서 용산우체국교차로에 이르러 좌측 소공원으로 옮겨 잠시 휴식을 취한다. 공원은 나와 인연이 깊다. 볼 때마다 그곳 수목들에 관심이 간다. 한때는 나의 일터였고, 종주 산행이나 국토종단 때는 나의 잠자리가 되기도 했었다. 진도 일주 때는 그늘이 있는 쉴 곳을 찾으면서 아쉬워했던 것도 공원이었다. 12분 정도 휴식을 취하고 출발하니 어느새 한강대교 북단이다(13:28). 앞에 보이는 한강은 지금부터 40여 년 전 한강종합개발계획(1982~1986)에 의한 개발의 산물이다. 푸른 강물을 보면서 개발 전의 한강 모습을 상상해 본다. 한강 개발의 평가는 엇갈리지만 대체로 성공적인 것으로 전해진다. 저수로가 정비되고, 한강변의 공터를 고수부지로 정비하여 둔치로 활용할 수 있게 하였다. 또 수질 정화 사업의 일환으로 4개의 하수처리장을 건설했고, 김포공항에서 잠실까지 논스톱으로 갈 수 있는 올림픽대로를 신설했다. 수질이 개선되었고 홍수 예방이 되었다는 점에서는 좋은 평가를 받지만, 자연환경을 너무 파괴했다는 비판도 있다.

말로만 듣던 한강대교를 직접 걷기는 오늘이 처음이다. 대한민국 5천만 인구 중 한강대교를 걸어서 건넌 사람은 몇 사람이나 될까? 그중 나는 몇 번째나 될까? 잠시 후에 노들섬이 보인다. 옆에는 이원등 상사의 상이 세워져 있다. 노들섬은 원래 백사장과 스케이트장으로 활용되었는데 2005년에 서울시가 매입하여 시민들의 문화 휴식 공간으로 만들었다고 한다. 노들섬에 있는 이원등 상사상은 거룩한 전우애와 희생 정신을 보여준 상사의 정신을 본받기 위해 세운 동상인데, 이원등 상사는 1966년 고공강화훈련 중 동료의 낙하산이 기능 고장을 일으키자 전우의 낙하산을 개방해주고 자신은 한강에 추락하여 순직하신 분이다.

지금 걷고 있는 한강대교는 한강 위에 놓인 최초의 인도교다(총 길이 1,005m, 폭 37m). 1917년에 준공했으나 그동안 수차례 복구 공사 등을 거쳐 1981년에 교량 확장 공사를 마쳤다고 한다. 곧 한강대교 남단에 이른다. 그런데 또 이곳에서 실수를 한다. 바로 좌측으로 진행하면 될 것을 그냥 직진해버린 것이다. 갑자기 상도터널이 나오기에 깜짝 놀라 되돌아와서, 좌측 현충원 방향으로 진행한다. 내가 게으른 탓인지, 독도법에 서툰 것인지…. 손에 지도를 쥐고 있으면서도 이런 실수를. 어처구니가 없다. 다른 이유라면 너무 소심해서다. 그냥 생각대로 갔더라면 차라리 나을 텐데. 그런데 중앙대병원입구에 와서도 또 방황을 한다. 교통표지판 때문이다. 이래저래 헛수고를 하고 많은 시간을 낭비한 후에 국립현충원을 지난다. 그동안 말로만 듣고 한 번도 와보지는 못한 국립현충원은 나라와 민족을 위해 순국한 영령들이 안장된 국립묘지이다. 이곳에는 165,000여 순국선열과 호국영령들이 잠들어 있다. 모퉁이를 돌아서 이수교차로에 이른다(14:49). 이어서 경문고교와 이수역사거리를 지나 사당역사거리(15:20)에 이른다. 이곳 지리는 어느 정도 알고 있다. 이곳에서 남태령고개를 넘기 위해서는 횡단보도를 건너 개방화장실로 가서 다시 횡단보도를 건너야 한다. 바로 남태령고개가 이어진다. 이 고개를 넘으려면 상당한 시간이 소요될 것이다. 도로 건너편에 홈플러스가 보이고, 조금 더 오르니 좌측에 불교 납골당이 있다는 정각사가 보인다. 서울을 벗어나고 있다. 한참을 오른 후에 남태령고개 정상에 이른다(15:51). 좌측으로 이어지는 남태령 옛길 모습이 아련하다. 언젠가 기회가 되면 저 옛길도 걸어

보고 싶다. 남태령고개는 과천시와 서울시 관악구, 서초구 사이에 위치한 고개로 과거에는 서울과 수원을 연결하는 유일한 길이었다. 그때는 여우고개라고도 불렀는데, 사람 한 명이 지나기 어려울 정도로 좁았다고 한다. 나도 현직에 있을 때는 과천청사에 가기 위해 자동차를 타고 이 고개를 수없이 넘었었다. 직접 걸어서 넘기는 이번이 처음이다. 이제부터는 과천시 땅을 걷게 된다.

과천시는 1978년 과천신도시계획으로 계획도시로 변모했고, 1986년에 시로 승격되었다. 1982년 정부과천청사가 들어서면서 행정도시가 됐으나 2012년 세종시 출범과 함께 상당수 부처가 세종청사로 떠난 뒤 기업도시로 변신 중에 있다. 과천시는 언론에서도 자주 언급되는데, 전국에서 '살기 좋은 도시' 1위로 매번 선정될 정도로 천혜의 자연환경과 높은 수준의 사회 안전·주거·보육·교육·문화 환경을 갖췄고, 이런 좋은 환경은 인구 증가로 이어졌다(2020년 6만 3230명에서 2024년 8만 5490명). 그런데 이것보다 더 중요한 것은 과천시의 출산율이다(1.02명). 경기도(0.77명)보다 높고 전국 평균보다(0.72명) 훨씬 높다. 과천시의 출산·보육 정책을 보면 이해가 갈 것이다. 난임 부부 지원은 물론 산모·신생아 건강 관리 서비스와 생애초기 건강 관리 사업을 진행하고, 공무원 관사를 신혼부부에게 내줬다고도 한다. 그래서인지 다른 지역은 줄고 있는 어린이집이 과천시는 늘고 있다고 한다.

이제부터는 계속 내리막이다. 그런데 내리막이 끝나고 아무리 걸어도 내가 찾고 있는 관문사거리 교통표지판이 나오질 않는다. 한참을 걷다가 만나는 사람마다 물었지만 속 시원한 답을 들을 수가 없다. 마지막으로 나이 지긋한 어른께 물으니, 관문사거리는 모른다면서도 주변 위치는 자세히 설명해주신다. 그 어르신 말씀을 따라 진행한다. 그런데 과천시 교통표지판에 문제가 있는 것 같다. 아무리 찾아보아도 관문사거리 표지판이 보이지 않는다. 이어서 도서관삼거리(16:35)와 교육원삼거리를 지난다. 다시 수자인삼거리를 지나 갈현삼거리에 이르고, 중앙대로를 따라서 계속 간다. 그런데 이곳 주변에 무슨 교육기관이 있는지 수많은 젊은 사람들이 서류 가방을 들고 한꺼번에 우르르 몰려 내려온다. 주변은 아파트 건설 공사인지, 신도시 건설인지 공사가 한창이다. 아마도 과천시에서 역점 사업으로 추진한다는 과천지식정보타운 공공주택지구 사업 현장인 것 같다.

해가 기울기 시작했다. 잠시 후에 인덕원사거리에 이른다(17:40). 안양시 지역에 들어섰다. 안양시는 과거에는 대표적인 공업도시였으나, 땅값이 큰 폭으로 상승하면서 대다수의 공장들이 땅과 공장을 팔고 근처 시화, 반월공단 또는 지방으로 대거 이동했다고 한다. 과거 공장 부지에는 지식정보타운을 비롯한 업무 시설 또는 상업 시설로 채워졌는데, 대표적인 예가 평촌역 주변 스마트 베이라고 한다.

인덕원은 조선시대 때 지방에 파견하는 관인들의 국영 숙소인 인덕원이 있던 곳으로, 이곳 지하철 개통 때 역 이름으로 사용되었다. 서울의 이태원이 그랬던 것처럼. 오늘 걷기의 목적 중의 하나가 바로 이곳 인덕원을 둘러보는 것이었다. 인덕원에 이르니 안양시의 관문답게 차량이 많고 고층 건물과 사람도 많다. 인덕원사거리에서 횡단보도를 건너야 되는데 너무 멀어서 지하도를 이용한다. 7번 출구로 나오니 은혜약국이 보이고 주변은 온통 상가들로

번잡하다. 다시 홍인대로를 따라 진행한다. 대로답게 넓다. 양쪽 가로변에는 비교적 높은 건물들이 들어서 있다. 특이하게도 호텔과 병·의원이 자주 눈에 띈다. 얼마 걷지도 않았는데 인덕원교가 나오고, 그 아래는 학의천이 흐른다. 인덕원교를 지나자마자 벌말오거리에 이르고, 이곳에서 바로 우측으로 틀어서 시민대로를 따라서 진행한다. 사람들 발걸음이 조금씩 빨라지고 있다. 쌀쌀해지는 날씨 탓일 것이다. 덩달아서 특이한 커피향이 내 발길을 유혹한다. 갈 길이 바빠 꾹 참는다. 그런데 갈수록 커피숍이 자주 나온다. 몇 번의 커피숍을 지나 평촌역사거리에 이른다. 대각선으로 맞은편에 이마트가 보인다. 이마트 뒤편에 평촌역이 있다고 했다. 잠시 후에 다시 사거리에 이른다. 횡단보도를 건너 시민대로를 따라서 직진한다. 우측으로 조금 떨어진 곳에 수원지방법원안양지원이 있다는 안내판이 보인다. 우측에는 한림대학교의료원에서 세운 한림의료중개연구소가 있다. 오피스텔 건물을 지나니 관평사거리에 이르고, 횡단보도를 건너니 우측에 소규모 공원이 보이더니 바로 안양시청에 다다른다(18:20). 오늘 걷기의 최종 목적지다.

의외로 소박하게 보이는 시청 건물이지만, 저 안에 있는 공직자들은 지금 이 순간에도 50만여 명의 안양 시민을 안전하게 지켜내고, 행복으로 이끌 궁리를 하느라 여념이 없을 것이다. 예상보다 좀 늦게 목적지에 도착했다. 도로 지도에 얽매여 소심하게 걸은 탓이다. 계획된 걸음을 모두 마쳤지만 뭔가 아쉬움이 남는다. 이곳까지 오면서 한탄도, 아쉬움도, 감탄을 하기도 했다. 오늘도 어김없이 나의 길치 본색이 드러났고, 과천시의 교통표지판과 남대문 안내 자료 하나 없이 썰렁하던 남대문광장도 아쉬움을 남겼다.

그동안 멀게만 느껴졌던 안양시. 바로 과천시 턱 밑에 있다는 것이 놀랍다. 오늘처럼 직접 와보지 않았더라면 평생을 그렇게 알았을 것이다. 여기까지 오면서 또 한 가지 느낀 것은 어르신과 젊은이들의 사람을 대하는 자세의 차이다. 길을 물으면서 알아봤다. 낯선 이의 물음에 일부 젊은이들은 회피하거나 형식적인 응대로 그치는데, 어르신들은 다르다. 지루할 정도로 자세하게 가르쳐주려고 정성을 다한다. 진정성이 느껴진다. 오늘 내가 만났던 모든 분들께 감사를 드리고, 나도 낯선 이의 어려움에 절대 모른 체하지 않을 것을 다짐한다.

이젠 날이 많이 저물었다. 서둘러야겠다. 오늘 걸음이 많이 지체된 것은 순전히 나의 무지 때문이었다. 과도하게 도로 지도에 집착했고, 작은 것까지 살피느라 큰 것을 보지 못했다. 큰 것부터 보고, 넓게 알아야 할 것이다. 깊이 반성한다.

(2024. 2. 14. 수)

광화문광장에서 의정부역까지

오늘은 서울을 걷자 프로젝트의 네 번째 날. 광화문광장에서 북쪽을 향해 의정부역까지 걷게 된다.

지하철을 타고 광화문광장에 도착하니 8시 30분. 아침이라선지 광장이 아주 조용하다. 모든 것들이 얌전하게 자리를 지키고 있는 것만 같다. 제복을 입은 몇 명의 경찰을 제외하곤 사람들이 보이지 않고, 늘 울려 퍼지던 확성기 소리도 오늘은 들리지 않는다. 미국 대사관 주변에 시위 대비용 경찰차가 몇 대 깔리긴 했지만, 평소 보이던 긴장되고 어수선한 분위기는 찾아볼 수가 없다. 세종문화회관과 세종대왕상을 잠시 둘러보고 바로 최근에 복원한 광화문 월대로 향한다. 월대는 가까이서 볼수록 뭔지 모를 의미가 살아나는 것만 같다. 외국인 관광객 몇 사람이 월대를 대상으로 촬영하면서 이야기를 나누고 있다. 저분들은 무슨 생각으로 월대를 보고, 무슨 이야기를 나누고 있을까?

광화문광장은 조선시대 주요 관청이 운집된 육조거리가 있던 자리였다. 광화문광장 재공사를 거쳐 2022년에 새로 개장했고, 최근

2023년 10월에는 광화문 앞에 월대가 복원되었다. 기존 광화문 옆에 있던 해태(해치) 상도 복원된 월대 앞으로 자리를 옮겼다. 월대는 예전에 임금이 조회를 하며 정사를 처리하던 궁궐의 주요 건물 앞에 설치하는 넓은 기단 형식의 대를 말한다. 대개 1m 정도 높이의 넓은 단으로, 모서리에 향로나 제물을 담아두는 넓적한 독을 올려놓기도 한다. 월대는 궁중의 하례·가례·제례와 같은 큰 행사가 있을 때 이용되는데, 이때 백성들이 올라서서 행사에 참여하고 왕과 소통이 이루어진다고도 한다. 바로 앞에 자리 잡은 경복궁의 정문인 광화문은 1399년 경복궁 둘레에 궁성을 쌓을 때 세웠는데, 잦은 훼손·재건·복원 등을 거쳐 오늘에 이르고 있다. 광화문은 임진왜란 때 훼손된 것을 1865년(고종 2) 흥선대원군이 경복궁 중건 당시 재건했고, 또 1927년 일제강점기 문화 말살 정책으로 경복궁 동문인 건춘문 북쪽으로 옮겨졌었고, 1968년 석축 일부를 수리하고 문루를 목재가 아닌 철근 콘크리트 구조로 중건했다. 이후 경복궁 복원 공사와 함께 해체되어 본래의 제자리를 찾아 2010년 고종 때 모습인 목조로 복원되었다고 한다(출처: 인터넷우체국). 월대 복원은 먼 훗날 우리에게 역사적인 사업으로 기억될 것이다. 경복궁이나 광화문 복원 사업이 그렇듯이.

오늘 걷기의 최종 종착지가 될 의정부역까지는 23㎞. 지금 시각이 8시 40분이니 오후 두 시쯤이면 도착할 듯. 바로 출발한다. 월대에서 우측으로 돌아서니 바로 동십자각에 이른다. 그동안 동십자각은 자주 봤었지만 볼 때마다 별 생각 없이 지나쳤었다. 조선 후기인 1880년 무렵에 경복궁 동남쪽 모서리에 설치했던 누정(망루)이었다고 한다. 이어지는 출판문화회관 건물을 지나니 바로 종로문화원이 나오고, 계속 율곡로를 따라 걷는다.

지금 걷고 있는 땅 종로구는 전통문화의 전승지라고 할 수 있다. 조선시대 한양 천도 후 형성된 육백 년 역사의 구시가지와 서울의 주요 지정 문화유산의 약 절반이 분포되어 있어서다. 또 정부1청사·헌법재판소·국무총리공관 등 국가 주요 공공기관이 집결되어 있고, 문화시설·고궁 등 우수한 문화인프라를 구축하고 있다. 뿐만 아니라 백악산·인왕산·낙산·삼각산·고궁 등 풍부한 녹지 공간과 수려한 자연경관을 보유한 서울의 심장부이자, 대한민국 정치·경제·문화·예술의 중심지라고도 할 수 있다.

안국동사거리를 지나면서부터 다수 외국인 관광객들이 보이기 시작한다. 일부는 한복을 입었고, 어떤 점포 앞에는 이른 아침인데도 관광객들이 줄을 잇고 있다. 맛집일까? 이어서 현대건설 본사 건물을 지나려니 한때 전국을 떠들썩하게 했던 2003년 대북송금 사건이 떠오른다. 불운이었지…. 이어서 창덕궁교차로에 이르고, 잠시 후에 율곡터널 앞에 당도한다. 터널 좌측에 보행로가 따로 있다. 율곡터널은 종로구 와룡동 돈화문 앞 창덕궁교차로에서 종로구 원남동사거리까지의 율곡로 680m 구간 중 314m를 지하화하여 만든 터널이다. 쾌적하고 시원한 터널 보행로를 걷다보니 2017년 9월 국토종단 때가 떠오른다. 그때 걷던 터널 보행로는 아주 열악했었다. 시끄러웠고, 위험했었다. 그때 그런 터널을 여섯 곳이나 통과했었으니….

터널을 통과하고서 원남동사거리에서 창경궁로를 따른다. 서울대병원과 창경궁을 지나니 체험하는 과학놀이터로 알려진 국립어린이과학관이 나온다. 계속 진행하니 혜화동로터리에 이른다. 우측 동성중고등학교 앞 도로변에 예전에 보지 못했던 노점상이 여러 곳 있다. 조금은 특이하다. 진열된 물건들도 그렇고, 판매하는 사람들도 그렇다. 외국인들이 장사하는 것 같기도 하다. 계속 직진한다. 이제부터는 성북구 지역을 걷게 된다. 그동안 서울에 쭉 살았으면서도 성북구 땅을 밟으며 걷기는 이번이 처음인 것 같다. 성북구라는 이름이 한양 도성의 북쪽에 있다는 의미라는 것을 다들 알고 있을 것이다. 성북구는 대학 도시라고해도 모자람이 없을 듯. 고려대, 국민대, 서경대, 성신여대, 한성대, 동덕여대 등 많은 대학이 있어서다. 또 대사관저가 많고, 외국인 유학생이 많아 외국인이 많이 거주하고 있다고 한다. 그동안 몰랐던 정보다.

한성대입구역(09:33), 성북구청입구교차로, 성신여대입구역교차로를 차례로 지나서 미아리고개를 넘는다. 도로 우측 아래의 좁은 길을 따른다. 공사 중인 곳도 있어서 인도가 아주 좁아졌고, 걷기에 조금은 위험하다. 한참 후에 미아리고개 정상에 이른다. 고개를 넘다 보니 추억의 옛 노래가 생각났다. '단장의 미아리고개'. 이 노래는 한국전쟁 휴전 후인 1956년에 발표된 트로트 곡인데, 창자를 끊어내는 고통과 같은 견딜 수 없는 아픔을 노래한 곡이다. 미아리고개는 한국전쟁 당시 서울 북쪽의 유일한 외곽도로였기 때문에 전쟁 발발 초기에 조선인민군과 대한민국 국군 사이의 교전이 벌어졌고, 인민군이 후퇴할 때 납치된 사람들과 그 가족들은 이곳에서 마지막 배웅을 해야만 했다고 한다. 그 아픔이 상상이 간다. 그때 그 고통을 노래한 곡이다.

성북구에는 전국적으로 알려진 명소가 몇 곳 있는데, 그중 대표적인 것이 삼청각과 간송미술관일 것이다. 삼청각은 성북구 성북동에 있는 전통문화 공연장으로, 1972년 건립되어 한때 우리나라 요정 정치의 산실로 대표적인 곳이었다. 여야 고위정치인의 회동과 1972년 남북적십자회담, 한일회담의 막후 협상장소로 이용됐었다. 한때는 경영난으로 문을 닫았다가 2001년 10월 새로운 전통문화 공연장으로 문을 열었다고 한다. 간송미술관은 대한민국 최초의 근대식 사립박물관이다. 1938년 간송 전형필 선생이 설립한 보화각이 전신으로, 1966년 간송미술관과 한국민족미술연구소 체제로 변경되었다. 간송미술관은 국보 70호로 지정된 훈민정음 해례본을 포함한 12점의 국보와 10점의 보물, 그리고 서울특별시 유형문화재 4점 등 수천여 점의 문화재를 소장하고 있다.

미아리고개에서 내려가니 길음역교차로에 이르고, 미아사거리를 지나고서(10:37) 도봉구에 들어섰다. 도봉구 지역은 도봉산을 등산하면서 자주 들렀던 지역이다. 도봉구에도 전국적으로 꽤나 이름난 명소들이 있다. 도봉산은 도봉구를 상징하는 산이자 전국적인 명산으로, 도봉구와 경기도 양주시 장흥면, 의정부시 호원동에 걸쳐 있다. 북한산 지역과 더불어 연간 500만 명의 탐방객이 찾는 공원으로서 단위면적당 가장 많은 탐방객이 찾는 국립공원으로 기네스북에도 기록되어 있다고 한다. 이런 훌륭한 자원을 산업적으로 잘 활용할 수 있는 방안을 마련했으면 좋겠다. 또 도봉구에는 전국 최대 규모로 양말 생산 공장들이 밀집해 있다. 비록 큰 공장이 아닌 대부분 건물 지하나 가정집 같은 가내수공업 공장들이지만. 또 국내 최초의 콘서트 전문 공연장인 서울아레나가 오는 2027년에 도봉구 창동역 인근에 들어설 예정이라고 한다. 지하철 창동역 인근 시유지에 18,400명을 동시 수용할 수 있게 들어설 서울아레나에서는 케이팝 콘서트는 물론 해외 뮤지션의 내한 공연, 음악 시상식과 페스티벌, 대형 아트서커스 등 대형 공연이 펼쳐지게 된다고 한다. 또 아레나 주변으로는 신진 아티스트의 공연과 어린이 뮤지컬 등 다양한 행사가 열리는 중형 공연장과 영화관, K팝 특별전시관 같은 대중음악 지원 시설, 레스토랑 등 각종 편의 시설 등이 함께 조성되어 이 일대가 K팝 중심의 복합문화시설로 탈바꿈하게 될 것이라고 한다. 놀랍다. 계획만 들어도 큰 기대를 갖게 된다. 아울러 서울시는 최근 창동 차량기지 일대를 바이오, 정보통신 기술 특화 단지로 조성한다는 내용의 'S-DBC(Seoul-Digital Bio City)' 구상을 발표했다. 서울시 관계자는 "창동은 서울지하철 1·4·7호선을 이용해 국내 팬들뿐만 아니라 해외 팬들도 쉽게 찾아올 수 있는 교통의 요지이고 향후 GTX(수도권 광역급행철도) C노선까지 지나갈 예정"이라며 "이처럼 뛰어난 접근성과 강북권 대개조 사업 효과 등이 결합해 한류 문화의 새로운 중심지가 될 것"이라고 말했다. 또 금년 중에 창동 상계 신경제중심지에 국내 최초의 로봇과학관이 완공될 예정인데, 로봇과학관은 도봉구 창동에 지하1층~지상4층 규모로 조성되어 AI, 가상·증강현실, 홀로그램 등 최신 로봇과학 기술을 체험하는 기회를 제공하고 새로운 로봇을 탐구할 수 있는 심화 교육 과정을 운영하는 등 과학 문화 확산의 거점 기능을 담당하게 된다고 한다. 이 모든 계획들이 순조롭게 진행된다면 도봉구는 천지개벽의 변화와 발전을 이룰 것만 같다. 부디 성공하여 강북 지역도 강남 못지않게 살기 좋은 지역으로 거듭났으면 좋겠다.

가던 길을 계속 따른다. 아래로 우이천이 흐르는 쌍문교를 지나 (11:52) 방학사거리에 이르러 이곳에서 한참 동안 주변을 둘러본다.

도봉역사거리를 지나 도봉산역에 이르러(13:01) 모처럼 활기찬 사람 구경을 한다. 한동안 건너는 등산객들로 횡단보도가 장사진을 이룬다. 도봉산역광역환승센터를 지나니 도봉검문소가 나오고, 평화로를 따라 계속 걷다 보니 어느새 오늘 걷기의 종착지인 의정부시 지역에 들어선다. 대원합판, 천자카에어컨 등을 지나서 E1 LPG충전소에 이르러서 횡단보도를 건너 우측에 보이는 롯데아파트를 향해 걸음 속도를 낸다. 롯데아파트 직전에서 평화로를 따라 계속 진행한다. 바로 옆에는 '자연예가'라는, 이름이 예쁜 연립주택이 들어서 있다. 이제부터는 이 길만 따라서 가면 오늘의 최종 종착지인 의정부역에 이를 것이다.

의정부는 경기 북부의 행정, 지리적 중심 도시이다. 경기 북부 지역 중 최초로 시로 승격(1963년)된 덕분에 경기도청, 경기도교육청 등의 제2청사와 경기도북부경찰청이 의정부시에 있는 등 지금까지도 경기 북부 지역의 행정 거점 도시 역할을 맡고 있다. 또 의정부시가 경기 북부 지역 중심지 역할을 계속 유지하고 있는 이유는 경기 북부 정중앙에 있는 지리적 위치도 한몫을 했다. 의정부시의 유명한 먹거리로는 누가 뭐라 해도 단연 의정부 부대찌개일 것이다. 시 당국에서는 부대찌개 대신 아예 의정부찌개로 이름을 바꿔서 호국로에 먹자골목을 조성해놓았다고 한다. 요즘 경기도가 전국적인 이슈가 되고 있다. 경기도 분도 때문이다. 김동연 경기도지사가 한강을 기준으로 경기도 분도를 추진 중인 가운데 경기 북부 지역의 새 이름이 '평화누리특별자치도'로 발표되자 반대 청원이 쇄도했고, 이에 대해 김 지사가 답변을 했다. 김 지사는 "경기도가 추진하는 것은 '분도'가 아니라 '특별자치도'"라며 "특별자치도는

'행정·재정·규제 특례'를 보장받는 것이 핵심이다. 경기북부특별자치도는 경기 북부의 발전과 성장 잠재력을 극대화할 수 있는 해법이며 더 나아가 대한민국의 성장까지 견인하는 국가 발전 프로젝트"라고 강조했다. 앞으로도 더 다양한 의견이 나올 것 같다. 어떤 결정이 나오더라도 그것은 경기도민이 원하는 것이어야 하고, 대한민국의 발전을 위한 것이어야 할 것이다.

롯데아파트앞교차로에서 자연예가를 좌측에 두고 걷는다. 이어서 호원지구대, 장수원어린이공원을 지나고 망월사역에 이른다. 역 근처에 이르니 오고가는 사람들이 많다. 이어서 10여 분 만에 회룡역에 이른다. 거리의 사람들이 훨씬 줄어들었고 거리도 그만큼 한산해졌다. 갑자기 날씨가 흐려지고, 바람이 조금씩 인다. 갈수록 조용하더니 드디어 오늘의 최종 종착지인 의정부역에 도착한다(14:31).

이렇게 해서 광화문광장에서 출발한 서울 북부권 걷기를 마치게 된다. 오늘도 중요한 것들을 배웠다. 성북구에 대사관저가 많고, 외국인 유학생이 많아 외국인이 많이 거주하고 있다는 것을, 또 국내 최초의 콘서트 전문 공연장인 서울아레나가 오는 2027년에 도봉구 창동역 인근에 들어서면 그 일대가 K팝 중심의 복합문화시설로 탈바꿈하게 된다는 것을, 또 경기도는 '분도'가 아닌 '행정·재정·규제 특례'를 보장받는 '특별자치도'를 추진한다는 것을, 또 의정부시가 경기 북부 지역 중심지 역할을 계속 유지하기 위해 의정부역 역전근린공원에 호텔·업무시설·주거·공원 등이 융복합된 초고층 랜드마크를 세우고, 재개발·재건축 정비 사업을 신속하게 추진하며, 새로운 먹거리를 찾는 등 고심하고 있다는 것들을 알게 되었다. 한 가지 아쉬운 것은 미아리고개를 넘고서부터 도봉산역에 이를 때까지, 그 공간에는 뭔가 허전함이 남았다. 그 공간에 누구나 기억할 수 있는 시설이 들어서고, 어떤 유형의 새로운 공간으로 채워졌으면 좋겠다. 곧 개관될 창동의 케이팝 중심지와 연계되어 시너지 효과를 거둘 수 있도록 말이다.

개인이나 조직도 변화하지 않고, 노력하지 않으면 도태되는 것은 당연지사다. 성공하는 개인이나 조직에는 뭔가 다른 것이 있다. 주변을 한번 둘러보면 바로 알 수 있다. 오늘처럼 서로 다른 지역을 걸으면서 둘러보는 것도 유의미한 방안이 될 것이다. 벌써부터 이 다음에 걷게 될 서울을 걷자 프로젝트의 마지막 코스가 기대된다.

(2024. 6. 2. 일)

고덕동에서 광화문광장까지

오늘은 서울을 걷자 프로젝트의 마지막 날로 고덕동에서 광화문광장까지 걷게 된다. 이 코스를 걸을 날짜를 잡기 위해 며칠을 벼르다가 오늘 새벽에서야 결정했다. 가급적 장맛비와 땡볕은 피하고 싶어서였다. 종일 구름 끼는 날을 원했다. 오늘은 비가 내린다는 예보가 있지만, 강수량이 그렇게 많을 것 같지는 않고 사이사이에 구름이 깔린다고 했다. 바로 결정했다. 하지만 만약을 대비해서 우의를 준비하고, 작은 우산까지 챙겨서 배낭을 꾸렸다. 다른 것들은 항상 준비되어 있기에 배낭만 집어 들고 집을 나선다.

고덕동 이마트사거리에 섰다(09:40). 동부기술교육원, 길동역, 천호 신사거리, 천호대교, 광장동사거리, 군자교, 신설동로터리, 동대문, 탑골공원 그리고 광화문광장이 오늘 걷게 될 루트다. 오늘은 카카오 안내를 따르지 않고 내가 알고 있는 길을 따를 것이다. 대로 위주로. 단, 동묘와 동대문 주변에서 약간의 추가 시간이 필요할 것 같다. 동묘는 평소 꼭 한번 둘러보고 싶던 관심 지역이고, 동대문 주변은 내 청소년 시절의 옛 추억이 서린 곳으로 오늘은 그 추억의 장소들을 자세히 확인하고 싶어서다. 총 거리는 20㎞ 정도로 5시간 30분가량 소요될 것 같다.

이 길은 나에게는 너무나 익숙하다. 이곳에서 광화문광장까지 걸어서 가본 적은 없지만, 해마다 명절이나 부모님 기일 때면 홍제동 형님 댁까지 승용차로 다니곤 했었다. 승용차로 다니던 그 길을 따라 걸을 생각이다. 출발한다. 주변을 둘러보니 앞뒤로 고층아파트 행렬이 즐비하다. 최근에 강동구에 큰 변화가 있었다. 강동구의 변화는 고덕동을 빼고는 말할 수 없을 것이다. 불과 몇 년 전까지만 해도 5층 이하 저층 아파트 일색이던 고덕동과 상일동에 대반란이 일어났다. 대규모 고층아파트 단지로 대변신을 하였다. 문자 그대로 상전벽해다. 뿐만 아니라, 상일역 주변에 있던 버스 차고지조차도 다른 곳으로 밀려나고 그 자리엔 30층이 넘는 초고층 주상복합 아파트 단지가 들어섰다. 또 야산과 주말농장으로 남아 있던 고덕동의 한 구석진 땅은 문화·엔터테인먼트·유통 비즈니스 등 다기능 업무단지로 계획되어 미니 신도시급으로 조성되고 있다. 이미 JYP 사옥, 이케아 등 총 25개 기업의 입주가 확정되어 공사가 진행 중이고 일부는 입주를 마쳤다. 또 천호사거리에서 길동사거리에 이르는 천호대로 양쪽에는 병원, 예식장, 상가, 오피스텔 등 고층 건물들이 꽉 차게 들어서서 몇 년 전과는 비교가 안 되는 놀라운 변화를 보이고 있다. 불과 몇 년 사이에.

이마트사거리에서 동부기술교육원을 향해 발걸음을 옮기니 좌측에 이 근방에서는 마지막으로 남은 재건축 대상 아파트 단지가 눈에 들어온다. 머잖아 이곳도 변화가 있을 것이다. 시립강동실버케어센터를 지나서 동부기술교육원에 이르고, 길동사거리를 향해 좌측 양재대로를 따라 걷는다. 굽은다리역을 지나면서부터 대로 양쪽에 병원 건물이 자주 눈에 띈다. 신축 중인 건물도 있다. 이것도 변화라면 변화다. 길동사거리에서 천호대로를 따라서 천호사거리로 향한다. 강동성심병원을 지나자 KDW 건물이 눈에 띄고, 이어서 우측에 고층아파트가 보이더니 강동역을 지나면서부터는 또 병원 건물이 줄을 잇는다. 좌측에는 대형 주상복합 건물이 준공을 눈앞에 두고 있다. 저 건물이 완공된다면 이 주변의 발전은 시너지 효과가 나타날 것만 같다. 현대백화점을 지나니 좌측에 백제의 수도였던 위례성이었을 것으로 추정하는 풍납토성이 보인다. 말도 많았던 토성이다. 원래 둘레가 4km에 달하는 큰 토성이었으나, 현재는 2.7km가량만 남아 있다고 한다. 잠시 후에 천호대교에 진입한다. 초입에서 대교 북단을 바라보니 까마득하다. 천호대교는 광진구 광장동과 강동구 천호동 사이를 잇는 길이 1,150m, 너비 25.6m의 6차선 다리로 1976년에 준공되었다. 이른 아침나절에 강바람을 맞으며 대교를 걷는 기분도 괜찮은 것 같다.

잠시 후 대교 북단에 이르고, 광진구 땅에 들어섰다(10:40). 나에게 광진구는 낯설다. 구의 지역 한계도 잘 모르겠고, 내가 알고 있는 것도 거의 없어서다. 광진구는 성동구에서 나뉘어졌다고 한다. 1995년에 성동구를 중랑천과 동이로를 경계로 하여 분할할 때 광진구가 생긴 것이다. 광진구의 랜드마크를 보면 이해가 빠를 것 같다. 건국대, 세종대, 어린이대공원, 워커힐, 동서울터미널, 강변 테크노마트 등이 광진구의 랜드마크라고 한다. 어린이대공원은 아주 오래전부터 서울의 명소였고, 워커힐도 외국인들이 선호하는 숙박 시설이라는 것은 이미 알고 있었다. 그 외에 삼국시대의 산성으로 확인된 아차산성은 사적으로 지정되었고, 개인적으로는 해마다 새해 첫날 소망을 빌기 위해 아차산을 찾았던 기억이 있다. 그런데 고무적인 것은 서울 시내에서 아파트 비율이 가장 낮은 지역이 광진구라고 하니 광진구는 아직 희망이 있는 땅이라고 해도 좋을 것 같다. 그런데 광장사거리에 이르니 햇빛이 나오려고 한다. 더위를 피하려는 나의 계획에 차질이 생길 것만 같아 조금은 불안하다. 오르막을 넘는다. 이 오르막이 예전에는 아주 가팔랐었는데, 많이 완화되었다. 아차산지하차도가 완공된 덕분이다. 그동안 말로만 듣던 아차산지하차도 앞에 이른다. 지하차도 좌, 우측에 보행로가 따로 있고, 자전거도로까지 갖춰졌다. 이 보행로를 걷다 보니 얼마 전에 창덕궁 앞에서 걷던 율곡터널지하차도가 생각난다. 그곳에도 보행로가 따로 있었다. 그런데 이곳이 그곳보다 질적으로 더 우수한 것 같다. 최신 기술의 발전이 놀랍다.

아차산지하차도를 통과해서 나오니 햇빛이 더 강해졌다. 염려된다. 흐린 날씨를 기대했는데…. 아차산역삼거리를 지나서 중곡동 가구거리에 이른다. 그동안 말로만 듣던 대형 가구 매장들이 보인다. 이곳 가구거리는 1960년대에 형성되었는데, 어린이대공원 후문에서 군자로 사이에 많은 가구점들이 들어선 것을 두고 말한다. 대형 업체는 물론 중소 가구 업체까지 60여 개의 가구점이 늘어서 있다. 나도 신혼 초기에 이곳을 찾은 적이 있다. 지금까지 사용 중인 안방 장롱도 이곳에서 구입했었다.

5호선과 7호선의 환승역인 군자역을 지나 군자교에 진입한다 (11:35). 그런데 이곳까지 오는 동안 특별하거나 새로 들어선 고층 건물을 보지 못했다. 큰 변화가 없다. 그러면 퇴보 아닌가? 군자교 아래는 중랑천이 흐르고, 좌우로는 동부간선도로가 지난다. 그런데 고여 있는 듯 말없이 흐르는 중랑천의 물이 매우 탁해 보인다. 간선도로를 씽씽 달리는 자동차들의 모습과는 너무나 대조적이다. 군자교를 벗어나니 좌측에 있을 장안평중고차시장이 떠오른다. 벌써 동대문구에 들어섰다. 새로운 지역은 초입부터가 다르다. 대로 양쪽에 있는 건물들의 높이와 디자인들이 그렇다. 동대문구는 나와는 인연이 깊은 곳이다. 내 젊은 시절의 소중한 청춘을 보낸 곳이다. 그것도 평범하지 않게, 힘은 들었지만 아주 영광스럽게. 동대문구에는 다양한 연구기관이 소재하고 있다. 구의 특성이라면 특성일 것이다. 한국과학기술원, 한국국방연구원, 임업연구원, 한국개발연구원, 산업연구원, 북한연구소, 한국농촌경제연구원 등이다. 또 동대문구에는 골동품점, 도자기점 등이 즐비하여 거리 자체가 살아 있는 박물관이랄 수 있는 답십리 고미술상가가 있고, 또 제기동 어항거리, 답십리 철물거리와 자동차 부품 종합상가, 경동시장·약령시장·청량리시장 등 전문성을 갖춘 시장들이 많다.

외제 자동차 매장들이 자주 보인다. 특이하게도 타이어를 홍보하면서 매장 건물 정면에 대형 태극기를 그려 넣은 곳도 있다. 왜 태극기를? 이채롭긴 하다. 장한평역과 서울교통공사사거리를 지나니 좌측에 서울교통공사 본사가 나온다. 답십리에 들어서니 앞서의 거리와는 대조적이다. 건물들이 낡았고, 낮고, 단순하다. 답십리역사거리를 지나서 신답지하차도를 지나니 우측에 동대문구청과 홈플러스가 나오고, 이어서 우측에는 래미안허브리츠아파트가, 좌측에는 용두두산위브아파트가 자리 잡고 있다. 예전에 이곳 주변은 허름했던 곳으로 알고 있다. 이어서 좌우로 내부순환로가 이어진다. 한동안 낮고 허름한 공간이 이어지더니 신설동역에 이른다. 새로운 건물 앞에 조형작품이 설치되었지만 주변과 부조화를 이룬다. 주변의 잘못된 관리 때문이다. 쓰레기들이 무질서하게 널려 있다. 계속 진행하니 좌측에 마리아병원과 동대문우체국이 나오더니 신설동교차로에 이른다(12:49). 이곳이 몇 갈래일까? 무려 6거리다. 불명예스럽게도 이곳이 전국에서 연중 교통사고가 가장 많이 발생하는 곳이라고 한다. 계속 진행한다. 오랜만에 수도외국어학원 건물을 본다. 오래된 만큼 간판도, 글씨도 낡았다. 거리에 행인들과 노점상들이 자주 보이기 시작한다. 우측은 숭인2동, 좌측에는 동묘공원이 있다.

이곳 동묘공원은 이번 걸음에서 나의 관심 지역 중 한 곳이다. 동묘와 특이한 벼룩시장이 있어서다. 특별히 시간을 내서 둘러볼 생각이다. 좌측 동묘공원으로 향한다. 날씨가 그리 좋지 않음에도 불구하고 사람들로 만원이다. 내국인과 외국인이 반반이다. 동묘 주변으로 디귿 자 형태의 시장이 형성되어 있다. 의류와 신발이 주종이지만 상품들이 아주 다양하다. 먹거리까지 있어 사람들의 발길이 쉽게 앞으로 나아가질 못한다. 모두 중고 물품 같은데, 더러는 신상품도 섞여 있다. 찾는 사람이 많은 것은 가격이 저렴해서 그럴 거다. 그래서일까? 이곳 벼룩시장에 대해 그동안 수없이 이야기를 들었지만 이렇게까지 다양할 줄은 몰랐다. 온갖 희귀한 물건들이 다 있다고 보면 되겠다. 의류, 신발, 지갑, 시계와 전자제품, 고서 등. 가격도 아주 저렴해서 거의 공짜라는 생각이 들 정도다. 그중에서도 중고의류 코너에 가장 많은 사람들이 몰려 있다. 의류 코너를 찾은 사람의 말에 의하면 지방에서도 이곳을 찾아오는 사람들이 많다고 한다. 동묘 주변은 특별한 하나의 시장을 형성하고 있다. 특히 외국인들이 한국을 배우기에 좋은 곳일 것 같다. 물건은 보는 둥 마는 둥 하고 동묘 안으로 들어간다. 궁금해서다. 넓은 터에 자리 잡은 동묘는 외삼문과 내삼문을 지나면 본당인 정전이 나온다. 그런데 동묘를 관람하는 사람은 거의 없다. 시설 관리인도 보이지 않고, 안내 책자도 없다. 거의 관리가 안 되는 듯하다. 그래도 중국의 장수인 관우의 영을 모신 사당인데….

동묘를 지나서부터는 거리의 행인들이 많아지더니 잠시 후에 동대문에 도착한다. 홍인지문을 보니 옛 생각이 절로 난다. 이곳 동대문에 도착했다는 생각만으로도 가슴이 뛰고 설렌다. 얼마나 기다렸던 곳인가! 바로 그곳으로 향한다. 내가 50여 년 전에 숙식을 하면서 입시 준비를 하던 동대문독서실이 있던 곳으로. 엄청 변해버렸다. 독서실로 향하는 골목조차 찾기가 쉽지 않다. 입구조차 변해버렸다. 골목 좌측에 있었던 중국 식당은 흔적도 보이지 않는다. 대신 그 자리엔 칼국수와 국밥집이 들어섰다. 그 당시 중국집 유리창엔 '짜장 50, (곱) 60'이라고 적혀 있었다. 빨간 글씨로 굵직하게. 그 글씨가 궁금했었는데…. 짜장면이 그렇게 먹고 싶었지만, 그곳을 지날 때마다 쳐다만 보고 그냥 지나쳐야만 했었으니…. 조금 더 들어가니 내가 찾으려는 동대문독서실이 있었던 건물과 그 우측 옆으로 30여 미터 정도 떨어져 있던 이스턴호텔 자리가 동시에 나타난다. 독서실이 있었던 건물은 그대로 있는데, 독서실이 있었던 4층에는 대신 만화방이 영업을 하고 있다. 그러면 동대문독서실은 어떻게 됐을까? 또 자상하시던 실장님은? 이스턴호텔이 있던 자리에는 동대문관광호텔이라는 신축 건물이 들어서 있다. 바로 이동

한다. 독서실에서 살면서 자주 이용했던 국수 가게가 있던 시장 안으로. 시장은 구조가 변경되었고 국수 가게가 있던 자리에는 신발 가게가 입주해 있다. 모두 것이 바뀌었구나! 하기야 하루가 다르게 급변하는 서울에서 벌써 50여 년이란 세월이 흘렀으니….

골목을 들어설 때에 설레고 떨리던 마음도 모든 것을 확인하고 나니 허탈하지만 조금은 차분해졌다. 독서실이 있던 건물이 그대로 있다는 것만으로도 얼마나 다행인가. 오래된 추억들을 만지고 보듬어보려 했지만 과욕이었다. 그것들을 지탱하고 있던 대지와 낡은 건물만 그 자리에 그대로다. 희미한 기억들만 무질서하게 머릿속에서 맴돈다.

아쉬운 마음을 부여안고 다시 도로 위에 선다. 지금부터 걷게 될, 동대문독서실에서 종로2가까지의 이 길은 50여 년 전의 내가 비가 오나 눈이 오나 하루도 빠짐없이 걸어서 가고, 걸어서 돌아왔던 바로 그 길이다. 수많은 눈물을 뿌려야만 했고, 하루에도 수백 번 수천 번의 각오를 다졌던 그 길이다. 오만가지 욕구를 다 절제당하면서, 오로지 스스로 강요당한 한길만을 위해 걸었던 바로 그 길이다. 소년은 용케도 잘 견뎌냈다. 어느 누구의 위로나 격려도 없이. 50여 년이 흘렀지만, 그때의 소년은 이제라도 듣고 싶은 말이 있을 것이다. 그래서 말해주고 싶다. '소년아, 그땐 정말 힘들었지. 잘 이겨냈다. 그리고 너무 미안했다.' 소년이었을 때 걷던 그 길을 나이 70이 넘어서 다시 걷는다. 그때는 무슨 생각으로 그렇게 걸었을까? 나는 알고 있다.

갑자기 많아진 생각들을 진정시키려 발걸음을 재촉한다. 동대문종합시장에 이른다(13:47). 이 시장도 한때는 우리나라 최대의 시장으로 명성을 떨쳤었다. 원단류와 의류 부자재, 커튼 등과 같은 섬유 및 혼수용품 등이 주요 품목이었다. 지금은 많이 바뀌었겠지. 시장 옆에는 고속버스터미널이 있었는데, 지금은 호텔이 들어서 있다. 동대문종합시장을 지나니 바로 대학천상가가 나온다. 이곳도 내가 자주 이용하던 곳이다. 예전에는 이곳에 대학 입시 서적을 싸게 파는 서점이 있었는데, 지금도 있을까?

종로5가교차로를 지나니 전에는 보지 못했던 신진시장이 나온다. 입구가 근사하다. 입구 간판만 새로 설치한 걸까? 대로 좌우측에 있는 약국은 예전보다 더 많아진 것 같다. 사이사이에 옷가게가 있지만 1층은 대부분 약국이다. 말 그대로 약국거리다. 잠시 후에 광장시장에 이른다. 입구에 있는 꽈배기 점포 앞에는 사람들이 30m 정도의 줄을 잇고 있다. 이 주변은 큰 변화가 없는 것 같다. 대형 빌딩이나 상가들이 그렇고 그렇다. 예전이나 큰 차이가 없다. 종로4가에 들어서니 맨 먼저 나타나는 것이 귀금속백화점이다. 종로4가교차로를 지나니 우측에는 종묘가, 좌측에는 세운상가가 보인다. 겉모습이 예전의 세운상가가 아니다. 그새 많은 세월이 흘렀으니 그럴 만도 하겠지. 종묘는 조선과 대한제국의 역대 왕과 왕비, 황제와 황후의 신주를 모시고 제사를 지내는 국가 사당이다. 유네스코 세계유산에 등재까지 되었다.

종로3가에 이르렀다. 우측에는 귀금속 상가가 이어진다. 갈수록 행인들이 많아지더니 종로3가역을 지나면서부터는 더 그렇다. 잠시 후, 우측에 탑골공원이 보인다. 이곳까지도 대로변 건물은 예전이나 큰 변화가 없다. 탑골공원은 우리 국민이라면 누구나 기억할 만한 장소이다. 1919년 3월 1일 독립선언서가 이곳에서 낭독되었고, 이곳에 3·1운동 기념탑, 3·1운동 벽화, 의암 손병희 동상, 한용운 기념비가 있고, 원각사지 10층 석탑 등의 문화재가 있어서다. 1992년에 파고다공원에서 탑골공원으로 개칭했다고 한다. 탑골공원 너머에는 내가 얼마 전에도 들렀던 낙원상가 악기점들이 있을 것이다. 갑자기 생각난다. 이제는 고인이 된 송해 선생님이. 선생님은 생전에 낙원상가 주변에 자주 모습을 보이곤 하셨다고 한다. 목욕도 하고, 동료들과 소주도 즐기시면서.

종로2가에 들어섰다. 이곳이 바로 50여 년 전에 날마다 동대문에서 출발하던 나의 발걸음이 멈추던 종착지였다. 대로를 사이에 두고 양쪽 주변에는 대규모 입시학원이 수두룩했었다. 이제는 모두 적지를 찾아서 이전했겠지.

좌측에 삼일빌딩, 우측에는 서울YMCA 건물이 있다. 삼일빌딩은 지상 31층 지하 2층 규모로 높이가 110m인데, 1970년 완공 당시에는 우리나라에서 가장 높은 건물로 세인의 관심이 대단했었다. 세운상가, 청계고가도로와 함께 종로구의 대표적인 명물이기도 했었다. 또 한국의 YMCA는 각종 신문물 도입과 일제의 압박 아래 신음하는 한민족의 계몽과 교육을 이끄는 등 민족사에 지대한 영향을 미쳤다. 그런데 건물은 예전에 있던 그 자리에 그대로 있다. 이곳에 한 가지 변화가 보인다. 대로 좌측에 예전에는 없던 젊음의 거리가 생겼다.

어느덧 걸음은 종각역에 이르렀다. 우측에는 태양의 정원이, 좌측에는 보신각 터가 맨 먼저 눈에 들어온다. 태양의 정원 소식은 이미 들어서 알고 있지만, 아직 가보진 못했다. 보신각은 보신각종을 걸어놓기 위해 만든, 전통 한옥으로 된 2층 누각이다. 연말이면

서울시장을 비롯해서 주요 인사들이 참석해서 타종 행사를 하던 바로 그곳. 조선시대에는 이곳 종소리에 따라 각 성문을 열고 닫게 했었다는데….

종각역을 지나자 우측에 SC제일은행, 좌측에 영풍문고가 나오면서 대로 양쪽은 빌딩 숲을 이룬다. 엄청난 변화이자 발전이다. 현직에 있을 때 가끔 와서 본 적이 있지만, 언제 봐도 몰라볼 정도다. 잠시 후에는 우측에 교보문고, 좌측에 광화문우체국과 구 동아일보 사옥이 나오면서 광화문광장에 이른다. 오늘의 최종 목적지에 도착했다(14:45). 광화문광장은 생각보다 조용하다. 인파도 그리 많지 않고, 시위대도 경찰도 거의 보이지 않는다. 대신 종교단체에서 틀어놓은 노랫소리만 광화문광장을 울리고 있다.

이로써 금년 1월부터 시작된 '서울을 걷자'라는 프로젝트의 마지막 걸음을 마치게 되었다. 값진 하루, 소득이 큰 오늘이었다. 그토록 궁금했던 아차산지하차도의 실태를 파악했고, 동묘와 그 주변 시장에 대한 궁금증도 해소했다. 현장 체험을 통해서다. 무엇보다도 후련한 것은 내가 위기의 청소년 시절을 보냈던 곳, 동대문독서실이 있던 곳을 찾아 두 발을 디뎠다는 것이다. 10대 소년의 열정과 땀의 흔적이 남아 있을 50여 년 전 추억의 현장을 확인한 것이다. 많이 늦었지만 얼마나 다행인가.

걷기는 나에게 많은 것을 가르치고, 소중한 것들을 깨우치고 있다. 그동안 고덕동에서 봉천동까지, 왕십리역광장에서 김포공항까지, 광화문광장에서 안양시청까지, 광화문광장에서 의정부역사까지, 고덕동에서 광화문광장까지를 두 발로 걸었다. 광화문광장을 중심으로 동서남북으로, 종으로 횡으로 5개 코스를 도보 답사했다. 걸으면서 예전의 기억들과 비교도 해봤다. 투입한 시간에 비해 그 효과는 엄청났다. 기대 이상이었다. 어두웠던 서울 길이 조금은 트이고, 밝아진 것 같다. 광화문에서 안양시청이 그렇게 멀지 않다는 것을, 과천에서 인덕원을 지나면 바로 안양시청이 지척이라는 것을 이번에야 알게 되었다. 서울식물원이 강서구에 조성된 이유를, 도봉구 창동에 국내 최초의 콘서트 전문 공연장인 서울아레나가 들어서는 이유를, 국내 대표적인 복합문화예술 공간인 예술의 전당, 한국예술종합학교 서초캠퍼스와 국립국악원이 같은 지역에 위치하여 시너지 효과를 내고 있다는 것도 이번 걷기를 통해서 알게 되었다. 관악구청에 청년청이 필요한 이유를, 사당동과 낙성대 사이에 있는 까치고개가 지역 발전의 장애물이 될 수도 있다는 것을, 성북구에 대사관저가 많고 외국인 유학생이 많아 외국인이 많이 거주하고 있다는 것을, 병자호란 당시 조선의 왕 인조가 청나라에 항복의 예를 치렀던 삼전도의 굴욕이 있었던 곳이 내가 지금 살고 있는 곳과 그리 멀지 않은 송파구 석촌호수 근처라는 것을, 강남구가 살기 좋은 도시로 인정받기까지에는 잘 관리되고 있는 많은 근린공원도 한몫을 했다는 것을 알게 되었다.

특히 걷기의 새로운 기능을 예측해볼 수도 있었다. 어린이들 조기 교육 과목에 걷기(또는 지역 둘러보기)를 추가할 필요가 있겠다는 것을. 걷기가 어렵다면 지도자나 부모님과 함께 자동차를 이용해서 둘러봐도 될 것이다. 조기에 생활 근거지 주변 지리를 익히면 건강은 덤이고, 시야가 넓어지고, 다양한 생각과 현실적인 꿈을 갖게도 될 것이다.

오늘로써 금년 초에 야심차게 시작했던 '서울을 걷자'라는 프로젝트가 끝났다. 예상외로 효과가 컸다. 이후에 다시 이어질 나의 과제는 무엇이 될지? 벌써부터 나를 설레게 한다.

(2024. 7. 21. 일)

3장

인생 진짜 리그에서 홈런을 쳐라

나의 인생 과제

평소 '산다는 것'에 대하여 관심이 컸다. 특히 잘 산다는 것에 대하여. 일회성이 아니었고, 직장 생활을 하는 동안은 물론이고 퇴직한 이후까지도 내내. 내 화두의 중심에는 늘 그것이 자리 잡고 있었다. 순탄하지 못했던 나의 청소년 시절이 큰 영향을 미쳤을 것이다.

나에게는 한때 좌절의 시기가 있었다. 좌절했지만 포기할 수 없는 것들이 있었으니, 그것은 나의 인생 과제들이었다. 그것들만큼은 어떤 경우에도 꼭 움켜쥐고 있었고, 실행할 수 있는 때가 오기만을 기다렸었다. 드디어 때가 왔다. 정년퇴직이 되었다. 퇴직은 아주 중요한 계기이자 새로운 시발점이 되었다. 나에게 시간과 경제력, 여러 기회들을 주었고 그리고 정신적으로 큰 안정을 주었다. 나에게 최고의 시기였고, 더없이 소중한 전환점이 되었다. 이 시기를 실기하지 않으려고 무진 애를 썼다. 나는 이 시기를 '인생 진짜 리그(퇴직한 61세 이후의 삶)'라고 명명했고, 그때부터 나의 모든 것을 거침없이 쏟아낼 수 있었다. 그동안 때만 기다렸던 인생 과제들을 본격적으로 추진한 것이다. 백두대간과 9정맥 종주, 국토종단, 도보로 진도 일주, 저술 활동 등이 되겠다. 하나둘씩 성과들이 나타나기 시작했고, 그것들이 모여서 내 인생의 소중한 탑을 이루게 되었다. 일부는 지금도 진행 중에 있다.

그때 12년간을 들로 산으로 내달리며 고민하고 울부짖던 아름다운 추억들, 즉 호남정맥 종주 중에 길을 잃고 빗속에서 밤을 새우던 일, 백두대간 종주 중에 출입금지구역을 넘다가 단속요원들에게 발각되어 퇴각 조치를 당하던 순간, 국토종단 중 극적으로 조선족 부자를 만나 동행하게 된 귀한 인연, 진도 일주 중에 세방리 할머니들의 아름다운 노년을 확인하고 감탄했던 일, 이 모든 걸음걸음과 생각들을 기록으로 정리하여 원형 보전과 정보 전달에 기여한 저술 활동 등은 벌써 한 인간의 역사가 되어가고 있다. 지금 그 진땀 밴 추억들을 소환해보려고 한다.

겁 없이 도전한 9정맥 종주

어느 날 혼자서 생각해본 적이 있다. 이 험난한 세상을 헤쳐나갈 수 있는 나만의 무기는 무엇일까? 있기나 할까? 나만이 내세울 수 있는 경쟁력 같은 것. 아무리 생각해봐도 정도(正道)와 끈기 말고는 딱히 떠오르는 것이 없다. 인간이라면 당연히 준수해야 할 기본적인 도리인 정도나, 지극히 개인적인 성향 중 하나인 끈기를 자신의 경쟁력이라고 말할 수밖에 없는 빈한함. 곤혹스럽지만 어쩌겠는가. 사실인 것을. 다시 한번 더 더듬어보지만, 마찬가지다. 정도와 끈기다. 소박하지만 이것들로 인해서 나에게는 결핍된 많은 것들이 그나마 메꿔질 수 있었고, 지금까지 이룬 크고 작은 성과들 또한 이것들의 힘이 컸다고 감히 말할 수 있겠다. 내가 흔들릴 때마다, 지쳐 쓰러질 때마다 나의 중심을 잡아주고 일으켜 세운 것은 정도와 끈기였다.

벌써 18년 전의 일이 되었다. 그때 일생일대의 모험을 시도했었다. 앞뒤를 재지도 않았다. 성공에 대한 확신도 없었다. 냉혹한 현실이 내 등을 떠밀었고, 나에게는 응원군 하나 없이 믿는 구석은 오로지 자신의 각오뿐이었다. 나 자신을 믿고 밀어붙였다. 그것은 '우리나라 중심 산줄기 전부를 나의 두 발로 걷는 것'이었다. 백두대간과 남한에 있는 아홉 정맥 모두를. 그것도 혼자서. 관련 지식이나 경험이나 경력도 일천했고, 극히 단편적인 자료만 확보한 상태에서. 무엇을 얻으려고 그런 모험을 했을까? 성공했을까?

나에게 9정맥 종주는 정말 무모했다. 오로지 새롭게 설정한 인생 과제만을 의식한 채, 내 인생의 새로운 탑을 쌓겠다는 다소 성급한 의욕이 과해서 서둘렀던 것 같다. 정맥이 뭔지도 모르고, 더구나 아홉 정맥이 어느 정도인지도 모르는 상태에서 겁 없이 D-day를 맞았었으니. 그런데 정맥이란 대체 뭘까? 지금이야 주변에서 대간이나 정맥 종주자를 어렵지 않게 볼 수 있지만, 그때만 하더라도 일반인에겐 정맥이나 9정맥이란 단어 자체가 생소하던 때였다.

정맥은 백두대간과 함께 우리나라 중심 산줄기라고 말할 수 있는데, 백두대간이 백두산에서 시작하여 지리산까지 이어지는 한반도 등뼈에 해당하는 산줄기라면, 정맥은 백두대간에서 좌우로 분기되는 2차적 산줄기라고 말할 수 있다. 그리고 9정맥은 우리나라에 있는 14개 정맥 중 남한에 있는 아홉 정맥 모두를 합해서 지칭할 때 흔히 사용하는 용어이다.

이런 산줄기를 내가 탐방하려 했던 이유는 무엇이었을까? 당시 직장과 사회에 만연한 비합리성에 환멸을 느꼈고, 그것에 대한 돌파구를 찾던 중에 우리나라 중심 산줄기가 내 눈에 꽂혔고, 그것에서 인생의 새로운 탑을 쌓기로 결심했었다. 그런데 나의 중심 산줄기 탐방 목적은 다른 사람들과는 달랐다. 단순히 마루금을 따라서 걷는 것만이 아니고, 걸으면서 마루금과 주변의 수목과 암석 등 모든 것을 기록하고 촬영하여 우리나라 중심 산줄기의 실상을 기록으로 남기려는 것이었다. 그때 종주를 시작하려 하면서 나름대로 기준을 정했었고(1일 10시간에 20킬로미터 걷기) 그 기준은 아홉 정맥과 백두대간 종주를 모두 마칠 때까지 시종일관 지킬 수 있었다. 결과는 성공적이었다. 외람되지만 누구도 해낼 수 없는 것을 해냈고, 누군가는 해야 할 마루금 원형에 대한 기록을 내가 남겼다는 자부심에서다.

이제는 추억이 된 그런 기억들을 지금 찾아 나서려고 한다. 생생하지는 않지만, 기억할 만한 것들은 거의 떠오른다. 미흡한 것들은 그때의 마루금 종주 실상이 기록으로 남아 있어 도움을 받을 수 있다. 때는 잔설이 남아 있던 2006년 3월이었다.

한북정맥(2006. 3. 11. ~ 2006. 8. 12.)

한북정맥은 나와 각별한 인연이 있다. 내가 우리나라 중심 산줄기를 종주하면서 최초로 넘었던 산줄기였다. 그래서 반신반의 속에 가능성을 타진해보는 실험적인 종주가 될 수도 있었지만 전력을 쏟았고, 그 걸음에서 마루금 종주의 가능성과 필요성을 절감하게 되었다. 결국은 그 걸음이 12년에 걸쳐 이룩한 1대간 9정맥의 완벽한 종주라는 대기록을 이끈 단초 역할을 했다. 물론 첫 시도였기에 실수도 많았고 큰 부상도 당했지만, 중요한 것은 그때의 발걸음이 우리나라 중심 산줄기를 향한 내 마음을 움직였다는 것이다.

한북정맥은 북쪽 평강군의 추가령에서 시작해서 남쪽 대성산으로 이어져 파주의 장명산에서 끝이 난다. 백두대간에서 분기된 남한의 아홉 정맥 중에서 유일하게 남북으로 분단된 산줄기이기에 휴전선에서 가장 가까운 대성산에서부터 출발해야 했으나, 대성산은 그 당시 민간인 접근을 허용하지 않는 군사지역이라 할 수 없이 탐방이 가능한 수피령에서부터 출발해야만 했다. 초입부터 군사적인 분위기가 물씬 풍겼다. 첫 구간 종주를 나서던 날 길목에는 군 장병들이, 도로에서는 군용 차량이 자주 눈에 띄었고, 들머리인 수피령에는 6·25 격전지 중의 하나인 대성산 전투의 전적비가 세워져 있었다.

한북정맥 종주를 마친 지 여러 해가 지났지만 아직도 몇 군데서의 추억은 뚜렷하게 기억한다. 셋째 구간을 넘던 어느 겨울날 해질녘에 눈 덮인 포천의 국망봉에 올라섰었는데, 그때의 심란하던 심사(心思)를 이렇게 표현했었다. "산봉우리의 좁은 공간에 홀로 서 있다. 이 시각에 수많은 사람들이 산을 오르내리겠지만, 이런 적막한 곳에 하늘에 매달린 듯이 서 있는 이가 나 말고 몇이나 될까? 나는 왜? 무엇 때문일까? 바람은 갈수록 강해진다."[1)]

도봉산 우이령갈림길에서 우이령으로 넘어갈 때는 두 번의 실패 끝에 겨우 진행할 수가 있었는데, 첫날은 길을 찾지 못해서 실패했었고, 2주 후에 다시 시도했을 때는 앞이 보이지 않을 정도로 장대비가 쏟아지는 바람에 또 실패했었다. 설령 그때 길을 찾았더라도 경찰의 감시와 제지 때문에 더 이상 진행은 못 했을 것이다. 그 당

---

1 조지종, 두 발로 쓴 9정맥 종주기 上, 2021, 북랩, p. 48

시 북한산 우이령길은 출입통제구역으로 지정되어 경찰이 상주하면서 감시했었다(2009년에 해제). 그래서 2017년에 나선 세 번째 도전은 아무런 제지 없이 자유롭게 넘을 수가 있었다. 또 고양시 솔고개에서 노고산을 넘을 때는 발목 인대가 파열되는 큰 부상을 입기도 했었고, 한북정맥 마지막 봉우리인 파주 장명산 정상에 올라섰을 때의 감회는 두고두고 잊을 수가 없을 것이다. 정상 나뭇가지에 매달린 노란 안내 리본을 본 순간, 그간의 힘들었던 과정들이 교차하면서 울컥하는 심정을 억누를 수가 없었다. 불안과 반신반의 속에서 출발한 첫 번째 정맥 종주가 마무리되는 순간이었다. 그때의 감회가 당시 기록한 종주기에 표현되어 있다. "내가 움직이지 않으면 도달할 수 없는 곳이 있다. 산길이다. 자동차로도, 누가 대신해줄 수도 없다. 인맥도 권력도 부도 통하지 않는다. 그래서 내가 좋아하는지도 모른다."[2]

한북정맥 완주의 의미는 컸다. 당초의 계획대로 전 구간을 한 뼘도 건너뛰지 않고 두 발로 꾹꾹 눌러 밟으며 걸었고, 마루금 주변의 모든 것을 기록하고 촬영할 수가 있었다. 또 정맥에 대한 인식이 명쾌해졌고, 산줄기 종주는 해볼 만한 가치가 있겠다는 것과 이것에 기대하는 나의 구상들이 실현 가능할 것이라는 절반의 확신을 갖게 해주었다.

2 조지종, 두 발로 쓴 9정맥 종주기 上, 2021, 북랩, p. 57

한남정맥(2008. 1. 26. ~ 2008. 5. 3.)

한북정맥 종주를 마치고는 한동안 공백기를 보냈었다. 이유는 두려움 때문이었다. 그때까지도 정맥 종주의 가치를 완벽하게 확신하지는 못했고, 일단 마음먹으면 올인해야 하는데 올인할 자신도 없었다. 다시 마음을 다잡고 종주에 나선 곳은 안성의 칠장산에서 김포의 문수산까지 이어지는 한남정맥이었다. 한남정맥은 대부분 해발 고도 100미터 미만의 낮은 산등성이가 계속되는데, 인천 검단 지역은 각종 개발로 원래의 마루금 모습이 많이 사라져버렸고, 최근에는 경인 아라뱃길에 의해 산줄기의 일부가 잘려 나가는 등 마루금의 변형이 심했다.

한남정맥을 넘던 기억도 구간별로 하나씩 떠오른다. 인천 계양산을 오를 때는 너무 힘이 들어서 걸음 수를 헤아려가면서 오르고 쉬기를 반복했었고, 주문을 외우면서 걷기도 했었다. 70보 걷고 쉬고, 50보 걷고 쉬고, 30보 걷고 쉬기로 하면서. 또 인천 만월산요금소에서 철마산을 찾아갈 때의 기억도 뚜렷하다. 철마산 정상을 찾았지만 올라간 과정이 잘못된 것을 알고서는 내려와서 빠트렸던 송전탑을 확인한 후에 다시 철마산 정상으로 올라갔었고, 광교산을 넘을 때는 종일 내리는 비 때문에 걸어가면서 점심(김밥)을 해결해야만 했었고, 엄청난 빗속을 뚫고 오를 때 가끔 내려오는 사람들이 말없이 휙 내 옆을 지나갈 때는 마치 검은 물체를 대하는 것만 같았다. 한남정맥 종주를 마치면서는 훗날의 기대까지도 생각했었다. “종주를 통해 깨달음이 채워져가고 새로운 것에 대한 호기심이 날로 커진다. 종주를 하며 혼자 걷는 시간이 내게는 가장 행복한 순간이었다. 더 많은 세월이 지난 어느 날, 오늘을 기억하며 대한민국의 산하를 밟은 궤적을 뒤적거리는 그런 날이 오기를 소망한다."[3]

금북정맥(2008. 5. 17. ~ 2009. 12. 12.)

금북정맥은 안성의 칠장산에서 남서쪽으로 이어지다가 백월산, 성거산을 지나 태안반도로 향하는 금강 북쪽의 산줄기이다. 어느 정맥이건 종주 첫날의 기억이 비교적 생생한데, 금북정맥 역시 그랬다. 첫날 들머리를 찾아가기 위해 태안 시내버스를 탔는데, 버스에는 전혀 생각 못 했던 여성 안내원이 있었다. 그 모습이 시대에 역행하는 것도 같았지만, 노인들이 오르고 내릴 때 부축해주고 말동무도 하는 등 안내원의 역할을 확인하고서는 이해가 됐었다. 당시의 마루금 종주기를 읽노라면, 그때 산길을 걷던 때의 생각과 주변 상황들이 자연스럽게 떠오른다. 혼자 걷는 종주객의 쓸쓸한 뒷모습을 보고서는 '나의 뒷모습도 저럴까?'라는 생각을 했었고, 2009년 5월 23일 열한째 구간 들머리인 공주시 차동고개를 찾아가면서 '노무현 전 대통령 사망'이라는 라디오 긴급 속보를 들었을 때는 택시 기사와 함께 한동안 숨을 멈추기도 했었다. 또 종주 중 한때는 만나는 돌탑마다 나도 돌을 올려놓기도 했었는데, 그해는

3 조지종, 두 발로 쓴 9정맥 종주기 上, 2021, 북랩, p. 244

아들이 고3일 때였고, 나도 어쩔 수 없는 한국의 아버지였던 것이다. 종주 중 어떤 때는 삶에 대한 각오를 다지기도 했었다. "산다는 게 뭔지 확신도 못하고 한 곳에 매달려온 자신을 발견한다. 날마다 습관대로 광화문행 지하철에 몸을 맡기고 바보처럼 살아온 나를. 어느 날 공든 탑이 와르르 무너지고 그때서야 알게 된다. 현실이라는 것을. 어떻게 살아야 하는 지를. 그렇게 2년보다 더 긴 2주가 지나고, 사방으로 찢긴 가슴속 조각들을 다시 맞춰 애써 평정심을 찾는다. 훗날 후회하지 않도록 나의 길을 갈 것이다. 인생의 탑은 결코 하나가 아니다."[4)]

세 개의 정맥 종주를 마쳤을 때는 그동안 막연하게 꿈꿨던 1대간 9정맥 종주 계획이 결코 꿈이 아닌 실현 가능한 대상으로 구체화될 수 있었다. 또 누구도 가보지 않은 길을 간다는 것이 결코 쉬운 일이 아니라는 것도 알게 됐었다.

한남금북정맥(2009. 12. 26. ~ 2010. 4. 24.)

한남금북정맥은 백두대간을 타고 남쪽으로 내려가던 산줄기가 속리산 천왕봉에서 분기되어 충북의 북부 내륙을 동서로 가르며 안성의 칠장산으로 이어지는 산줄기이다.

종주 첫날 안성의 칠장산에서 출발하던 날은 겨울날 아침이었는

---

4 조지종, 두 발로 쓴 9정맥 종주기 上, 2021, 북랩, p. 340

데, 그때 구슬프게 울어대던 새소리가 아직까지도 내 기억을 맴돌고 있다. 무슨 말 못할 사연이 있는 새의 하소연처럼 들렸었다. 또 마루금 종주 중에 발생한 뼈아픈 실수나 사고들은 더 오래 기억에 남았다. 청주 산성고개에서 머구미고개까지 걷던 날은(2010년 3월 27일) 갑자기 직장에서 전화가 와서 놀랐었는데, '천안함 침몰 사건이 발생했으니 공직자는 대기하고 경건하게 주말을 보내라'라는 메시지였다. 그때는 몰랐었다. 그 사건이 그렇게 엄청난 사건인지를. 우리의 젊은 군인 40명이 사망하고 6명이 실종됐었다. 또 당시의 마루금 종주 기록을 보면서 그때의 상황들이나 나 자신의 생각과 고민들까지도 읽어낼 수가 있었다. "살아가면서 나 자신에게 감사할 때가 있다. 더러는 무모해서 빈축을 사기도 하지만 하는 일에는 끝을 보려는 근성이 있다. 지금 걷는 산줄기 종주도 그런 근성 덕분이다." "주말이 더 바쁜 요즘이다. 금요일 밤이 없어진 지 오래이고, 금쪽같은 토요일마저 온전히 산속에 바친다. 덕분에 정맥 종주는 예정대로 진행되고 있다. 잃지 않고 무엇을 얻으랴."[5)]

금남정맥(2010. 6. 5. ~ 2011. 3. 26.)

금남정맥은 전북 진안의 주화산에서 시작해서 부여 부소산까지 이어지는 산줄기이다. 금남정맥을 오르던 첫날의 기억이 아직까지

5 조지종, 두 발로 쓴 9정맥 종주기 上, 2021, 북랩, p. 428, 431

도 뚜렷하다. 들머리인 부소산 오름길에서는 스피커를 타고 흐르는 백마강 노랫가락이 발길을 가볍게 했고, 은은하게 울려 퍼지던 고란사의 목탁소리에는 잠시 발길을 멈추지 않을 수가 없었다. 낙화암을 오르면서는 삼천궁녀의 기개와 백제시대의 부귀영화를 떠올리면서 순간 감상에 젖기도 했었다. 또 열한째 구간 종주를 마치고 진안군 연동마을로 내려와서 버스를 기다리던 중에 만난 두붓집 할머니의 환대는 영원히 못 잊을 것 같다. 바람이 차고 춥다며 부엌으로 들어와서 불을 쬐라며 장작불까지 내주셨고, 그다음 주에 마지막 구간을 넘기 위해 연동마을에 또 갔을 때 다시 찾아뵙고 인사드렸더니 그렇게 반가워하실 수가! 그때는 할아버지와 아들 내외까지 나와서 반겨주셨다. 요즘도 헤어질 때 함께 찍은 사진을 보면 그때의 할머니 모습이 떠오른다. 또 공주시 상리 임도를 지나 숲속에서 점심을 먹으면서 본 나뭇잎이 바람에 흔들거리던 모습은 마치 마루금 종주에 지친 나를 격려하는 손짓처럼 보였었다.

계룡산 관음봉에서 출입금지구역인 쌀개봉을 넘을 때는 내내 불안에 떨어야만 했었는데, 단지 자신과의 약속이라는 이유만으로 매번 위험을 감수해야만 하는 내가 너무 미웠고, 또 바랑산 정상에서 내려와 바위 절벽을 지나면서 발견했던 어느 분의 추모비에 적힌 '네가 외로울까 봐 이곳에 우리의 정을 남긴다'라는, 친구들이 바친 글을 보고서는 남의 일 같지가 않았다. 또 당시의 마루금 종주기를 통해서 그때의 외롭고 힘들던 내 심사를 읽어낼 수가 있었다. "진고개 우측엔 외딴집 한 채가 쓸쓸히 가을을 지킨다. 마당 한가운데에서는 백구가 줄에 묶인 채 먼 산을 응시하고 있다. 나를 보고도 짖지를 않는다. 백구도 가을을 타는 모양이다." "습관처럼 길을 나서고, 알면서 애써 고통을 맞이하는 날들. 이젠 그걸 사랑하게 된 것 같다. 철따라 변모하는 나뭇가지 끝에서, 불편부당 없이 만물을 쏘이는 바람기를 체감하면서, 말없이 좌정한 돌부리에 채이고 자연을 보면서 인생을 배운다. 앞만 보고 허둥대며 달리는 산길. 없는 길을 만들어 가면서, 끝없는 길을 걷다가 오늘은 금산 백령고개에 둥지를 내린다."[6]

호남정맥(2011. 4. 16. ~ 2014. 3. 8.)

아홉 정맥 중에서 가장 긴 호남정맥은 전북 진안의 주화산에서 시작해 광양만 외망포구에서 그 맥을 다하는 산줄기로, 남부 호남지방을 동서로 크게 가른다. 호남정맥부터는 집에서 멀리 떨어져 있기에 1박 2일 일정으로 나서야만 했다.

초대형 사고를 당했던 호남정맥 종주는 잊을 수가 없다. 담양 노가리재에서 광주 무등산을 향해 가던 중 북산 직전에서 길을 잃고 119에 구조 요청을 했지만 허사였고, 장대비가 쏟아지는 어둠 속에서 혼자서 밤을 새워야만 했었다. 그날은 볼라벤 태풍이 호남지방을 휩쓸고 간 다음 날로 능선은 나무가 뽑히고, 토막 나고 쓰러진 나무들로 전쟁터를 방불케 했는데 그런 태풍 피해를 예상하지 못하고 불길에 뛰어든 나의 불찰이었다. 또 위기에 처한 나를 헌신

6 조지종, 두 발로 쓴 9정맥 종주기 上, 2021, 북랩, p. 471, 520

적으로 도와준 순천 시내버스 기사님을 잊을 수가 없다. 순천 지역 노고치에서 죽정치까지 걷기 위해 야간 열차로 순천에 내려가서 새벽 5시 30분부터 순천역 앞 버스 정류장에서 그날의 들머리까지 타고 갈 버스를 기다렸으나 오지 않기에, 들어서는 버스마다 물었으나 안 간다는 한마디만 툭 던지고 모두가 휙 사라져버렸다. 111번 동신교통 버스가 들어서기에 마지막이라는 심정으로 물었는데, 버스 기사님은 17번 버스는 이미 없어졌으니 자기 버스를 타고 가다가 내려주는 곳에서 기다렸다가 15번 버스가 오면 앞을 막아서라도 올라타라고 일러주었다. 그러면서 버스를 성산교삼거리 갓길에 세우더니 직접 버스 회사에 전화해서 담당 기사를 확인하고, 다시 담당 기사에게 전화해서 나를 꼭 좀 태우고 가라는 신신당부를 하셨었다. 덕분에 나는 15번 버스를 탈 수 있었고, 그날 산행 일정을 차질 없이 마칠 수가 있었다. 얼마나 고맙던지! 정맥 종주를 마친 후, 그 기사님께 감사 인사를 드리려고 수소문하였으나 개인 정보라서 공개할 수 없다는 관계 기관의 답변 때문에 직접 인사를 드리지 못한 것이 아직까지도 마음에 걸린다.

또 당시의 종주기를 읽노라면 그때의 실상들이 하나하나 떠오른다. “중장비가 지나간 나무뿌리에서 진액이 흘러나온다. 중장비라는 괴물이 할퀸 상처에서 흘러내리는 나무의 눈물이다. 나무에도 생명이 있거늘…. 산림은 쉽게 다룰 것이 아니다. 생태계의 보고이자 이산화탄소 흡수원으로 지구 온난화 대응에도 중요한 역할을 하는데, 많이 아쉽다.”[7] “앞을 가린 큰 바위를 지나자마자 느닷없

7 조지종, 두 발로 쓴 9정맥 종주기 下, 2021, 북랩, p. 19

이 검게 타버린 소나무가 나타나 사람을 놀라게 한다. 마치 검은 옷을 입은 사람 같다. 깜짝 놀라 순간 뒷걸음질 치다가 정신을 차린다." "소나무가 쓰러져 길을 막는다. 쓰러진 나무를 보는 순간 단순한 소나무로 보이지 않는다. 뭔가 할 말이 있어 하소연을 하려고 내 발걸음을 멎게 하는 것 같다."[8)]

금남호남정맥(2014. 3. 22. ~ 2014. 5. 17.)

금남호남정맥은 전북 장수의 영취산에서 분기하여 진안의 주화산에서 끝이 난다. 아홉 정맥 중에서 가장 길이가 짧다. 전주는 금남호남정맥을 종주하는 동안 내내 베이스캠프 역할을 톡톡히 했다. 나는 매주 금요일 저녁 밤 12시쯤에 전주에 도착하여 시내에 있는 찜질방을 이용했는데, 그 찜질방 주인은 대형 배낭을 짊어지고 들어서는 나에게는 항시 큰 사물함 키를 내주셨고, "내일은 또 어디로 가느냐?"라고 묻는 등 격려도 잊지 않으셨다. 사람 사는 정을 짙게 느꼈었다.

장수군 삿갓봉을 넘을 때는 때 아닌 4월의 폭설이 쏟아져 순식간에 온 산이 설산으로 변해버리는 기이한 현상에 당황했었는데, 그 때 얼굴을 모두 가린 채 힘겹게 올라오던 젊은 등산객이 나를 보자마자 숨을 헐떡거리며 "선각산이 얼마나 남았느냐"라고 물었고, 이

8 조지종, 두 발로 쓴 9정맥 종주기 下, 2021, 북랩, p. 101, 110

런 날씨에 선각산을 오르는 것은 위험하니 되돌아가라고 했지만 일단 가보겠다는 젊은이와 만약을 대비해서 서로가 전화번호를 교환했던 기억이 있다. 강정골재에서 출발한 마지막 구간에서는 약초 채취자들로부터 심한 추궁을 당하기도 했었다. “어디서 올라왔느냐? 왜 이곳으로 올라왔느냐?”라고 묻는 등 마치 내가 자기들의 경쟁자라도 되는 것처럼 거칠게 항의를 했다. 깊은 산중에도 살벌한 삶의 현장이 존재했었다. 마지막 봉우리인 조약봉에 올라섰을 때는 큰 과제를 안게 됐었다. “한 가지 아쉬운 것은 아직도 이 봉우리의 정확한 이름이 정해지지 않았다. 많은 사람들이 조약봉이라고 부르지만, 이곳 정상에는 주화산으로 적혀 있다. 누군가는 정리를 해야 할 것 같다. 그 사람이 나일지도 모르겠다. 큰 과제를 안고 주화산을 내려간다.”[9]

낙동정맥(2014. 5. 24. ~ 2015. 1. 14.)

낙동정맥은 태백 매봉산에서 시작해서 강원도와 영남 내륙을 관통한 후 부산 다대포까지 이어지는 산줄기이다. 이곳은 고봉준령에 멧돼지가 많다는 소문을 들은 터라 두려움을 안고 출발했으나 기우였다. 험악한 산악지대일 것이라는 선입견과는 달리 등로가 잘 정비되어 예상 외로 편안하게 걸을 수 있었다. 봉화군 애미랑재

9 조지종, 두 발로 쓴 9정맥 종주기 下, 2021, 북랩, p. 268

를 지나면서는 일제강점기 때 금강송의 송진을 채취하던 수탈의 흔적이 아직까지도 남아 있음을 목격하고서는 가슴이 아렸고, 배내고개에서 출발하여 영남 알프스 지역을 넘을 때는 자연은 자연 그대로의 모습을 간직할 때 가장 화려하다는 것을 실감했었다. 수려한 산세와 풍광을 자랑하는 영남알프스에 입힌 인공물들은 화려하기보다는 딱딱하게 보였고, 편리하기보다는 산행의 묘미를 반감시켰다. 사람들이 산을 찾는 것은 자연의 자연스러움 때문이지, 결코 편리함 때문이 아니다. 또 당시의 마루금 종주 기록을 읽고서 그때의 상황들을 떠올려봤다. "큰 소나무 밑으로 가서 비를 피한다. 빗줄기가 그칠 기미가 없어 우의를 꺼내 중무장을 한다. 마냥 그치기만을 기다릴 수 없어 이 기회에 아침을 먹는다. 고개를 숙여 떨어지는 빗물을 가려가며 영양읍에서 준비한 김밥을 먹는다. 빗속에서 김밥. 그것도 이른 아침에 산속에서 홀로 서서. 이게 뭔 짓인가?" "2015년 1월 14일 17:00. 부산 다대포 몰운대 앞바다에 내려선 날, 낙동정맥을 완주하는 순간이다. 검푸른 바다는 말이 없고. 바닷속을 응시하던 나는 침묵으로 화답한다. 그 순간 낙동정맥 첫발을 내딛던 태백의 삼수령이, 울진 영양의 금강송이, 한밤중 텐트 속의 한기가…. 그리 멀지 않은 산길에서의 추억들이 새록새록 떠오른다. 아, 행복하다."[10]

10 조지종, 두 발로 쓴 9정맥 종주기 下, 2021, 북랩, p. 312, 413

낙남정맥(2015. 2. 13. ~ 2015. 6. 6.)

아홉 정맥 중 가장 남쪽에 위치한 낙남정맥은 지리산 영신봉에서 동남쪽으로 분기하여 낙동강 하류 매리마을까지 이어진다.

종주 첫날, 새벽 3시 45분에 지리산 백무동 탐방지원센터에서 출발하여 영신봉을 향해서 홀로 걷던 밤길의 추억은 아직까지도 생생하다. 꽁꽁 언 빙판길을 칠흑 같은 어둠을 뚫고 한 발 한 발 이어가야만 했었다. 들머리인 영신봉에서 세석대피소로 내려가서 취사장이라는 텅 빈 썰렁한 공간에서 혼자 차디찬 주먹밥을 목구멍으로 밀어 넣던 아침식사의 기억은 죽어도 잊지 못할 것 같다. 또 김해시 망천고개에서 매리마을까지인 마지막 구간을 걸을 때는 그야말로 감동이었다. 김해 동신어산 정상에서 낙동강을 내려다보면서 날머리를 향해 내려갈 때는 하루해가 저물 때였고, 낙동강 물결에 일렁이던 6월의 금빛 햇살은 마치 나의 9정맥 완주를 축하하는 자연의 향연처럼 황홀했었다. 벌써 수년이 흘렀지만 마루금 종주 당시의 기록들을 들춰보면 가슴속 깊이 새겨졌던 그때의 순간들이 어김없이 떠오른다. "다음 주에 이 산에 와선 더 이상 못 보겠지. 이 꽃의 전성시대가 가고 있다. 누구에게나 화려한 시기가 있다. 나의 전성기는 언제였을까? 지난주 만개한 진달래를 보면서 떠오른 생각이다." "180봉에 이른다. 낙남정맥 마지막 봉우리다. 드디어 10여 년을 이어온 나의 정맥 종주도 이제 끝을 보게 된다. 정맥 종주가 끝나면 남은 나의 버킷리스트는 무엇일까? 남김없이 해내고 싶다. 이곳에도 내 표지기를 하나 걸고 내려간다."[11]

꿈에 그리던 아홉 정맥 종주를 성공적으로 마쳤다. 마루금 주변의 모든 것을 기록하고 촬영하였다. 모든 것을 당초의 계획대로 실행하였고, 나와의 약속을 지켰다. 순간순간 흔들리기도 했지만 그때마다 마음속으로 '나답게'를 외쳤고, 두 번 좌절할 수 없다고 나 자신에게 따끔한 채찍을 들곤 했었다. 또 인터넷에 공개한 종주 기록을 본 독자들의 격려와 박수, 나의 기록을 가이드 삼아 동참하겠다는 종주 희망자를 보고서는 더할 수 없이 기뻤다. 그때 새로운 다짐을 했었다. '대간 종주는 더 확실하게, 일말의 아쉬움도 남지 않도록 하겠다. 백두대간마저 품어야 명실상부한 1대간 9정맥의 완벽한 종주자로서 우뚝 서게 될 것이다'라고. 그럴 자신도 있었다.

11 조지종, 두 발로 쓴 9정맥 종주기 下, 2021, 북랩, p. 479, 523

백두대간도 넘었다

나의 산줄기 탐방 12년간의 대역사가 완결되었다. 중심 산줄기 걷기의 결정판이라고 할 수 있는 백두대간마저 종주하면서다. 백두대간은 우리나라 땅의 근골을 이루는 거대한 산줄기의 옛 이름으로 백두산에서 시작해서 금강산, 설악산, 태백산, 소백산을 거쳐 지리산으로 이어져 한반도의 등뼈를 이룬다.

내가 백두대간을 종주하게 된 데에는 몇 가지 이유가 있었다. 그 중에는 일부 산악인을 중심으로 일고 있던 '잊혀진 백두대간 찾기 운동'에 나도 동참한다는 소박한 생각도 포함되어 있다. 대간, 정간, 정맥이라는 말은 우리 선조들의 전통적인 산지 인식 체계인데 백두대간이라는 개념은 일제강점기에 이르러 잊혀졌다가, 1980년 서울의 어느 고서점에서 '산경표'가 발견되어 그때부터 백두대간 찾기 운동이 시작되었고 그 일환으로 백두대간 종주 붐이 일었다. 이런 움직임에 호응하여 정부에서도 2003년에 「백두대간보호에관한법률」을 제정하였고, 나도 백두대간 종주에 관심을 갖게 되었다. 나는 그때 산행 경력이 일천한 등산 초보였지만 이왕 백두대간을 종주할 바엔 우리나라 중심 산줄기 전부를 넘기로 마음먹고서, 2006년부터 2015년까지 아홉 정맥 모두를 종주한 후 바로 백두대간 종주를 시작했었다.

대간 종주는 지리산 천왕봉에서 출발하여 강원도 진부령을 향해 올라가는 북진 방식이었다. 하루에 20킬로미터를 목표로 걸었고, 마지막 세 구간인 한계령에서 미시령을 거쳐 진부령까지는 3일 연속 비를 맞으면서 걷기도 했었다. 그렇게 해서 백두대간과 아홉 정맥 모두를 종주하였고, 그 결과 12년에 걸친 우리나라 중심 산줄기 걷기라는 야심찬 프로젝트의 결실을 맺었다. 백두대간도 아홉 정맥처럼 걸으면서 마루금의 실태와 주변 환경들을 자세하게 기록하고 촬영하였다. 당시 종주 첫날의 각오를 이렇게 밝혔었다. “이미 아홉 개의 정맥을 모두 완주하고 1대간 9정맥 종주의 대미를 장식할 마지막 관문에 섰다. 앞으로 약 2년간 이 대간 줄기를 따라 북쪽으로 오를 것이다. 누구도 대신해줄 수 없음을 안다. 산을 넘고, 바람과 구름과 초목을 벗 삼아 걷고 또 걸을 것이다.”[12)]

백두대간 종주를 마친 지 수년이 지났지만 그 당시 마루금을 넘던 순간들의 기억은 아직까지도 생생하다. 성삼재에서 여원재까지인 셋째 구간을 넘을 때는 새벽 4시에 들머리인 성삼재에 도착했지만 어둠과 미친 듯이 날뛰는 강풍 때문에 도저히 서 있을 수조차 없어서 성삼재 화장실로 대피하여 날이 샐 때까지 기다려야만 했었고, 다섯째 구간에 위치한 백운산을 오를 때는 너무 힘이 들어서 다리를 끌고 가다시피 했는데, 그때의 심정이 종주기에 그대로 기

---

12 조지종, 두 발로 쓴 백두대간 종주 일기, 2019, 좋은땅, p. 33

록되어 있다. "산에 올 때마다 겪는 고통이면서도 아직까지도 익숙해지지 않은 것이 오르막 넘기다. 말없이 앞으로만 나아가야 하는 나의 두 발이 불쌍하다. 기계적이다. 때로는 산속에서도 한눈팔고 싶은 유혹을 느낀다. 순간이나마 피로를 잊기 위해서다." "다리 힘이 모두 빠졌다. 5분 오르고 10분을 쉬어야 할 판이다. 아직도 백운산 정상은 까마득하다. 너무 힘이 들어서 잠시 누운 사이에 잠이 들기도 한다. 기합을 넣어보기도 한다. 졸지 않기 위해서다. 오늘은 불가피하게 야간 산행으로 이어질 것 같다."[13] 백운산을 넘어섰을 때는 이미 어둠이 온 산을 덮어버렸고, 장수군의 어느 산중 어둠 속에서 자신의 준비 부족을 처절하게 반성했었다. 예기치 못한 야간 산행은 준비 부족 때문이었다고. 한없이 인자한 산도 의욕만 가지고 덤비는 자에겐 채찍을 든다고.

반성과 함께 산길의 고마움도 알게 됐었다. 오묘한 산길은 안부와 봉우리 정상이 다르고, 오르막과 내리막이 다르고 그곳에서 각기 다른 깨우침을 얻게 된다는 것을. 산길에는 말벗이 되어주는 사람이, 이정표가, 숲 그늘이, 직벽에 놓인 로프가, 한낮에 빰을 간질이는 한 줌 바람이 있어 그렇게 고마울 수가 없다는 것을. 매순간 긴장하며 산길을 걷는 나와는 달리 무사태평하게 하늘길을 걷는 구름이 그렇게 부럽더라는 것들을. 또 덕유산 백암봉에 이르렀을 때는 너무 추워서 서 있을 수조차 없었다. 간신히 이정표만 확인하고 촬영을 위해 잠시 장갑을 벗는 순간 손이 얼어버리기도 했다. 또 여덟째 구간에서 덕유산을 넘을 때는 갑자기 등로가 사라져버

13 조지종, 두 발로 쓴 백두대간 종주 일기, 2019, 좋은땅, pp. 72~73

리는 황당한 상황을 맞기도 했다. 산 전체가 하얀 눈밭으로 변하고 등로는 그 속에 묻혀버렸다. 덕유산 전체에 폭설이 내려 위험하다며 출발하지 말라는 전날 저녁 삿갓골재 대피소 직원의 만류를 뿌리치고 강행하다가 위기를 자초했는데, 그곳에서는 일주일 전에 폭설로 인한 사망 사고까지 있었다. 또 아홉째 구간을 넘기 위해 전날 저녁 빼재 정상 팔각 정자에 텐트를 치고 자다가 고민으로 밤을 샌 적이 있었다. 밤중의 추위·사람·짐승이 두려워 텐트 안을 밝히고 자야 할지, 불을 끄고 자야 할지가 고민이었다. 열째 구간인 부항령에서 새벽에 출발할 때는 멧돼지들의 난동이 염려되어 비상용으로 헤드랜턴을 착용해야만 했었고, 괘방령에서 추풍령을 향해 가던 중 누군가 밑동에 등산용 수건을 감아준 고사목을 보고서는 감동을 받기도 했었는데 곧 쓰러질 것에 대한 애처로움, 그동안 등산객들의 이정표가 되어준 수고에 대한 보답일 것이라는 생각에서였다. 또 마루금을 걷다가 결코 낮은 봉우리가 아닌 곳에도 '무명봉'이라는 표지석이 세워진 것을 볼 때는 많이 아쉬웠었다. '이 봉우리는 얼마나 서러울까?'라는 생각 때문에. 인간 세계도 별반 다르지 않다. 묵묵히 제 역할을 다 하는 사람, 어디에서든 신독을 실천하는 사람, 이루되 드러내지 않는 사람들을 세상은 무능인 취급을 하고 있어서다.

열일곱째 구간 종주 때, 새벽에 속리산 천왕봉을 오르다가 장각폭포를 지나 신선마을 입구에 세워진 큼지막한 마을 표석을 봤을 때는 그렇게 반가울 수가 없었다. 생각 없이 서 있는 돌일 뿐이지만 외딴곳 어두운 밤길에서 아는 사람을 만난 듯 반가워서였다. 또 산길을 걷다가 자주 느끼는 것이 자연의 위대함이다. 산은 침묵만으로도 인간들을 감복시키고, 불변함으로 인간들의 잔머리를 조아리게도 했었다. 어찌 따르지 않을 수 있겠는가! 또 속리산 천왕봉에서 늘재까지의 열일곱째 구간과 늘재에서 버리미기재까지의 열여덟째 구간을 넘던 기억도 잊을 수가 없다. 두 곳 모두 특정 지점이 출입통제구역으로 지정되어 종주자들이 감시인의 눈을 피해 넘느라고 애를 먹는 곳이다. 출입통제구역에 진입하면 그때부터는 되돌아가라는 녹음된 음성 메시지와 과태료를 부과한다는 갖가지 위협과 협박성 멘트가 나오고, 경고문들이 사방에서 번쩍번쩍거렸다. 마치 적과 쫓고 쫓기는 추격전 상황을 연상케 했다. 열여덟째 구간 들머리인 늘재까지는 대중교통편이 없어서, 찬바람이 쌩쌩 부는 캄캄한 새벽길을 민박집 주인의 오토바이 뒤에 타고 늘재까지 이동했던 기억이 아직까지도 새롭다.

또 대간 종주 길에서는 많은 것을 보고 들을 수가 있는데, 심지어 보이지 않는 것조차 상상할 수가 있었다. 덤불 속에서 어렵사리 자라고 있을 야생화들의 불평이나, 발자국 소리에 경계심을 품고 전투태세를 갖춘 멧돼지들의 분노를 읽을 수도 있었고, 바람에 실려오는 동해 바다 갈매기들의 원망 섞인 노랫소리도 상상할 수가 있었다. 그럴 때마다 미안해져 저벅거리는 등산화 소리를 죽이곤 했었다. 또 하늘재에서 차갓재까지 이어지는 스물두째 구간에서는 종일 능선을 오르내리느라 지칠 대로 지친 상태에서 배낭을 멘 채로 안부에서 잠시 앉아서 쉰다는 것이 그만 깜빡 잠이 들었고, 깨어나서는 방향감각을 잃고 오던 길로 되돌아가버리는 어처구니없는 실수를 하기도 했었다. 화방재에서 삼수령까지인 스물여덟째 구간 종주 때는, 다음 날 연속 종주를 위해 태백 바람의 언덕과 직통하는 피재 정자에 텐트를 치고 자다가 한밤중에 불어닥친 강풍 때문에 새벽까지 텐트를 붙잡고 뜬 눈으로 날을 새워야만 했었고, 댓재에서 이기령까지인 서른째 구간에서는 무시무시한 악몽을 꾸고 나서 한동안 정신이 멍한 상태에서 날을 새기도 했었다. 다음 날 연속 종주를 위해 이기령에 텐트를 치고 잠을 자는데, 누군가 텐트 밖에서 두 손으로 내 머리를 감싸 쥐면서 꽉 짓눌렀다. 순간 소리를 지름과 동시에 양손으로 상대를 밀쳐내면서 꿈에서 깼지만, 깨고 나서도 마치 생시처럼만 느껴져서 아침까지도 악몽에 시달려야만 했었다. 스물여섯째 구간에서는 산도 사람이 그리울 것이란 생각을 했었다. 정상에 올라서서 포근함을 느꼈을 땐데, 몇 날이 가도 찾는 이가 없어 외로운 산이 나를 따듯하게 안아주는 것만 같아서였다.

또 산길을 걷다 보면 숲이 괜히 좋은 것이 아니란 것을 알게 된다. 수많은 것들의 희생과 노력과 양보가 어우러진 결과란 것을. 숲은 얼핏 보기엔 키 큰 나무들로만 이뤄진 것 같지만 그 속에는 수만 가지 생명체들의 끊임없는 발버둥이 있어서 우리에게 그런 푸름과 편안한 휴식처를 줄 수 있는 것이다. 키 작은 야생화도 있고, 말 없는 바위도 있고, 땅 속을 기는 보잘것없는 미물도 있고, 시원한 바람과 청량한 공기가 깃들 수 있는 공간을 만들어내는 나뭇가지들이 조화롭게 어우러져 우리가 부러워하는 숲과 산이 이뤄지는 것이다. 인간 세상은 어떤가? 산을 닮아야 할 것이다. 숲에서 배워야 할 것이다. 대간 마루금은 혼자 걸어도 결코 혼자가 아니란 것을 알게 된다. 길을 안내하는 표지기가 있고 이정표가 있다. 눈을 즐겁게 해주는 야생화가 있고, 무념무상으로 하늘에 떠 있는 구름이 있다. 지친 마음을 달래주는 시원한 바람과 청량한 공기도 있다. 모두가 조력자이고 동행자이다. "대간길은 여러 가지를 보여준다. 수목, 암석 등 눈에 보이는 것이 전부가 아니다. 시야 너머의 보이지 않는 곳까지 데려다준다. 고향의 초가들도 보여주고, 친구와의 우정도 생각나게 하고, 어떤 때는 영원히 감추고 싶은 치부까지도 드러낸다. 그리움을 깨우쳐주기도, 반성하게도 한다. 그래서 대간길은 학교에 다름 아니다."[14]

또 진고개에서 구룡령까지인 서른다섯째 구간에서 길을 잃었던 기억은 두고두고 잊을 수가 없을 것 같다. 진고개에서 구룡령을 향해 가던 중 두로봉에서 길을 잃고 4시간이나 산속을 헤매다가 탈진 직전에 등로를 발견했지만, 날이 저물어 계획에도 없던 신배령 산속 어둠 속에서 휴식을 취하고, 새벽 두 시에 기진맥진한 상태에서 다시 심야 산행을 해야만 했다. 서른일곱째 구간을 넘다가 출입금지 구역인 단목령에서 국립공원 감시요원들에게 붙잡혀 점봉산을 넘지 못하고 쫓겨났을 때는 정말 혼란스러웠지만, 마음을 다잡고 다시 해낼 수가 있었다. '어차피 내가 가야 할 길이고, 누구도 대신 해줄 수가 없다. 내가 한 선택에선 고통도 희생도 모두 내 몫이다. 그렇다면 다시 오르자. 나를 믿는다'라는 각오로 감시원들을 피해 다시 시도하여 점봉산을 넘을 수 있었다. 대간 종주의 대미를 장식하는 마지막 세 구간(한계령에서 미시령, 진부령까지)에서는 3일 연속 빗길을 걸어야만 했었고, 감시가 심한 미시령을 넘기 위해 시도했던 군사작전을 방불케 한 우중 침투작전은 두고두고 잊지 못할

---

14 조지종, 두 발로 쓴 백두대간 종주 일기, 2019, 좋은땅, p. 364

추억으로 남을 것 같다. 그때 미시령을 찾아갈 때는 빗길에 어둠이 내려와 정말로 불안했었다. '이렇게 시간에 쫓길 때는 두 발만 바쁜 게 아니고 마음이 너무 아프다. 하지만 다른 방도가 없어 계속 내려간다. 어쩌면 자포자기 상태인지도 모른다. 미시령이 아니라도 좋다. 마을이라도 나왔으면 좋겠다' 하는 심정이었다. 그리고 진부령 정상에 도착해서는 1대간 9정맥 종주를 모두 마친 소감을 이렇게 밝혔었다. "1대간 9정맥 종주. 참으로 먼 길이었다. 1대간 9정맥 홀로 종주, 너무 위험한 여정이다. 무엇이 나를 이 길로 이끌었을까? 어째서 도중에 포기를 못 했을까? 이 길을 통해서 나는 무엇을 얻었는가? 황금 같은 시절에 주말까지 반납하고 생명의 위험도 감수하면서까지. 이 길을 끝까지 가야만 했던 이유가 과연 무엇이었을까? 대단한 자료가 될 것으로 확신한다. 지금까지 없던 기록이 될 것이다. 앞으로도 쉽게 나오지 않을 기록이 될 것이다. 무지하고 무던하고, 무모한 사람만이 할 수 있는 기록이 될 것이다. 이 순간 마음속 깊이 솟구치는 이 뿌듯함을 영원히 간직하고 싶다. 그런데 이 감동의 순간에 왠지 모를 허전함이 밀려든다. 왜일까?"[15)]

외부의 어떤 도움도 없이 혼자서 우리나라 중심 산줄기(백두대간과 아홉 정맥)를 모두 넘었다. 이것의 의의를 꼭 밝히고 싶다. 첫째는 우리나라 중심 산줄기의 완전한 종주이다. 9정맥에 이어 백두대간마저 종주함으로써 명실상부하게 우리나라 중심 산줄기 모두를 종주하였다. 둘째는 완벽한 종주이다. 출입금지구역까지 포함하여

15 조지종, 두 발로 쓴 백두대간 종주 일기, 2019, 좋은땅, pp. 453~454

단 한 뼘도 빠트리지 않고 2,882㎞의 마루금을 모두 걸었고, 걸으면서 마루금의 실태는 물론 주변의 모든 상황까지를 기록하고 촬영하였다. 마지막으로는 우리나라 중심 산줄기의 원형 보전과 홍보에 크게 기여할 것으로 본다. 갈수록 심각해지는 마루금의 훼손이나 변질에 대비하여 그 원형을 기록으로 남겼고, 출간이나 방송출연 등을 통한 홍보는 우리나라 중심 산줄기에 대한 일반인들의 이해에 크게 도움이 될 것이다.

땅끝에서 통일전망대까지

2017년 9월 10일부터 10월 2일까지, 해남 땅끝에서 출발하여 고성 통일전망대로 향했던 국토종단 이야기다. 내가 국토종단을 맘속으로나마 품게 된 것은 아주 오래되었다. 그 당시 티브이나 신문에 보도되던 청소년 국토순례 모습을 본 것이 아마도 내가 국토종단의 꿈을 갖게 된 최초의 계기가 되었을 것이다. 막연한 동경이었을지 모르지만, 그때 '나도 해봤으면' 하던 어렴풋한 기억이 있다. 이후 도보 여행자나 일부 산악인들의 국토종단 소식을 접했을 때는 나의 계획도 조금씩 구체화되고, 실행할 수 있는 기회만을 기다리고 있었다.

드디어 그때가 왔다. 예정대로 2015년에 퇴직을 했고, 퇴직은 일단 나에게 자유를 주었다. 내 인생의 진짜 리그가 시작된 것이다. 맘껏 활용할 수 있는 시간과 함께 엄청난 과제도 동시에 주어졌다. 퇴직하자마자 그동안 준비해왔던 단행본을 먼저 출간하고, 바로 기술교육원에 입소했다. 만일에 대비해서 최소한의 밥벌이를 할 수 있는 기능 하나 정도는 갖추고 있어야 될 것 같아서였다. 드디어 5개월간의 기술교육을 수료하고 자격 시험까지 치른 다음 날 바로, 그동안 몇십 년을 기다렸던 국토종단에 나섰다.

출발 당시 나에게 국토종단은 아무런 부담이 없는, 조금은 긴 듯하지만 아주 자유로운 여행 정도로만 생각되었다. 보통 사람들이 걱정하는 장거리 걷기에 따르는 신체적인 고통이나 먹을 것, 잠잘 곳 등을 조금도 걱정하지 않았다. 다만 신경 쓴 것은 코스였다. 어디에서 어디를 거쳐 어떻게 갈 것인가가 최고의 관심사였고, 아주 신중하게 검토했었다. 그래서 한국도로지도(1:150,000, 중앙지도)에 출발 지점과 목표 지점을 지정해놓고 양 지점에 직선을 그어 가급적 그 선을 따라가기로 했다. 그렇게 해서 결정된 경로가 해남 땅끝에서 출발해서 강진 신전, 영암읍, 나주, 광주 송정동, 담양읍, 순창, 임실군 강진면 갈담리, 진안군 마령면 마평리, 무주읍, 영동군 황간면, 상주시 무양동, 문경, 제천군 수산리, 제천역, 평창군 방림 삼거리, 상원사, 양양군 서면 갈천리, 속초시 조양동, 고성군 간성읍, 대진항, 통일전망대까지였다.

다른 준비물은 간단히 했지만, 필수품(대형 배낭, 1인용 텐트, 지도, 카메라, 메모지와 목걸이용 볼펜)만은 확실하게 챙겼다. 숙소는 찜질방(8회: 해남읍, 영암읍, 광주시 송정동, 담양읍, 무주읍, 문경시 점촌, 제천시, 속초시)과 마을 경로당(임실군 강진면 갈담리)을 이용했고, 나머지는 현지에서 텐트를 치고 야영을 했다. 그리고 식사는 주변 식당에서 매식으로 해결했다. 걷기는 하루에 40킬로미터를 걷는 것을 원칙으로 했고, 도중에 터널을 여섯 번이나 통과했다. 다행스럽게도 걷는 동안 첫날을 제외하고는 단 한 번도 비가 오지 않았다. 이렇게 큰 부담 없이 국토종단에 나설 수 있었던 것은 준비된 몸이었기에 가능했을 것이다. 당시 계속해서 종주 산행을 진행 중일 때라 체력에는 자신이 있었고, 국토종단은 험한 산악지대를 계속 오르내려야 하는 종주 산행과는 달리 평평한 아스팔트길을 따라 걷기만 하면 된다는 안일함도 작용했을 것이다. 물론 평지만 걸은 것은 아니고 불가피하게 세 곳에서는 산길을 걸어야만 했다. 영암 풀치터널을 피하기 위해 좌측으로 난 산길을 걸었고, 문경새재에서 괴산군 고사리까지, 오대산 월정사에서 상원사, 두로령을 거쳐 홍천군 내면 탐방지원소까지가 그 산길들이다.

745킬로미터의 국토종단 걸음은 나에게 기대 이상의 만족을 주었다. 길 위에 모든 것이 다 있었다. 주연은 역시 사람과 자연이었다. 사람들로부터 감사와 기쁨을 받기도 했고, 분노와 좌절을 느끼기도 했다. 자연으로부터는 신비스러움과 아름다움을 느꼈고, 풍성함과 넉넉함을 받고, 배웠다. 나는 그것들로부터 보고 듣고 묻고 느끼고 감사드리고 메모만 잘하면 되었다. 무엇보다도 감사한 것은 국토종단 길에서 큰 가르침을 준 네 분을 만나 값진 인연을 맺게 된 것이다. 임실군 강진면에서 식당을 운영하는 할머니, 전주에서 목회 중인 김 목사님, 영월 주천파출소의 경찰관, 평창 모릿재 터널 근처에 사시는 할머니가 그분들이다.

벌써 7년이란 세월이 흘렀지만 국토종단 745킬로미터의 걸음 속에 새겨진 그날의 기억들은 아직까지도 생생하다. 국토종단을 출발한 첫날에 만났던 해남 땅끝 관광안내소 직원의 친절함과 해박함에 놀랐었다. 해남 지역 관광지도를 얻기 위해 아침 일찍 관광안내소를 찾았는데, 안내원은 또박또박한 발음과 음성으로 전문가가 아니면 알 수 없는 관광지의 세부 사항까지 최대한 정성껏 알려주었다. 그런데 알고 보니 그분은 해남 사람이 아니었다. 더 놀라운 것은, 우리나라 사람이 아니고 일본인이었다는 점이다.

첫날 아침, 출발에 앞서 살펴본 땅끝마을의 분위기 역시 아직까지도 생생하다. 비가 내리는 이른 아침에 문을 연 식당은 한 곳밖에 없었고, 그곳은 할아버지 내외가 운영하는, 안방과 홀이 접해 있는 아주 좁은 공간이었다. 그때 그 식당의 실내 분위기가 종주기에 그대로 실려 있다. "잠시 후 할머니가 내실을 향해 소리치자 할아버지가 기침을 하며 나오신다. 음식 서빙이 할아버지 역할이다. 할아버지가 몰고 나온 진한 담배 냄새가 한꺼번에 홀 안으로 밀려든다. 좁은 식당이 담배 냄새로 가득 찬다. 비가 오기 때문에 문을 열 수도 없다. 이럴 수가! 시골이어서일까?"[16)]

"어? 전번에는 여럿이서 밥 먹으러 왔는디. 국토종단 한담시로."

"그렇게들 합니다."

"그래도 여나무씩 같이 댕겨야제…. 나이도 솔찬히 된 것 같은디."[17)]

식사를 마치고 대장정의 출발을 위해 찾아간 땅끝 탑에서 본 글귀 '희망의 시작 땅끝 해남'이 마치 나의 국토종단을 응원하는 메시지처럼 들렸었다. 그때, 내리는 비 때문인지 바다는 표정이 없었다. 거칠게 일고 있는 풍랑 때문에 조금은 화가 난 것도 같았지만, 정성을 모아 기도드렸었다. 이번 국토종단을 무사히 마칠 수 있도록 끝까지 지켜달라고.

---

16 조지종, 두 발로 쓴 국토종단 이야기, 2018, 북랩, p. 21

17 조지종, 두 발로 쓴 국토종단 이야기, 2018, 북랩, p. 22

둘째 날에 만났던 강진군청 안내도우미는 준비된 일꾼이었다. 강진군 관광지도를 얻기 위해 군청에 들렀는데, 로비에 들어선 나를 보자마자 민원인 자리에 앉게 한 후 지도를 펼쳐놓고 설명하다가 내가 미처 설명을 따라가지 못하면 손으로 짚어가면서 최대한 알기 쉽게 설명하려고 애를 썼다. 그런데 이 도우미는 휠체어를 탄 장애인이었다.

그날 오후에는 늦게 영암읍에 도착하여 기괴한 찜질방에서 하룻밤을 보내게 되었다. 사전에 인터넷으로 검색한 찜질방을 어렵게 찾아갔지만 찜질방은 월출산 중턱에 있는 허름한 단층 건물이었다. 폐가처럼 보이는 허름한 건물에 주인은 없고 개만 혼자서 집을 지키면서 나를 보자 목이 빠지도록 울부짖었다. 나의 전화를 받은 주인 할머니는 산에서 산나물을 캐고 있다면서 곧 내려갈 테니 집 안에 들어가 있으라고 했었다. 알고 보니 이 찜질방은 손님이 거의 없어 휴업 상태인데, 시설을 놀릴 수는 없어서 할머니 한 분이 요양차 머무르면서 손님이 오면 받는다고 했다. 찜질방이라고 할 수는 없고, 간단히 샤워를 하고 잠만 잘 수 있는데 요금은 보통 찜질방보다 비싼 1만 원을 받았다. 덕분에 월출산 정기를 받으며 숲속 독채를 혼자서 이용하는 호사를 누렸다고 생각하니 그것도 괜찮았다. 그런데 하룻밤 사이에 찜질방 개와 정이 든 모양이다. 그렇게 짖어대던 개가 다음 날 새벽에 내가 나갈 때는 꼬리를 살랑살랑 흔드는 것이 아니던가. 고마운 녀석. 어제 한 번 잠깐 본 것도 인연이라고 아는 체를 한 것이다. 그 이상일지도 모르겠다.

셋째 날, 나주에 이르러서는 진짜 원조 나주 곰탕을 맛보기 위해서 그럴듯한 식당에 들렀는데 옆자리 할머니가 하신 말씀에 나는 할 말을 잃었었다.

"뭣 땜시 이렇게 고생허고 댕기요. 더운디."

"아닙니다. 괜찮습니다."

"이러고 혼자 댕겨도 애기 엄매는 암말도 안 허요?"

"…."[18]

넷째 날 오후 늦게 담양에 이르렀고, 식당에서 식당 주인과 나의 대화를 들은 옆자리 손님이 내가 고민하던 찜질방 위치를 가르쳐 주었다.

"이 아래로 내려가다가 올라가면 돼야. 묻고 자시고 할 것 없어."

"이 아래로 내려가다가 어디쯤에서 어디로 올라가는가요?"

"내려가면 봬. 왼쪽에 번쩍번쩍하는 것이 기여."

"번쩍번쩍하는 것이요?"

"그란당께. 말귀를 못 알아들어. 찜질방 간판이 번쩍번쩍해."

"아, 알겠습니다. 감사합니다. 그런데 24시간 내내 영업하는 것 맞지요?"

"아 그라제. 그랑께 24시라고 하제. 내가 어제께도 갔다 왔당께."

"네. 감사합니다."

내가 알아들은 듯하자 식당 주인아주머니가 한마디를 거든다.

"아재가 인자부터 우리 식당에서 복덕방 주인 해도 되것소."[19]

다음 날 아침에 찜질방을 나오면서 본, 그 동네 사람들의 자연스런 대화 모습이 그렇게 부러울 수가 없었다. 놀라운 것은 찜질방을

18 조지종, 두 발로 쓴 국토종단 이야기, 2018, 북랩, p. 64

19 조지종, 두 발로 쓴 국토종단 이야기, 2018, 북랩, pp. 77~78

나서면서 입구에서 본 광경이었다. 간이 철제 의자에 빙 둘러앉은 사람들이 한 손에는 담배를, 다른 손에는 자판기 커피를 들고 순서 없이 떠드는 소리가 그렇게 좋아 보였다. 다 같은 또래는 아니었지만 대화 내용에는 차이가 없었다. 한동네 사람들이 아니고서야 어떻게 그렇게 자연스러울 수가. 정말 부러웠다.

다섯째 날은 예상 못한 행운을 누렸다. 순창을 거쳐 오후 느지막이 그날 일정을 마무리하게 될 임실군 강진면에 도착해서 저녁 식사를 하기 위해 식당에 들어갔는데, 이것저것을 물으시던 주인 할머니는 내가 야영한다는 것을 아시고는 그 마을 경로당에서 잘 수 있도록 주선해주시는 것이 아닌가! 또 식사를 마치고 식당을 나설 때는 밥값도 받지 않으시고, 커피믹스 봉지를 다섯 개나 주시면서 피곤할 때 커피 마시면서 가라고 하셨다. 이런 인정, 이런 대접을 또 언제 어디서 경험할 수 있겠는가? 알고 보니 이 식당 행운집은 이미 KBS, MBC, SBS에서 맛집으로 소개되었을 정도로 임실 강진에서는 유명한 식당이었다. 음식 맛뿐만 아니라 주인 할머니의 따뜻한 마음씨까지도 소문이 자자했다. 식당 주인 할머니와 이장님을 통해서 임실군 강진면은 나에게 큰 선물을 주었다. 어떤 학교에서도 배울 수 없는 큰 가르침을 준 것이다. 한 끼 식사를 배불리 먹고 따뜻한 방에서 하룻밤을 편안하게 지냈다는 문제가 아니다. 이번 국토종단은 이곳에서 마쳐도 여한이 없을 것 같았다. 국토종단을 통해서 얻을 수 있는 것을 이곳에서 다 얻은 거나, 다 배운 거나 마찬가지였다.

그다음 날 임실군 성수면 주암마을을 지날 때 만난 김 목사님은 국토종단 기간 내내 나에게 그날그날 걷게 될 도로 지도를 하루 전에 카톡으로 보내주셨고, 안전하게 마칠 수 있도록 기도해주셨다. 김 목사님과 헤어진 후 도로 공사가 한창인 공사 현장을 지날 때 만났던 공사장 젊은 인부의 한마디도 잊을 수가 없다. 젊은 인부는 시원한 드링크제를 나에게 주면서 꼭 성공하라는 것이 아니던가. 그런데 나는 어째서 내가 먼저 그들의 수고에 대해 고생한다며 인사하지 못했을까? 땀을 흘려도 그들이 더 흘릴 것이고, 나는 여유 시간에 운동을 하는 것이지만 그들은 힘들게 노동을 하고 있지 않았던가? 그날 젊은 친구로부터 중요한 삶의 진리 한 수를 배웠다.

열셋째 날, 제천을 지나 강원도 주천파출소에 들렀을 때 예기치 못한 호의를 받았다. 그날의 목적지인 대화까지의 거리와 소요 시간 등을 확인하기 위해 주천파출소에 들렀는데, 나의 설명을 들은 경찰관들은 아주 자세하고 친절하게 안내해주면서 시간이 충분할 것 같으니 차 한잔하고 가라면서 커피를 끓여주고, 문을 나설 때는 햇사과 다섯 개를 봉지에 담아서 주는 것이 아닌가. 경찰관한테서 이런 대접을 받다니! 감동을 넘어 놀라웠다. 나는 그날 그 순간이 어떤 의미인지를 알고 있다. 앞으로의 내 삶의 방향을 제시받았고, 나도 그렇게 살아가야 된다는 것을. 세월이 많이 지난 어느 날 나는 말할 것이다. 고심 끝에 국토종단을 시작했고, 국토종단을 통해 세상을 달리 보게 되었다고. 배려와 역지사지를 실천할 수 있게 되었다고.

다음 날 평창군에 진입하여 다수삼거리를 지나 후평리에 이르렀을 때는 도로 옆 창고 벽 전체가 대형 약도로 채워진 것을 보고 깜짝 놀랐는데, 알고 보니 길이 헷갈리기 쉬운 방림삼거리 주변 약도였다. 창고 주인이 말했다. 여기를 지나가는 사람마다 묻기에 너무 귀찮아서 약도를 그려놓게 되었다고. 그동안 창고 주인의 마음고생이 이해가 갔다. 정부가 할 일을 개인이 해결한 것이다. 그 약도는 지금까지 어디에서도 보지 못한 명화로 남을 것이다.

열넷째 날, 이른 아침에 평창 모릿재를 힘겹게 넘던 나는 도로변 텃밭에서 밭일을 하시던 할머니의 초대로 간단한 아침식사와 커피까지 얻어 마셨다. 할머니는 국토종단을 하는 사람을 보면 종종 불러서 대접을 하신다면서, 마음이 편해지는 일이고 할머니 자신을 위해서 하는 일이라고 하셨다. 할머니의 말씀 한마디 한마디는 나의 가슴에 잔잔한 파문을 일으켰다. 나에게 세상을 살아가는 지침을 주시는 것만 같았다. 국토종단을 마치고 귀경해서 바로 전화로 인사드렸고, 책이 출간되었을 때는 책을 보내드리면서 또 인사드렸었다. 할머니 건강이 하루빨리 회복되어서 오랫동안 모릿재 텃밭을 가꾸셨으면 좋겠다.

같은 날 오후 해가 진 뒤에 평창 상원사에 도착해서 하룻밤 묵을 것을 정중하게 부탁했지만 단칼에 거절당했었다. 사찰은 기도 목적으로 오는 사람 외는 누구도 재워줄 수 없다는 것이었다. 오갈 곳 없는 밤에 상대방은 어찌하라고 사찰은 그렇게 단호했을까? 그곳은 국립공원이라 야영도 할 수 없었고, 캄캄한 밤중에 두로령을 넘어갈 수도 없었다. 머릿속은 복잡했지만 헤드랜턴을 착용하고 배낭을 짊어지고 오던 길로 달리기를 시작했다. 켄싱턴플로라호텔 직전에 이르러 도로변에 설치된 특산품 판매소를 발견했고, 그곳에 텐트를 칠 수 있었다. 상원사의 단호한 거절이 있던 날, 많은 생각을 했었다. 상원사의 냉정한 결정은 적절했을까? 밤중에 갈 곳 없는 나그네에게도 원칙과 기준은 그대로 적용되었어야만 했을까? 많은 걸 느낀 하루였고, 역지사지가 떠오르기도 했다.

열여덟째 날, 거진읍 반암리에 이르렀을 때였다. 햇볕도 피하고 잠시 쉴 겸해서 버스 정류소 의자에 앉아 있는데, 그곳 마을 할머니께서 오시더니 나에게 말을 거셨다.

"어데까지 가시오?"

"통일전망대까지 갑니다."

"걸어서요? 여기 버스 있는데 버스 타고 가제 그래요?"

"걸어서 가는 국토종단을 하고 있습니다. 버스를 타면 안 됩니다."

"…."

"마을이 참 조용한데, 이런 곳에 사시면 적적하지는 않으세요?"

"안 적적해요. 우리 아들이 너무 잘해줘요."

"아드님이요?"

"그래요. 우리 아들이 그래요. 우리 아들이 어촌계장이야요."

"어촌계장이면 동네일을 많이 하시겠네요."

"그라믄요. 우리 아들이 말을 잘해요. 말을 할 때 듣는 사람이 궁금해할 것을 미리 다 알아서 말해버리니 우리 아들이 말만 하면 동네 사람들이 더 이상 토를 안 달아요."

"똑똑하신가 봐요."

"키는 작아도 똑똑하고 야무져요."

"누굴 닮아서 그렇게 똑똑하세요? 할아버지요 아니면 할머니요?"

"할아버지는 4년 전에 갔어요. 없어요. 인물이랑 말하는 것은 나

닮았어요. 동네 사람들이 다 그래요."[20]

그 할머니에겐 이런 것이 행복이었을 것이다. 비록 할아버지는 돌아가셨지만, 동네 사람들에게 자랑할 수 있는 아들이 있어서. 내가 좀 더 적극적으로 추임새를 넣었더라면 그 순간만이라도 할머니는 훨씬 더 행복해하셨을 텐데, 그렇지 못한 것이 못내 아쉽고, 내 곁에서 끝까지 떠나지 않으시려던 할머니를 두고 무거운 발걸음을 옮겨야 했던 것도 죄송스러웠다. 오후에는 고성군 대진항 2층 전망대에 올라 모처럼 여유롭게 시간을 보낼 수 있었다. 그곳에서 보는 모든 것이 공짜였다. 하늘을 나는 갈매기 쇼도, 물속을 차고 오르는 물고기들의 몸부림도 리얼하게 구경할 수가 있었다.

마지막 날에는 계획에도 없던 조선족 부자(父子)를 만나서 함께 국토종단의 피날레를 장식했었다. 통일전망대는 승용차나 택시로만 들어갈 수 있다는 규정 때문에 택시를 수소문하다가 그분들과 합승하게 됐는데, 50대 아버지와 20대 아들인 조선족 부자는 우리나라 구석구석을 여행 중이라고 했다. 말수가 거의 없었지만 행복해 보였다. 오늘처럼 비가 내리는 날에는 왠지 그들이 생각나고, 소리 없이 미소 짓던 두 부자의 천진난만하던 표정들이 떠오른다.

국토종단을 마치고서 이런 생각을 했었다. "뒤돌아보니 삶 자체가 새로운 출발의 연속인 것 같다. 나이에 상관없이 말이다. 내가 나를 안다. 그런 나를 의식하는 한 나는 또 길을 나설 것이고, 그 길이 끝날 때쯤이면 그곳에서 새로운 길을 다시 찾게 될 것이

---

20 조지종, 두 발로 쓴 국토종단 이야기, 2018, 북랩, p. 305

다."[21]

어렵게만 생각했던 국토종단을 나도 해냈다는 생각에 한동안 우쭐했었다. 그동안 그 어렵다는 백두대간과 아홉 정맥을 모두 종주했고, 진도라는 큰 섬을 두 번이나 일주하기도 했지만 그때는 볼 수 없었던 것들을 국토종단 길에서 보고 느낄 수 있었다. 특히 국토종단 최적의 루트를 내가 확인했고, 그것을 국토종단 희망자들에게 알려줄 수 있게 된 것이 무엇보다도 기뻤다. 국토종단은 나에게 또 하나의 중요한 발걸음이었다. 국토종단을 마치던 날, 통일전망대에서 북측을 바라보면서 마음속으로 예약까지 했었다. '언젠가 내 생전에 통일이 된다면 저 북쪽 끝까지 두 발로 걸어갈 것이다'라고.

---

21 조지종, 두 발로 쓴 국토종단 이야기, 2018, 북랩, p. 329

도보로 진도 일주

걸어서 진도를 한 바퀴 도는 진도 일주를 두 번이나 했다(2016년 5월, 2021년 11월). 진도 일주는 오래전부터 꿈꿔왔던 희망 사항 중 하나였다. 진도의 구석구석을 둘러보고 싶었고, 진도를 속속들이 알고 싶었다. 고향이면서도 진도에 대하여 모르는 것이 너무나 많아서였다. 한마디로 무지했고, 심지어 타 지역 사람들보다 더 진도를 몰랐다. 그래서 기회를 노렸었다. 퇴직이 나에게 시간적 여유를 주었고, 더 결정적인 것은 진도에 관한 책을 출간하게 되면서 진도 일주는 반드시 해야 할 필수 과제가 되었다. 완성된 초고에 대한 사실 확인을 위해서는 현지 답사가 꼭 필요했었다. 고향이지만 일주도로를 걷는 것은 미지의 길이나 마찬가지였다. 그래서일까? 그 걸음이 뭔가 새로운 것을 보여주리란 기대를 갖게 했었고, 3박 4일의 장거리 여행이었지만 조금도 주저하거나 염려하지 않았다.

진도는 작은 섬이 아니다. 우리나라에서 세 번째로 큰 섬으로 1읍 6면에 인구는 29,472명, 면적은 440.13㎢ 정도이다(2023년 기준). 내가 어렸을 때 본 진도의 모습은 한적한 섬 안에 갇힌 시골이었지만, 이후 획기적인 교통·통신의 발달로 이젠 몰라보게 달라졌다. 전국적인 현상이겠지만, 경제적 향상은 물론이고 특히 문화 복지의 급성장은 타 시군이 부러워할 정도가 되었다. 문화예술의 주요 인프라인 공연장 등 관련 시설의 확충은 물론이고 화가, 배우, 가수, 서예가 등 수많은 예술인이 배출되어 현지에서 활동하고 있어서다.

나는 도보 진도 일주를 두 번이나 했는데, 그때마다 3박 4일에 걸쳐 혼자서였다. 벌써 수년이 지났지만 그때의 기억들은 아직도 생생하게 남아 있다. 첫 번째 진도 일주의 출발은 진도대교 아래에서 군내면 나리, 죽전마을을 향해 서부 해안을 따라 걸었다. 태어나서 처음으로 밟게 된 고향의 일주도로. 그날 비로소 진도의 속살을 들여다볼 수 있었다. 진도 일주는 내가 예상 못했던 많은 것들을 보여주었고, 깨우쳐주었다. 나에게는 아주 깜깜한 미지의 세계였던 진도 서부 해안에서는 놀라운 발전이 이루어지고 있었다. 어떤 곳에서는 새로운 시설 신축 공사가 한창이었고, 각종 양식업도 번성하고 있었다. 그 실상들을 당시 진도 일주기에 수록했었다. "우측 바닷가에는 뭔가 공사가 한창인 것 같다. 높다란 기중기가 서 있고 난리가 아니다. 이 근처에 고려조선소가 있다고 했는데, 혹시 저기가 그곳 아닐까? 그런데 좀 더 진행하니 이번에는 '발파중'이라는 입간판이 나타난다. 뭐야? 건설 중인가 파괴 중인가? 고려조선소가 맞다. 진도군에서 어렵게 유치한 조선소라고 아주 오래 전에 들은 기억이 있다. 경영이 어렵다는 말도 듣고 있다. 소득과 일자리 창출에 기여할 수 있는 업체들이 진도에 많이 들어오고,

성공해야 할 텐데….”[22]

서부 해안 바다 뷰가 탁월한 경관지대에는 현대식 펜션 단지가 조성되었고, 지산면 세방리 해안가에는 저녁놀 감상의 최적지로 알려진 세방 낙조 전망대가 설치되어 평일조차도 관광객이 몰려들고 있었다. 그때 본 세방리 노인들의 평안한 일상이 더없이 좋아 보였었다. 택시로 보건진료소에 다녀오시는 다섯 분의 할머니들이 세방리 마을 입구에서 내려, 집으로 가시기 전에 마을 정자에 모여 앞바다를 바라보면서 이야기꽃을 피우셨다. 그 모습이 너무나 보기에 좋아 이런 생각을 했었다. “‘세방리 80대 꽃분이들의 아름다운 하루’라는 타이틀로 홍보 책자를 만들어 다른 지역에도 소개를 했으면 하는.”[23]

임회면 서망항에 이르러서는, 식사 중에 놀라운 장면을 목격 했었다. 식당 여주인의 뛰어난 한국어 실력이다. 식사를 마칠 때까지 외국인인지조차 몰랐다. 그런데 식사를 마치고 나갈 때쯤 동료 베트남인과 베트남어로 대화를 하는 것을 보고서야 알았다. 발음도 정확하고 억양도 어쩌면 우리와 그렇게 똑같은지. 누가 들어도 한국인으로 착각했을 것이다. 이런 유창함이 결코 우연은 아닐 것이다. 뚜렷한 목표와 그만한 노력이 있었을 것이다. 젊은 외국인으로서 한국에서 당당하게 식당 주인이 된 것도 그렇고, 한국어 실력을 그렇게 완벽하게 갖춘 것을 보면 대단한 여성임에는 틀림이 없었다. 세상살이가 다 그럴 것이다. 제대로 살기 위해서는, 경쟁에서

---

22 조지종, 두 발로 쓴 진도 이야기, 2017, 심석 출판, p. 45

23 조지종, 두 발로 쓴 진도 이야기, 2017, 심석 출판, p. 110

뒤지지 않고 당당하게 살아나가기 위해서는 남모를 피눈물과 그만한 고통과 노력이 필요할 것이다.

예상을 웃도는 발전이 이뤄지기는 동부 해안도 마찬가지였다. 호국의 역사 현장이었던 만큼 그것들을 기억할 만한 많은 시설들이 설치되어 있었다. 명량해전을 체험할 수 있는 조선수군재건로(명량대첩로), 삼별초호국역사탐방길과 삼별초공원 등이. 또 거액이 투입되었을 것으로 보이는 일주도로는 막힘없이 시원스러웠다. 혼자 걷기가 아까울 정도였다.

큰 기대를 안고 나섰던 첫 번째 진도 일주는 만족스러웠지만, 일부 아쉬운 모습들도 보였었다. 길을 걷다가 궁금한 것이 많았지만 물을 수가 없었다. 주변에 사람이 없고, 어쩌다가 보이는 사람들은 모두 진도 실정에 어두운 외지인이었다. 또 일주도로에는 잠시 쉴 수 있는 그늘이나 쉼터가 없었고, 풍광이 좋은 곳에는 상업 시설인 펜션을 짓느라 자연 파괴가 도를 넘고 있었다. 전국적인 현상이겠지만 어떤 곳에는 폐교된 분교가 그대로 방치되고 있었다. 또 외지인들을 위한 편의 시설 부재도 아쉬웠다. 마을 어귀에 그 마을을 소개하는 작은 안내판이라도 있었으면 좋았을 텐데, 또 어떤 곳에는 잘못 표기된 이정표가 버젓이 그대로 세워져 있기도 했다. 타 시군과의 경쟁이나 갈수록 많아질 외지인의 방문을 고려한 정책이 필수적일 텐데 아쉬웠다. 이런 아쉬움들을 진도를 알리기 위해 쓴 책 『두 발로 쓴 진도 이야기』를 출간하면서 끝머리에 정책 제언 형식으로 제시했었고, 이를 본 진도군수로부터 감사장을 받고서 다짐했었다. 언젠가 기회가 되면 다시 한번 진도 일주를 하겠다고. 그런데 그 기회가 정확하게 5년 뒤에 왔다. 또 진도 관련 책을 출간하게 되었고, 5년 전 나 자신과의 마음속 약속도 있고 해서 다시 일주에 나섰었다. 그때가 2021년 11월이었다.

5년이 흐른 사이에 진도 일주도로에는 큰 변화가 있었다. 세 가지였다. 첫째는 진도 일주도로 지형이 혁신적으로 바뀌었다. 5년 전에는 진도 일주도로가 해안가에 위치한 의신면 송군리의 높은 산악지대를 피하여 평지인 의신면 초사리 마을로 이어졌었는데, 이번에 보니 송군리의 산악지대를 깎아 일주도로가 최대한 해안 가까이로 이어지도록 하였다. 두 번째는 진도 일주도로가 정부에서 조성한 코리아둘레길에 포함되어 전국적인 걷기 코스가 된 것이다. 정부에서 진도 일주도로를 코리아둘레길에 포함시킨 것은 진도 해안의 역사적·경관적 가치를 인정한 것으로서, 진도군으로서는 큰 경사이자 자랑거리였다. 이로써 코리아둘레길을 걷는 사람들은 모두 진도 일주도로를 걸을 것이기에 향후 진도 관광의 밝은 미래를 예측할 수 있었다. 정부가 2021년에 조성한 코리아둘레길(4,544㎞)은 비무장지대의 디엠지평화의길(524㎞), 동해의 해파랑길(750㎞), 남해의 남파랑길(1,470㎞), 서해의 서해랑길(1,800㎞)을 잇는 둘레길을 말한다. 마지막으로는 5년 전에 확인했던 진도 일주도로의 문제점들이 완벽하게 개선되었다. 일주도로 전 지역에 일주도로 표지판과 서해랑길 표지판이 신설되었고, 동부 해안에는 삼별초호국역사탐방길 안내도 등 호국 역사 자료의 대대적인 보강은 물론이고 고군면 연동마을 어귀에는 사적지 용장성을 알리는 이정표까지 신설해놓았다. 또 그 전에는 아무리 걸어도 그늘이 없어 쉴 곳이 없던 곳에 휴게소(쉼터)와 간이주차장, 벤치가 신설되었고 지산면 금노리 지역에는 예고 없이 일주도로가 끝나면서 도보

여행자들을 당황스럽게 했었는데, 이제는 '도로끝' 표시를 미리 앞선 갈림길에 표시하여 여행자들이 당황하지도, 다시 되돌아와야 하는 불필요한 수고도 하지 않도록 해놓았다. 진도군 행정의 엄청난 발전을 확인할 수 있었다.

진도를 두 번 일주하고 나니 비로소 진도를 제대로 공부했다는 생각이 들었다. 진도는 나라가 위태로울 때마다 나라를 지켜낸 호국의 성지였고, 시·서·화·창이 고르게 발전한 진정한 예향이다. 또 대한민국에서 유일한 민속문화예술특구로 지정된 민속문화예술의 보고라는 사실들을 알게 되었다. 뿐만 아니라 진도는 이미 해풍과 함께 걸을 수 있는 훌륭한 걷기 코스들이 잘 갖춰져 있는데, 거기에 더해서 진도 일주도로가 코리아둘레길에 포함되어 머잖아 진도는 우리나라 걷기 코스의 새로운 명소로 부상할 것으로도 기대되었다. 그런데 마냥 장밋빛 전망만 있는 것은 아니었다. 자칫 낭떠러지로 추락할 수도 있겠다는 생각이 들었다. 7만을 넘던 인구가 겨우 3만을 유지하고 있는 점과, 경관이 좋은 곳에는 어김없이 펜션이 들어서는 등 무분별한 개발이 횡행하는 점, 그리고 진도군청의 소극적인 홍보 대책이 아쉬웠다.

두 번의 진도 일주를 통해 진도를 속속들이 알게 된 것은 큰 소득이었다. 만약 고향에 대한 관심이 없었고, 그래서 진도 일주를 시도하지 않았더라면 내가 태어난 곳이 어떤 곳인지도 모른 채 넘어갔을 것이다. 진도는 이름 그대로 보배섬이었고, 믿음직스러웠다. 내가 그런 섬에서 태어난 것이 그렇게 자랑스러울 수가 없었다. "진도를 걷는 동안 내 머릿속을 지배한 것은 보배섬 진도를 지키고 가꾼 주인공들과 대자연에 대한 감사였다. 진도는 천혜의 풍광을 내려 받은 보배섬다웠고, 구국의 현장답게 일주도로에 역사의 갑옷을 두텁게 입힌 것은 신의 한 수였다. 오래오래 기억될 것이다. 나 또한 진도를 일주한 여행자로서, 걸으면서 보고 느낀 수혜자로서 세상을 향해 뭔가 기여를 해야 한다는 무거운 부채의식을 느꼈다. 1, 2차 진도 일주 동안 나와 함께한 진도 사람들, 일주도로·해풍·마을 정자·식당·도로표지판 등 모든 것들에 감사드린다."[24]

24 조지종, 진도에 가·보·느·자, 2022, 좋은땅, p. 223

여섯 권의 저자가 되다

작가는 원래 나의 꿈이 아니었다. 기본적인 준비도, 교육도 받은 바 없다. 작가적 능력도 없다. 현실적 상황이 나에게 글을 쓰게 만들었다. 새로운 인생 과제를 추진하게 되면서 특별한 성과를 거두게 되었고, 그것을 공개하는 것이 과업이 되면서다. 그렇게 해서 계획에도 없던 책을 여섯 권이나 쓰게 되고, 그 책의 저자가 되었다.

책을 쓰는 사람. 나의 경우는 조금 다르다. 작가적 능력보다는 쓸거리가 있다는 것, 그리고 소명 의식이 책을 쓰도록 내몰았다. 설명이 좀 필요할 것이다. 살다 보면 누구나 감당하기 어려운 시련을 겪게 되고, 때로는 좌절도 하게 될 것이다. 나에게도 냉혹한 현실을 슬기롭게 대처하지 못하고 인생의 목표를 틀어야만 할 때가 있었다. 40대 중반쯤이었을 것이다. 좌절했지만 그대로 주저앉을 수는 없었다. 새로운 탑을 쌓기로 하고, 날밤을 새워가며 새로운 인생 과제를 고민하고, 궁리했다. 나만이 할 수 있고, 인생의 전부를 걸 만한 가치 있는 것을 하기로 했다. 그렇게 해서 결정된 것이 소위 대간과 정맥으로 대표되는 우리나라 중심 산줄기 탐방이었다.

어렵게 결정된 인생 과제인 만큼 준비에도 그에 걸맞게 최선을 다했다. 또다시 실패는 있을 수 없기에. 그리고 그 실행 방안들을 구체화하여 십여 년의 사투 끝에 '백두대간과 아홉 정맥 단독 종주 성공'이라는 쾌거를 이뤄냈다. 중심 산줄기 탐방이라는 과제가 마무리되자 제2, 제3의 과제들이 뒤를 잇게 되었다. 계속되는 인생 과제에 엄청난 시간과 정열을 바쳐야만 했고, 막대한 기회비용을 지불해야만 했다. 과제들에는 상당한 고통과 위험이 따랐고, 오로지 두 발로 뛰어서 상응하는 성과를 낼 수 있었다. 기대 이상이었다. 그리고 그 성과물들을 기록으로 정리해서 세상에 내놓아야 한다는 사명감을 안게 되었고, 이것 또한 반드시 해야만 할 인생 과제가 되었다. 그렇게 해서 생각하지도 못했던 여섯 권의 책이 출간되고, 그 책의 저자가 된 것이다.

쓸 거리가 있다고 해서 누구나 출간할 수 있는 것은 아닐 것이다. 나도 원고를 쓰기로 결정하기까지는 엄청나게 많은 고민을 했다. 작가적 능력도 모자랄 뿐만 아니라, 하루에도 수백 권의 신간이 나오는 현실을 외면하고서 나까지 쓰레기를 양산하는 대열에 들어선다면 그건 아니라고 생각되었기 때문이다. 한때 우리나라 출판 정책을 담당했던 한 사람으로서 작금의 책 소비와 독서 실태를 잘 알고 있어서다. 그럼에도 용기를 낼 수 있었던 것은 귀중한 자료를 이대로 사장하기에는 너무 아깝다는 것, 그리고 그런 자료는 세상에 널리 알려야 한다는 사명감 때문이었다.

그중에서도 백두대간과 아홉 정맥을 12년간에 걸쳐서 단독으로 종주하면서, 마루금의 모든 것을 기록하고 촬영한 우리나라 중심 산줄기 종주기는 대표적인 것들이라고 할 수 있겠다. 더구나 현재

법적으로 보호되고 있는 백두대간 마루금이 각종 개발사업 등으로 하루가 다르게 변해가고 있어 한시라도 빨리 마루금의 원형을 기록으로 남겨놓아야 할 실정이어서 더욱 그렇다. 그래서 출간한 책이 『두 발로 쓴 백두대간 종주 일기』(2019, 좋은땅)와 『두 발로 쓴 9정맥 종주기 상·하』(2021, 북랩)이다. 또 우리나라 중심 산줄기 탐방을 마친 뒤에는 젊은 시절부터 동경해왔던 국토종단에 나섰는데, 국토종단을 준비하면서 중요한 사실을 알게 되었다. 국토종단 희망자들이 최적의 루트를 몰라서 선뜻 나서지를 못한다는 것이다. 그래서 우선적으로 최적의 루트를 파악하고, 그 루트를 따라서 혼자서 해남 땅끝에서 강원도 고성 통일전망대까지 걸으면서 루트는 물론 루트 주변의 모든 것들을 기록으로 남겼다. 그렇게 해서 쓰게 된 책이 『두 발로 쓴 국토종단 이야기』(2018, 북랩)이다. 그리고 내 고향에 항상 깊은 관심을 갖고 있었는데, 고향의 진귀한 보물들이 소리 소문 없이 묵혀지고 잊혀간다는 안타까운 소식을 접하고서 그것들을 정리하여 세상에 알려 정당한 평가를 받게 하겠다고 다짐했었다. 그래서 진도에 대하여 공부를 시작했다. 역사부터 시작해서 문화·예술·진도의 보물들·관광자원 등 진도의 진가를 알릴 수 있는 것들을 정리하고, 120㎞에 이르는 진도 일주도로를 따라서 두 번이나 도보 답사를 한 후에 쓴 책이 『두 발로 쓴 진도 이야기』(2017, 심석)와 『진도에 가·보·느·자』(2022, 좋은땅)이다.

이렇게 해서 당초 계획에도 없던 책을 쓰게 되었고, 나는 그 책들의 저자로 이름을 올리게 되었다. 그런데 놀라운 것은, 우리나라 최대 서점 중의 하나인 서울의 ○○문고 서가에 한때 내 책이 동시에 3종이나 꽂혀 독자들을 맞이하고 있었다. 신기하고 두렵기까지

했다. 더욱 놀라운 것은 공영방송인 어느 라디오 방송 프로그램에서는 나의 신간과 관련한 저자 인터뷰를 요청하였고, 나는 감사한 마음으로 그 인터뷰에 응했었다. 어째서 방송사는 이름도 얼굴도 알려지지 않은 완전 무명 작가인 나를, 내 책을 그것도 세 번씩이나 선택했을까? 궁금했지만, 어렵지 않게 추측할 수 있었다. 책 내용이 라디오 프로그램의 콘셉트에 부합해서였을 것으로. 또 출간하고서부터는 출판사가 매일 제공하는 그날의 판매 부수가 너무나 신기하고도 궁금해서 날마다 오후 여섯 시만 되면 컴퓨터 앞에 앉았던 기억이 아직까지도 새롭다. 이로써 한때 어쩔 수 없이 인생의 목표를 틀어야만 했지만 결코 잘못된 결정이 아니었다는 것이, 인생을 실패하지 않았다는 것이 증명된 셈이다.

책을 쓰고, 그 책의 저자가 되는 것. 이것 또한 삶 속에서 이뤄질 수 있는 여러 조각 중의 하나일 것이다. 나는 수시로 생각한다. '산다는 것'을. 잘 살아야겠다는 것을. 하지만 아직도 잘 산다는 것을 확실하게는 알지를 못한다. 어떻게 사는 것이 잘 사는 것일까? 나에게도 한때 좌절의 시기가 있었다. 좌절은 나에게 투쟁과 눈물, 번민과 진땀을 요구했고, 나를 시험했고 단련시켰고 성장시키기도 했다. 그리고 결국에는 기쁨을 안겼다. 이런 것, 이런 과정들이 바로 '산다는 것'이 아닐까? 실패나 성공이라고 부르는 것들 또한 마찬가지일 터. 생의 과정 속에 반드시 있게 되는 하나의 작은 조각, 하나의 꼭지일 뿐일 것이다. 좌절에 굴복만 하지 않으면, 그리고 투쟁과 눈물, 번민과 진땀을 쏟을 수만 있다면 누구에게나 생의 의의는 깃들 수 있을 것이다.

언젠가 내 작은 서가에 꽂혀 있는, 내가 쓴 책들을 쳐다보면서 이런 생각을 했었다. 세월이 더 흘러 나에게 여유 시간이 주어질 때면, 저 책들을 다시 펼쳐보리라. 묵상하듯이 마음으로 읽어갈 것이다. 눈을 감고서 마루금을 종주하고, 국토를 종단하고, 고향의 일주도로를 따라 한없이 걸어볼 것이다. 오래 전 어느 날, 산속을 들판을 일주도로를 따라서 날밤을 새우며 걸었던 그 수많은 날들을 추억하면서.

인생 진짜 리그에서 홈런을 쳐라

생애 성장 단계를 나누는 원칙이나 기준, 단계별 과제·역할 등은 학자에 따라 다르고, 여러 가지가 있다. 에릭슨의 8단계 이론, 프로이트, 피아제… 등등. 하지만 나는 기존에 정립된 이론들과는 무관하게 편의상 나만의 잣대로 생애 성장 단계와 역할을 크게 세 단계로 분류하고 싶다. 태어나서 30세까지를 '교육 리그', 31세부터 60세까지를 '근로 리그', 61세부터 생이 다할 때까지를 '인생 진짜 리그'로 분류하였다. 이것은 학문적 연구 결과나 깊은 성찰을 통한 결과물이 아니고, 내가 지금까지 살아오면서 느끼고 깨달은 것을 바탕으로, 또 이 글에서 내 이야기를 전개하기 위하여 편의상 분류한 것이다. 리그라는 표현이 다소 의외라고 느낄지도 모르겠다. 세계에서 최고의 인기를 누리고 있는 프로 축구와 야구의 결전장인 잉글리시 프리미어리그나 북미의 메이저리그를 많은 사람들이 알고 있을 것이다. 이것들의 공통점은 세계 정상급 선수들이 참여하는 꿈의 무대라는 것이다. 나는 그것들을 즐겨 보면서 '인생 진짜 리그'를 착안하게 되었고, 생애 성장 단계와 단계별 역할을 분류하는 데 참고하였음을 미리 밝힌다.

교육 리그는 태어나서부터 초·중·고·대학이나 각종 교육기관에서 사회생활에 필요한 지식이나 기술 및 바람직한 인성과 체력을 갖추도록 교육을 받는 등의 배움의 시기이고, 근로 리그는 교육 리그에서 배운 것들을 바탕으로 생활 전선에 뛰어들어 자신과 가족을 부양하고 미래의 삶을 유지하기 위한 소득을 창출 또는 축적하는 시기이다. 인생 진짜 리그는 인생의 대미를 장식하는 시기로, 자신만의 과업을 중점적으로 수행하여 꽃을 피우고 삶을 마무리하는 시기라고 할 수 있겠다. 이 세 단계 중 어느 한 시기를 특정해서 중요하다고 하면 이상할 수도 있겠지만, 나는 인생 진짜 리그야말로 인생에서 가장 중요하고 아주 귀중한 시기라고, 그래서 꿈의 무대라고 말하고 싶다. 그 이유가 있다. 무엇보다도 자신의 인생을 꽃피울 수 있는 필요하고도 충분한 조건들이 가장 잘 갖춰져 있고, 많은 제약에서도 벗어나 있어서 그렇다. 일반적으로 퇴직했을 시기이기에 시간적으로나 경제적으로 여유가 있고, 자식들 교육도 끝냈으니 부양의 부담에서도 어느 정도는 자유로울 수 있을 것이다. 그래서 자기가 원하는, 자신만의 일을 할 수 있는 최적의 시기라고 말할 수 있겠다. 이전까지는 나를 버리고 가족 부양에만 전념해야 했지만, 인생 진짜 리그에서는 그동안 이런저런 제약 때문에 하지 못했던 개인적인 꿈이나 과업들을 실현시킬 수 있을 것이다.

더구나 인생 진짜 리그에 들어선 사람들은 이미 교육 리그와 근로 리그를 경험했기에 생의 경륜과 삶의 지혜가 최고조에 이르렀고, 그동안 살아오면서 꼭 하고 싶었으나 다음으로 미뤄야만 했던 일들이 많았을 것이다. 그것을 인생 진짜 리그에서는 할 수 있다는 것이다. 건강하고 의지만 있으면 누구나 자기 꿈을 펼칠 수 있는 때가 바로 인생 진짜 리그가 아니겠는가. 또 인생 진짜 리그는 자신의 능력을 맘껏 발휘하여 세상에 알리고, 평가를 받아볼 수 있는 그런 시기, 인생 결산의 시기라고도 할 수 있겠다.

나의 경우만 보더라도 그렇다. 나는 61세에 퇴직해서 그동안 마음속에만 품고 있다가 여건이 되지 않아 실행하지 못하고 미뤄두었던 것들을 인생 진짜 리그에 들어서서 하나씩 하나씩 실행에 옮겨 결과를 낼 수 있었고, 지금도 몇 개의 과제들이 순조롭게 진행 중에 있다. 인생 진짜 리그에 들어서서 내가 해낸 일들은 전부 다 그동안 살아오면서 꼭 하고 싶었던 일들이고, 일생을 통틀어 나를 평가할 수 있는, 의미 있는 굵직한 기록이자 실적들이다. 이전 시기에는 많은 제약들 때문에 언감생심 기대조차 할 수 없었던 것들이다. 대표적으로 우리 산하 걷기와 저술 활동이 그것들이다. 우리나라 중심 산줄기인 백두대간과 아홉 정맥을 장장 12년에 걸쳐서 완벽하게 종주하였고, 걸으면서 관찰하고 메모한 기록들을 책으로 출간까지 하였다. 『두 발로 쓴 백두대간 종주 일기』(2019년)와 『두 발로 쓴 9정맥 종주기 상·하』(2021년)가 그것들이다. 또 2017년에는 해남 땅끝에서 강원도 고성 통일전망대까지 745㎞에 이르는 국토종단을 단행하여 성공적으로 마쳤고, 이때 걸으면서 보고 듣고 느낀 이동 경로의 실태와 우리 국토의 아름다움, 지나는 지역의 주변 이야기들을 정리한 결과물을 『두 발로 쓴 국토종단 이야기』(2018년)라는 제목으로 출간까지 하였다. 또 진도 섬 전체를 외곽으로 돌아서 걷는, 120㎞에 이르는 진도 일주를 두 번이나 했는데(2016, 2021년) 그때 둘러보고 확인한 진도의 자랑거리인 호국의 역사, 시·서·

화·창이 고루 발전한 진정한 예향, 대한민국의 유일한 민속문화예술특구, 천혜의 관광자원 등을 집대성하여 두 권의 책으로 출간하였다. 『두 발로 쓴 진도 이야기』(2016년)와 『진도에 가·보·느자』(2022년)가 그것들이다.

인생 진짜 리그는 나에게 천금 같은 기회를 주었다. 평생을 바쳐야만 이룰까 말까 한 인간의 인생 과제들을 여유롭게 수행할 수 있도록 시간과 경제력을 주었고, 열정을 발휘할 수 있게 해주었다. 그래서 그동안 마음속으로만 그리워했고 갈망했던 인생의 탑을 성공적으로 쌓아 올릴 수가 있었고, 책을 여섯 권이나 집필할 수가 있었다. 인생 진짜 리그가 없었더라면 감히 엄두나 낼 수 있었겠는가. 그동안 평탄하지 못했던 인생 여정을 끝까지 잘 헤쳐나온 것 같다. 방황과 갈등으로 점철된 젊은 날의 교육 리그도, 머뭇거림과 저항 사이를 넘나들었던 근로 리그도 용케 견뎌냈다. 이어서 맞게 된 인생 진짜 리그에서는 안정되고 새로운 희망으로 가득한 날들을 지금 보내고 있다.

이런 나의 인생 진짜 리그에서 거둔 적지 않은 성과를 자평하자면 어느 정도일까? 몇 점이나 될까? 망설여지긴 하지만, 결코 인색하고 싶지 않다. 조심스럽지만 지금까지 이뤄낸 내 인생의 성적은 홈런은 아니더라도 2루타 정도로는 봐줄 수 있을 것이다. 그냥 감으로 말하는 것이 아니다. 이뤄낸 성과물의 가치를 따져서 평가한 것이다. 나는 백두대간(734㎞)과 아홉 정맥(2,148㎞) 마루금을 단 한 뼘도 빠뜨리지 않고 걸었다(2006~2017). 관계 기관에서 비탐방 구간으로 지정하여 통제하는 지역까지도 거르지 않고 모두 걸었고, 걸으면서 마루금의 오르막과 내리막, 안부, 갈림길 등 마루금의 실상과 마루금 주변의 수목, 암석 등까지도 관찰하여 그 원형을 기록으로 남겼다. 지금까지 백두대간과 아홉 정맥을 모두 종주한 사람은 있겠지만, 나처럼 분 단위로 기록까지 하면서 한 뼘 한 뼘 걸은 사람은 없을 것이다. 앞으로도 없을 것이다. 또 나는 국토종단 희망자들의 가장 큰 애로사항이자 바람인 가장 안전하고 빠른 루트를 나의 직접 체험을 통하여 확인하였고, 이것을 출간을 통해 공개함으로써 국토종단 희망자들의 바람에 크게 기여하였으리라고 확신한다. 그리고 보배섬 진도의 가치를 새롭게 정립(진도의 역사성, 시·서·화·창이 고르게 발전한 진정한 예향, 걷기 코스의 새로운 명소, 각종 관광자원 등)하여 그 결과물들을 출간과 방송을 통해 홍보함으로써 그동안 저평가되었던 진도의 가치를 제대로 알리는 데에 일조하였다고 자부한다. 이런 성과물들은 모두 책으로 출간하여 일반 대중에 공개하였을 뿐만 아니라, 직접 라디오 방송에도 출연(3회)하여 적극적으로 홍보까지 하였다. 이 정도의 성과라면 결코 작다 할 수 없을 것이다.

인생 진짜 리그에 들어선 지 이제 10여 년이 지났을 뿐, 아직 나의 인생 진짜 리그는 끝나지 않았다. 그리고 홈런을 치겠다는 각오 역시 여전히 유효하다. 그날까지 쉼 없이 뛸 것이다.

참고 문헌

_ 조지종, 두 발로 쓴 진도 이야기, 서울: 심석 출판, 2017

_ 조지종, 두 발로 쓴 국토종단 이야기, 서울: 북랩, 2018

_ 조지종, 두 발로 쓴 백두대간 종주 일기, 서울: 좋은땅, 2019

_ 조지종, 두 발로 쓴 9정맥 종주기 상·하, 서울: 북랩, 2021

_ 조지종, 진도에 가·보·느·자, 서울: 좋은땅, 2022